SAINT-SÉPULCRE !

Patrick Besson est né à Paris le 1er juin 1956. Auteur de nombreux romans, il a reçu le Grand Prix de l'Académie française en 1985 pour *Dara* et le prix Renaudot en 1995 pour *Les Braban*. Il est chroniqueur au *Point*, critique littéraire à *Marianne*, critique cinématographique à *VSD* et critique de télévision au *Figaro Magazine*. Il a été élu au jury Renaudot en 2003.

Patrick Besson

SAINT-SÉPULCRE!

ROMAN

Fayard

TEXTE INTÉGRAL

ISBN 2-7578-0172-4
(ISBN 2-213-62534-0, 1re publication)

I

« Le matinot du 15 juillet 1099, messire Godefroi... » La plume reste en l'air. Avec hébétude, Richart regarde son parchemin. Maître Bourdon lui a demandé d'écrire en français un récit de la prise de Jérusalem, ville aujourd'hui reperdue. Le sujet ne l'inspire pas. Il préférerait un devoir sur la chasse au sanglier. Ce qu'il aimerait surtout, c'est arrêter ses études, mais son père ne l'accepterait pas. Un fils de Naute doit avoir une bonne instruction, eu égard à l'importance que prend la bourgeoisie dans le Royaume. Le seul changement probable dans la vie estudiantine de Richart sera de passer bientôt du collège des Bons-Enfants, proche du domicile des Perpin, à l'établissement du chapelain Robert de Sorbon, sur l'autre rive de la Seine. Il y a là-bas les meilleurs professeurs de l'Université et, selon Nicholas Perpin qui en a discuté avec d'autres marchands de la ville, une bibliothèque de mille dix-sept volumes. Mille dix-sept livres à lire ! D'avance, Richart en a la nausée. Sa consolation est que ce nouvel établissement se trouve Outre-Petit-Pont, où il aime rôder et où il y a ce clos-saint-sulpice que le jongleur Bénodet lui a fait goûter lors de son dix-septième anniversaire, le 15 juillet dernier. Richart est né le jour de la prise de Jérusalem, cent cinquante-trois ans plus tard : ça ne l'aide pas pour sa rédaction. Un pot de clos-saint-sulpice serait plus utile.

Richart se lève car il vient d'avoir une idée. Que n'y a-t-il songé plus tôt ? Il n'aurait pas passé la journée à se torturer l'esprit. Il n'aime pas se torturer l'esprit. Il laisse ça aux clercs. Ce qu'il veut ? Jouir. De tout. Sans cesse. Il a de larges épaules utiles dans les bagarres, une taille fine souvent enlacée par sa sœur Ysabel pour des jeux innocents, et un visage de fille. Les putains le trouvent joli. Certaines ne le font pas payer, d'autres lui offrent des sous. Il les prend pour jouer et les perd aussitôt. Il n'a pas de chance. Il semble que le sort l'ait comblé de tous les bienfaits à la naissance et qu'il n'en ait plus en réserve pour le reste de sa vie. Rien dans son existence ne se résout seul : il est obligé de forcer, de mentir, de ruser ou de truquer pour arriver à ses fins.

Il aime cette heure où l'ombre caresse la ville qui sera ensuite engloutie dans l'obscurité. Les lourdes odeurs de purin, de pisse et d'eaux sales montent au ciel comme les âmes des morts. Les rues se vident ainsi qu'à l'approche d'un orage. Les femmes ont disparu. Les enfants restés dehors sont des orphelins. Une nuit, Richart a été abordé par une douzaine d'entre eux. Ils avaient des faces noires aux yeux fous, des ongles longs et des cheveux si sales qu'ils se dressaient, collés sur leur crâne comme une couronne de misère. Les enfants voulaient l'argent de Richart. Il a dit qu'il ne sortait jamais avec beaucoup d'argent sur lui mais qu'il était prêt à faire deux parts de ce qu'il avait dans sa bourse et à leur en donner une. S'ils exigeaient la totalité de la somme, ils devraient se battre pour l'obtenir. Richart a dit qu'il était sûr d'en tuer au moins deux, peut-être trois. Il ajouta qu'il était le Diable. C'était pour rire, mais les enfants eurent peur et prirent la fuite. Quand il retrouva ses amis dans une taverne d'Outre-Petit-Pont, Richart raconta l'anecdote qui fit aussitôt le tour du pâté de maisons, puis du quartier. Le soir suivant elle avait franchi la Seine et voletait d'une bouche à l'autre, aux Halles. Elle est désormais aussi célèbre à Paris que l'histoire du clerc attaqué par trois hommes du guet royal et qui les a tués l'un après l'autre. Son exploit insolite et sulfureux a valu à Perpin d'être cité par Thomas d'Aquin dans l'un de ses opuscules : d'Aquin explique que *dicitur esse is qui ipse esset* et qu'on ne saurait se donner un faux nom ou une appartenance mensongère sans que des sédiments de ceux-ci se déposent dans notre âme. En disant qu'il est le Diable, Richart aurait pris une part du Diable en lui.

Il descend vers le fleuve. À sa droite, l'enceinte étend son ombre sur les maisons rabougries. Richart arrive au Grand-Châtelet, s'engage sur le pont. Les échoppes sont fermées. Une petite fille court derrière un cochon. Le jeune homme l'aide à le rattraper et à le reconduire dans une masure qui est celle des parents de la fillette. Il plaint les gens obligés d'habiter avec leur cochon. La Seine est bleue comme la mer. Richart n'a jamais vu la mer, mais tous les gens qui l'ont vue disent qu'elle est bleue. Il irait bien aux Croisades pour la voir : ce serait la seule raison, car il n'a pas l'esprit d'un homme qui se croise. Au contraire.

L'île de la Cité est remplie d'églises. Notre-Dame poudroie dans la nuit tombante. Elle est blanche comme la figure d'une vierge qui ne sort jamais de chez ses parents. Sur l'autre rive, c'est le début de la campagne. À l'est, des moulins ; à l'ouest, des forêts. Les rues rétrécissent et il y en a moins. Les plus hautes maisons ont deux étages. Il y a davantage de jeunes et donc davantage de gens qui sortent la nuit. Après avoir franchi le Petit-Pont, Richart entre dans la rue de la Harpe, puis tourne dans la rue de la Huchette pour trouver la rue Garlande. Les rôtisseries tournent à plein régime. Passent trois sergents du guet royal. Ils vont à pied l'un derrière l'autre, tels des badauds. Sont-ils là pour protéger le peuple ou voler un quidam ? Chacun les regarde avec suspicion, attendant avec impatience le moment où ils auront quitté les parages.

Richart a traversé la rue Saint-Julien. Notre-Dame ressemble à un fantôme gigantesque recouvert d'un drap blanc. L'écolier bute sur un mendiant. Celui-ci prétend avoir perdu son pied à la Croisade du Roi Louis, il y a vingt ans. À moins, pense Richart, qu'on ne le lui ait coupé pour le punir d'avoir volé. Dans l'obscurité, il ne voit pas si l'énergumène a encore ses deux oreilles. L'arrachage du pied ne punit qu'un deuxième larcin, le châtiment pour un premier étant d'avoir une oreille coupée. Les punitions se résument à des humiliations et des mutilations. On crève les yeux, on coupe la langue et on incise la lèvre aux blasphémateurs. Les faux monnayeurs sont mis à bouillir dans une cuve d'huile ; les révoltés, jetés à l'eau dans des sacs ; les femmes criminelles, enterrées vives. Richart repousse l'homme. Il ne donne rien aux mendiants qui du coup le maudissent, souvent à voix haute.

La rue du Feurre passe derrière l'église Saint-Julien pour monter vers le collège Robert-de-Sorbon. La taverne du Boutonnier (son propriétaire, Philippe la Souève, est un ancien fabricant de boutons) se trouve au milieu de la côte. Richart a beaucoup marché, il a soif. Dans la salle, nulle trogne de sa connaissance. Il s'installe à une table et demande un broc de clos-saint-sulpice. Philippe la Souève – gros homme mélancolique qui a perdu deux doigts dans son métier de boutonnier, raison pour laquelle il ne l'exerce plus – dit ne pas avoir de clos-saint-sulpice. Il vient de recevoir un tonneau de saint-victor. Richart préférerait du sainte-geneviève. « Bon choix ! » commente le tavernier qui s'éloigne et revient avec un broc plein. Le clos-sainte-geneviève est un vin rouge léger et un peu aigre fabriqué à l'abbaye du même nom. Richart aime les vins de Paris. Au moment où il se demande si Bénodet viendra au Boutonnier, le jongleur entre dans la taverne. Quand il aperçoit l'écolier, son visage s'éclaire, car Bénodet a compris que, ce soir, il ne paiera pas son vin. Philippe la Souève apporte à leur table un autre gobelet dans lequel Richart verse lui-même le clos-sainte-geneviève. Bénodet ne boit pas tout de suite. Il regarde le gobelet, mais on dirait qu'il ne le voit pas. Il parle de la jeunesse qu'il n'a plus et de l'argent qu'il n'a jamais eu. Il dit qu'il n'y a rien de plus beau sur cette terre plate et rectangulaire que d'être jeune et riche. Richart remarque que ce n'est pas une pensée chrétienne. Sans répondre, Bénodet boit une première gorgée. « J'ai un devoir à rendre sur la prise de Jérusalem, dit Richart. J'ai pensé que tu pourrais l'écrire à ma place. Tu fixeras ton prix et, une fois le travail terminé, je te paierai. » Le jongleur acquiesce de la tête, boit une autre gorgée. Il annonce son prix. Richart l'accepte après avoir pensé que c'est bon marché et dit le contraire. Il commande un nouveau broc de clos-sainte-geneviève. Les deux hommes le vident, puis sortent de la taverne.

Les odeurs de la ville s'accumulent telles des nourritures avariées sur un tranchoir : ordures ménagères, cadavres des charniers de Saint-Séverin, et aussi quelque chose de doux, de frais, de secret : les feuilles des arbres. Richart entre dans l'extase que lui apportent ses sorties nocturnes. C'est comme si la vie commençait. Les églises et leurs cimetières disparaissent dans la nuit. Les curés sont couchés. Le ciel s'ouvre. Ou bien la terre ? Bénodet est ce guide hagard qui sauve le jeune Perpin de la mort bourgeoise. Ce soir, le jongleur emmène Richart au bordel, rue Bordelles. « C'est toi qui payes, dit Bénodet. Je n'ai pas d'argent. – Tu n'en as jamais. – Parfois j'en ai, mais c'est le matin, et le soir je n'en ai plus. C'est le propre des gens qui ont une famille à nourrir. – Les gens qui ont une famille à nourrir ne vont pas au bordel. – Sauf ceux qui ont un jeune ami fortuné ! » Richart rosit de plaisir : première fois que Bénodet l'appelle son ami. Le vieux Perpin, s'il connaissait la nouvelle, ne partagerait pas sa joie. Rue du Quincampoist, le jongleur a mauvaise réputation à cause de ses polémiques et de ses jérémiades sur son manque d'argent. L'honnête homme, pour le Naute, est celui qui ne se fâche avec personne et gagne bien sa vie. Tel est aussi, selon lui, le secret d'une vie heureuse.

La maquerelle avertit Richart et Bénodet qu'il y a une fille nouvelle, arrivée aujourd'hui de Palestine en compagnie d'un Templier aveugle. La Palestinienne, continue la maquerelle, ne comprend pas le français. Personne ne l'a entendue parler, peut-être est-elle muette. Le Templier l'a laissée rue Bordelles en échange d'une forte somme d'argent, puis a disparu au coin de la rue Saint-Cosme, tapant avec sa canne contre les façades lépreuses. La Palestinienne doit avoir un peu plus de treize ans, mais elle n'est plus vierge : la maquerelle a vérifié à l'aide d'un doigt. Les deux hommes sont-ils intéressés ? Bénodet demande le prix. Celui-ci est élevé. Le jongleur se tourne vers Richart qui acquiesce rêveusement du menton. La maquerelle, qui cherche à obliger le jeune Perpin, car elle est attendrie comme toutes les femmes par sa beauté, leur propose un tarif de groupe. Richart laisse Bénodet y aller en premier et s'assoit sur un banc. La maquerelle prend place à côté de lui. C'est une vieille femme d'environ trente-cinq ans, qui n'a plus que trois ou quatre dents. Elle offre à Richart de boire dans son gobelet de clos-saint-sulpice. Il accepte, car le clos-saint-sulpice ne se refuse pas, même dans le gobelet d'une maquerelle édentée. Richart examine dans la pénombre les individus qui l'entourent : écolier aux longs yeux, clerc chiffonné, tailleur à dos rond, sergent du guet couperosé causant avec un charcutier dont la sueur sent l'ail, porteur d'eau et chevalier errant. Quand Bénodet revient dans la salle commune, Richart lui dit qu'il a fait vite. L'autre répond qu'il n'a rien fait. La maquerelle se dresse sur ses lourdes jambes, prête à punir la Palestinienne. Bénodet l'arrête d'un geste conciliant et désolé : « Elle était d'accord. C'est moi qui ne l'étais pas. – La fille est laide ? – Loin de là. » Richart se tourne vers la maquerelle pour avoir confirmation. Elle lui offre son sourire pitoyable et dit que la petite est jolie, mais qu'elle-même était mieux à son âge. « C'est impossible, dit Bénodet. Aucune femme n'a jamais été plus belle que cette Palestinienne. Comment s'appelle-t-elle ? – Je ne lui ai pas encore donné de nom, dit la maquerelle, rembrunie. – Elle n'en avait pas un, avant d'entrer ici ? demande Richart. – Sans doute que oui, mais le Templier ne m'a pas dit lequel. – Il faudrait l'appeler Grâce, dit Bénodet. Ou Beauté. Je vais écrire un poème sur elle. Ce sera ma première œuvre courtoise. – Tu dois faire mon devoir sur la prise de Jérusalem en premier ! » proteste l'écolier, puis il se lève et se dirige vers la chambre de la Palestinienne.

II

D'abord il ne l'a pas vue. Elle se tenait recroquevillée sur sa couche. Si immobile qu'il pensa qu'elle était la robe oubliée d'une autre putain. Il s'approcha, trébucha sur un obstacle invisible – chandelier ? gobelet ? outil ? – et tomba sur la jeune fille qui poussa un cri, à quoi il sut qu'elle était humaine et vivante. Il lui dit de ne pas avoir peur. Puis il vit ses grands yeux clairs dans son petit visage sombre. Père normand et mère sarrasine, pensa-t-il, l'inverse étant impossible. Il dit qu'il s'appelait Bénodet. Elle n'eut pas l'air de comprendre. Il dit qu'il était jongleur. Il enleva ses chausses et jongla avec. À travers sa frayeur, la Palestinienne sourit. Il chanta ensuite une chanson de sa composition, celle qui avait le plus de succès dans les festins. Ça rappela ses débuts à Bénodet. Il n'a pas toujours été le « grand » Bénodet, l'égal de Rutebeuf dans l'esprit des écoliers et des clercs du quartier de l'Université. Il a connu l'échec, l'insuccès. C'est pour ça qu'il a des rides et les cheveux gris. Mais il lui reste presque toutes ses dents, au contraire de Rutebeuf. Et de la maquerelle de la rue Bordelles.

Les jours suivants, Bénodet chercha un nom à la Palestinienne. Il n'arrivait pas à se décider entre Grâce et Beauté, du coup il l'appela Grâce-ou-Beauté, qui devint Grassoubeauté, puis Grassou car dans un bordel on n'a pas le temps de dire les noms trop longs en entier, mais Richart, le plus fidèle client de la fille, que lui-même appelait la Pouliche, dit que ce n'était pas un joli nom. « C'est plus joli que la Pouliche », dit Bénodet. La Palestinienne ne parlait toujours pas, du coup on ne pouvait pas avoir son avis sur la question. Quand Bénodet demandait à Richart comment était Grassou (ou la Pouliche) au lit, l'écolier disait qu'elle était bien, sans plus. Il avait connu mieux. Dans ce cas, interrogeait le jongleur, pourquoi revenait-il toujours la voir, alors qu'il y avait cinquante autres bordels à Paris ? Richart disait qu'il aimait bien la maquerelle ; elle lui donnait du bon vin et ça le faisait rire, cette bouche sans dents. Bénodet comprenait que ce n'étaient pas les vraies raisons. Richart ne donnait jamais les vraies raisons, surtout quand ça pouvait l'embarrasser en révélant quelque chose de lui-même. Peut-être était-il, comme Bénodet, tombé amoureux de la prostituée d'outre-mer. Il n'osait pas se l'avouer car il était un bourgeois, pas un jongleur.

Richart et Bénodet se sont rencontrés sur la place Maubert, à l'occasion d'une exécution. Les exécutions sont nombreuses à Paris comme dans tout le Royaume et on y va presque aussi souvent qu'à la messe. Ce sont des messes à l'envers : on se réjouit de la mort de quelqu'un, alors qu'à l'église on pleure celle du Christ. Bénodet était venu voir mourir un homme qu'il connaissait et Richart un homme qu'il ne connaissait pas. Parmi la foule béate, l'écolier avait remarqué une figure triste : celle du jongleur. Il s'était approché du quidam chagrin et lui avait demandé si l'homme qu'on brûlait était son ami. L'autre, contre toute prudence, avait dit que oui.

C'était en hiver, autour de la place on faisait des feux dont la fumée se confondait dans le ciel livide avec celle du bûcher. La Maub' sentit d'abord les brochettes de porc grillées vendues un denier pièce, puis la chair humaine rôtie. Loys de Loherenc était un parcheminier de Lorraine mêlé à une affaire de textes hérétiques. Louis IX n'aime pas plus les gens qui se moquent de la religion que ceux qui fournissent le matériel permettant à ces moqueries de circuler dans le Royaume. Les seuls Français qu'aime le Roi, ce sont les pauvres. Ils sont doux, surtout à la cour. Louis en invite chaque jour une centaine à sa table. Il y en a même quelques-uns à qui il lave les pieds. Il en bave pour devenir un saint. Bénodet dit qu'il espérait que ça allait marcher, que Rome ne ferait pas d'histoires pour coller une auréole au-dessus du crâne de Louis quand ce dernier aurait rendu son âme à Dieu. Richart pensa que pour de tels propos, le jongleur aurait pu finir au même endroit et de la même façon que Loys de Loherenc. C'était la première fois que l'écolier entendait des choses pareilles et ce fut pour lui comme entrer dans un monde nouveau, un monde où il n'était plus le seul à penser ce qu'il pensait, un monde où il n'y avait pas que le travail, la famille et la religion, comme rue du Quincampoist.

Cette nuit-là fut la première de celles que le jongleur et l'écolier passèrent ensemble à boire et à disputer. Bénodet avait entraîné Richart dans les bouges, tavernes et bordels de la rue Saint-Hilaire-Fromentel, de la rue de Bièvre, de la rue des Étuves, de la rue des Anglais. Le jeune Perpin avait laissé le jongleur au matin dans la rue des Murs qui longe l'enceinte de Philippe Auguste, près de la porte Saint-Victor. C'était Philippe Auguste le grand homme, avait bégayé Bénodet, la figure grise de vin et les yeux verts de colère. Sans les richesses que son grand-père avait accumulées, Louis IX n'aurait pas pu aller en Orient, construire la Sainte-Chapelle, distribuer tant d'aumônes. Puis, titubant, le jongleur était entré dans la masure où il habite avec sa femme et ses fils : Jacques, Joseph, Simon et Jude. Un jour, Richart lui a demandé pourquoi il avait donné à ses enfants les prénoms des quatre frères du Christ, et Bénodet a dit que c'était par piété. Richart a remarqué : « Toi aussi, tu veux devenir un saint ! » Bénodet a répondu : « Non, ne pas aller en Enfer. » Richart se demande si lui-même ira en Enfer. Il pense que oui, sans en être sûr. Ça dépendra de ce qu'il fera de sa vie dans les prochaines années. Son passage préféré dans l'Évangile est celui de la brebis perdue. Il est cette brebis perdue, sans savoir s'il a envie qu'on le retrouve. C'est bon d'être perdu.

Aujourd'hui, Bénodet doit commencer le devoir de Richart sur la prise de Jérusalem par Godefroi de Bouillon. Il sort de la couche où il a dormi avec sa femme et ses enfants. L'hiver ils se tiennent chaud, mais l'été ils se tiennent trop chaud. Bénodet ne se souvient jamais de l'âge de ses fils. Il a même des doutes sur le sien : trente-cinq ou trente-six ans ? Quant à sa femme... Elle était plus âgée que lui quand ils se sont mariés. Sans doute a-t-elle maintenant la quarantaine. Ou un peu moins. Bénodet se sent vieux, usé par la vie et le manque d'argent. Ses enfants sont encore petits, il doute de vivre assez longtemps pour les voir se marier et faire eux-mêmes des enfants. Il se demande s'il va pisser dans le pot de chambre ou dans la rue, mais comme on renversera le pot de chambre dans la rue, autant y pisser tout de suite. Il pousse la petite porte de bois. C'est l'aube dorée de Paris. La ville ne sent pas encore mauvais. La brise légère caresse le sexe dressé du jongleur. Il pisse en songeant à la Palestinienne. Il n'a jamais couché avec Grassou, que Richart baise chaque soir. C'est la façon qu'a le jongleur de la garder pour lui. En ne faisant pas l'amour avec une fille qui le fait avec tout le monde, on s'approprie sa pureté, la partie la plus précieuse d'une personne, surtout quand cette personne se prostitue. Pense Bénodet. Bénodet pense beaucoup et il arrive à Richart de lui dire qu'il pense trop. Depuis quelques jours, l'écolier se montre plus familier avec lui, moins respectueux. C'est comme quand les gens vous élisent pour maître alors qu'il n'y a qu'un maître : Dieu. Ils finissent par se rendre compte que vous n'êtes pas Dieu et leur admiration devient une affection méprisante qui finira en mépris sans affection, après quoi ils commenceront à salir votre réputation avant de piétiner votre mémoire dès que vous serez mort, toujours avec leur même tendresse puante.

Le jongleur prend du parchemin, de l'encre et une plume et ressort pour aller écrire quelque part. Presque tous les écrivains de Paris travaillent dehors où il y a la place et la lumière qui manquent dans leur logis. Le jongleur se dirige vers la rue du Feurre où on enseigne les Arts. Il y a toujours des étudiants qui bûchent sur leur paille, même tôt le matin. Bénodet aime la compagnie. La compagnie et la solitude. Il aime tout. Il a une bonne nature. Pour écrire, il faut avoir une bonne nature.

Par quoi commencer ? Urbain à Clermont ou

Godefroi à Jérusalem ? La première Croisade dite des Pauvres, menée par Pierre l'Ermite et Gautier Sans-Avoir, n'est pas comptabilisée dans la liste des sept Croisades, comme si le fait qu'elle ait échoué l'avait rayée de l'Histoire. Bénodet a envie de commencer son récit par elle, mais il serait hors sujet car les pauvres de Pierre l'Ermite et de Gautier Sans-Avoir n'ont pas participé à la prise de Jérusalem par le duc de Brabant. Ils étaient tous morts. Ou avaient été emmenés, pour les femmes et les enfants, comme esclaves par les Turcs Seljoukides. Le jongleur écrirait volontiers l'histoire d'une jeune Parisienne obligée de se plier aux caprices sexuels d'un Infidèle dans une forteresse d'Anatolie, mais non seulement Richart aurait une mauvaise note et serait renvoyé des Bons-Enfants, mais, par surcroît, ils finiraient tous deux sur le bûcher de la place Maubert. Ou de la place de Grève. Ou de la place de l'Estrapade. Le mieux est de s'en tenir au 15 juillet 1099. On approche les machines de guerre des remparts de Jérusalem. Les Francs ont conquis la Palestine parce qu'ils avaient les meilleurs ingénieurs. La guerre, pense Bénodet, est technique et le sera de plus en plus. Ça non plus, il ne peut pas l'écrire. Que peut-il écrire ? Rien. Rien d'intéressant, surtout quand ça doit être lu par un maître de collège. Bénodet regrette de n'être pas né avant Jésus-Christ, en Grèce ou en Sicile. Même l'occupation romaine était une époque plus libre pour les poètes et les jongleurs. Et les amoureux. Il y avait moins de putains, car les honnêtes femmes couchaient plus facilement. D'un autre côté, le Ciel était fermé, le Christ ne l'ayant pas encore ouvert pendant son Ascension. Sans le Christ, c'est la mort de l'âme. Avec lui : la prison de l'Église. Bénodet préfère la prison à la mort, en plus il n'a pas le choix. On ne discute pas avec Dieu, on Le prie. Ensuite Il fait ce que bon Lui chante. C'est notre Roi.

Deux ans que les chevaliers sont en route. Ne sont jamais allés aussi loin sur la Terre. Certains d'entre eux ont peur d'arriver au bout du monde et de tomber dans le vide qui l'entoure. D'autres, mieux renseignés, dessinent sur le sable une carte où Jérusalem se trouve juste au centre du rectangle formé par la Terre et leur expliquent qu'ils ne risquent donc pas de tomber dans le vide y en allant. Il y a tellement de soleil en Palestine que certains chevaliers sont devenus aveugles. Ils traînent leur mélancolie à l'arrière-garde, en compagnie de leurs serviteurs et des goutteux. Ils n'attendent qu'une chose : entrer dans l'église du Saint-Sépulcre, s'agenouiller, prier et pleurer. Ils sont sûrs qu'alors la vue leur sera rendue. Ça aussi, il faut le rayer. Maître Bourdon n'aimerait pas cette histoire de chevaliers aveugles. Pas assez épique. La prise de Jérusalem, c'est le grand exploit de l'Occident, il ne faut pas la gâcher avec l'évocation d'infirmités. Bénodet se dit qu'il a été influencé, dans le choix de ce thème bizarre, par le Templier de la rue Bordelles.

Le jongleur lève le nez. Le soleil survole Notre-Dame. Les maisons béent. Il en sort plus d'habitants qu'elles ne pourraient en contenir. Les cochons et les poules font leur promenade matinale. Les porteurs d'eau crient : « À l'eau ! » Les cloches des églises sonnent dans un ensemble assourdissant qui réveille les mendiants endormis dans les rues. À Paris beaucoup d'adultes n'ont pas de logement et beaucoup d'enfants n'ont pas de parents. Aux heures de repas, les uns et les autres se pressent chez Louis IX qui en choisit une centaine sur plusieurs milliers pour manger avec lui. Au fond, c'est peu. Est-ce de ce trop peu que Dieu le punira bientôt à Tunis en le faisant mourir ? Autour de Bénodet, les cours commencent. Le jongleur revoit sa jeunesse, quand il était écolier. Le maître qu'on écoutait comme si celui-ci était Pierre l'apôtre. Bénodet aurait voulu devenir maître lui aussi, mais il a préféré jongler. Ou est-ce la jonglerie qui l'a préféré ? Maintenant il continue de faire des devoirs alors que s'il était un maître il régnerait sur les consciences. Il pose la plume et regarde les écoliers assis sur de la paille, écoutant avec ferveur de grands types maigres pérorer.

III

« Une dame sans dents demande à te voir. » La maquerelle, oser venir jusqu'ici ! Ysabel regarde Richart avec surprise et espièglerie. Elle semble considérer la vie comme un jeu alors que ce qui l'attend est un mari qu'elle n'aimera pas et qui sans doute ne l'aimera pas non plus. Ou le couvent. Elle adore son frère parce qu'elle le trouve beau. Elle lui demande parfois ce qu'il va pouvoir faire, en tant que garçon, de cette beauté qui lui aurait été plus utile à elle. Utile à quoi ? demande alors Richart car il est entendu dans la famille Perpin qu'on épousera Ysabel non pour son physique, mais pour l'argent de son père. À Paris, personne n'épouse personne pour son physique, sauf les fous et les manants. Ou les jongleurs comme Bénodet dont la femme était naguère, dit-on à Saint-Séverin et rue du Feurre, une déesse. Des êtres de deuxième ou troisième catégorie promis à l'incertitude, à la déchéance, au supplice.

Ce n'est pas la première fois qu'Agnès Pié-de-Fust, nommée ainsi à cause de son abondante poitrine – quand l'appellera-t-on Agnès-Pas-Dentue ? se demande Richart – entre chez des bourgeois, mais c'est la première fois qu'elle y entre habillée. Quand elle se retrouve auprès de Richart, enveloppée avec une majesté incertaine dans une étoffe pourpre trop belle pour une visite matinale, elle dit que la Palestinienne, celle que Bénodet appelle Grassou et Richart la Pouliche, a disparu. Sans doute s'est-elle enfuie. Bien sûr qu'elle s'est enfuie, pense Richart. Mais enfuie où ? demande Agnès. Grassou – ou la Pouliche – ne parle ni le français ni aucune autre langue : elle ne parle pas. Depuis trois semaines qu'elle habite et travaille rue Bordelles, elle n'a pas mis le nez dehors. À peine sait-elle se laver toute seule. Mais elle n'y pense jamais. Il faut que les autres filles y pensent pour elle. Elles lui ont donné son troisième surnom : la Porrie. *La Moisie*. C'est une sauvage, une créature du désert. Elle n'a pas pu faire trois pas dans Paris sans se perdre, être volée, violée, battue, arrêtée par le guet. Agnès demande à Richart de la retrouver. Elle lui rendra l'argent qu'il a dépensé pour la Palestinienne depuis un mois. Il calcule aussitôt que ça fait beaucoup, vu qu'il couchait avec la Pouliche tous les soirs. Agnès a la somme sur elle. Elle lui tend une bourse qu'il soupèse. Le poids de son plaisir. Sourit. Il aime l'argent qui ne vient de nulle part et qu'on laisse n'importe où. Les gens à l'écart et les vies errantes. Ce qui choque, contredit, insulte, humilie et tourmente la bourgeoise rue du Quincampoist. Il n'a pas d'attachement particulier pour la Pouliche, hors du plaisir qu'elle lui donne depuis un mois. À cause duquel il ne va plus chercher son bonheur dans les autres bordels de l'Université ou d'Outre-Grand-Pont. Ainsi il gagne du temps. Les pervers ont l'esprit pratique. L'Enfer, pense Richart, doit être mieux organisé que le Paradis, cet éternel foutoir. Il dit qu'il accepte la mission – avec l'aide de

Bénodet, retrouver la Pouliche sera l'affaire de quelques jours de déambulation dans les trois quartiers de Paris – et raccompagne Agnès à la porte. Ils passent devant Ysabel aux yeux écarquillés. Quand la maquerelle est sortie, celle-ci se précipite vers son frère et lui demande qui c'était. Il dit que ce n'était personne. Pour Richart, les gens n'existent pas. C'est un païen de l'être humain. Il n'y a pour lui sur terre que des objets auxquels il prête un sens quand ils lui apportent du plaisir ou du déplaisir, sinon il ne les regarde pas et n'y pense jamais.

Il ne comprend pas la nature du petit malaise qui lui mordille le cœur et le ventre. C'est peut-être ce qu'il a avalé ce matin. D'habitude il ne mange pas le matin, mais là il s'est laissé entraîner par Ysabel qui ne voulait pas dîner seule. Un peu après tierce, ils ont avalé des saucisses chaudes, des lentilles et des épinards. Elle a bu du lait et lui de la cervoise. Mais non, ça n'a rien à voir, car il se rend compte qu'il a faim. Une idée le transperce : ce soir, il ne sera pas dans un lit avec la Pouliche. C'était son habitude enchantée de la nuit. Elle l'aidait à vivre les jours plats du collège des Bons-Enfants : tout ce latin. Après traversée du Grand, puis du Petit-Pont, il retrouvait ce corps maigre et sale qui ne faisait aucun bruit. Souple comme un serpent, doux comme un lapin. Et ces grands yeux bleus qui n'exprimaient que l'obéissance forcée, un peu haineuse. Il se persuadait soir après soir que, dans le lit, la prostituée simulait l'indifférence comme d'autres simulent le plaisir. Peut-être était-ce son jeu à elle : faire croire qu'elle cachait ses sensations et ses sentiments, par professionnalisme. Tout le monde a son jeu. Excepté les chevaliers, mais Richart n'en connaît pas. Il a lu leurs aventures dans des chroniques quand il était enfant. Mais la chevalerie ne l'intéresse plus, sauf pour les armes. Il aimerait avoir, lui aussi, une lance et une épée. Surtout une épée. Pour se défendre, il doit se contenter d'un poignard offert par son père pour ses quatorze ans. Le poignard des bourgeois.

Il décide de retrouver Bénodet pour faire avec lui le tour des bordels de la ville. La Pouliche est peut-être dans l'un d'eux. Pourquoi fuir un bordel pour retourner dans un bordel ? Afin d'avoir de meilleures conditions de vie et de travail. Les filles quittent parfois un établissement pour un autre. On leur promet une couche plus confortable, une nourriture plus abondante et plus variée. Elles reviennent, déçues. Ou bien elles meurent, assassinées par le maquereau ou la maquerelle pendant leur nouvelle tentative d'évasion.

Le jour, Richart ne marche jamais dans les rues. Ou bien il est au collège à étudier, ou bien il est chez lui à ne rien faire. Il trouve que pendant la journée il y a trop de monde dans les rues de Paris, ça dérange ses pensées. Il aime la ville quand elle s'endort, quand elle est endormie et quand elle se réveille. Après prime et avant complies, les lépreux ne sont plus cachés et les animaux circulent. Un tas de folles aux cheveux roux, encrassées du vagin à la commissure des yeux, veulent lire l'avenir dans votre main. Comme si Richart avait envie de montrer sa vie future à quelqu'un. Il dit qu'il le connaît, son avenir. Il montre le Paradis au-dessus de lui ou l'Enfer sous ses pieds, selon son humeur. La voyante fait le signe de la croix. Il rit. Elle le maudit, comme tout le monde. Les crieurs annoncent des nouvelles qui n'intéressent pas le jeune homme : défaites outre-mer, morts illustres, naissances de bébés nobles ou bourgeois, mariages forcés, taxes et impôts. Les jongleurs jonglent. Les clercs mangent des pâtés. Les clercs sont tout le temps en train de manger des pâtés ; la théologie donne faim. Des bouchers tachés de sang passent en hordes hilares : ils vont se désaltérer dans une auberge car le sang ne se boit pas. La rue remue, s'esclaffe, hurle. Richart se sent étranger à cette agitation vulgaire et sordide, il préférerait de loin marcher dans un monastère au milieu de ces cons de moines.

Bénodet n'est pas chez lui, son épouse ne sait pas où il est. Cette femme brune d'une quarantaine d'années traîne en guenilles. Richart regarde l'inconsciente qui a fait des enfants avec un jongleur. Peut-être n'a-t-elle trouvé personne d'autre, mais ça étonnerait Richart, car elle est belle. Il y a une seule chose mauvaise sur terre, pense l'écolier, c'est la pauvreté. À côté de la pauvreté, tout est bon. Même sur un bûcher, le condamné à mort n'en a que pour quelques minutes à souffrir devant des gens qui l'auront oublié le lendemain matin. « Peut-être est-il allé écrire rue du Feurre », dit la rombière. Elle lui demande s'il veut qu'elle lui serve quelque chose. Il dit que non. Que pourrait-elle lui servir ? De l'eau croupie ? « Alors c'est vous, le fameux Richart ! Bénodet parle souvent de vous. Ça me rend jalouse. En plus, vous êtes joli comme une fille. – J'admire votre mari. – Beaucoup de gens admirent mon mari. Le mieux serait qu'ils le payent. – Je le paie aussi. – Alors payez-moi directement, car je n'ai jamais vu la couleur de votre argent et mes fils non plus. » Il contemple avec un plaisir désolé cet être humain qui est un concentré d'amertume. Il lui donne de l'argent et sort pour prendre la direction de la rue du Feurre. À cette heure-là, les cours battent leur plein. Richart en profitera pour laisser traîner une oreille ici et là afin de savoir s'il comprend quelque chose. Son mauvais latin, c'est un handicap pour les études. Il devra trouver une solution car personne ne pourra le comprendre à sa place.

Rue du Feurre. La cathédrale, de l'autre côté du fleuve, veille sur les écoliers studieux. Richart hait et méprise les maîtres pour leur autorité, et les autres pour leur obéissance. Dans son esprit, la vie doit rester une aventure modeste et légère, surtout nocturne, où la valeur de chaque instant est dans les bonnes ou mauvaises surprises qu'il apporte. Toute solennité – celle du prêtre comme celle du fidèle, celle de l'amoureux comme celle de l'aimée, celle du riche comme celle du pauvre – lui semble en contradiction avec la nature imprévisible, saugrenue et délirante de notre passage sur la Terre. Étudier auprès des maîtres pour devenir un maître à son tour afin d'enseigner les mêmes choses qu'on étudiait quand on était écolier, lui paraît une tâche vaine, à quoi s'appliquent pourtant la plupart des garçons de son âge et de son milieu.

Pas de Bénodet. Richart le cherchera dans tout le quartier de l'Université. Il n'est pas habitué à l'agitation qui règne dans les petites rues noirâtres. Il se laisse bousculer, marcher sur les pieds. Il a failli prendre sur la tête le contenu d'un pot de chambre. Rue de la Parcheminerie, il a une pensée pour Loys de Loherenc. Rue du Clos-Bruneau, il interroge les taverniers, les porteurs d'eau, les vendeurs de pâtés. Rue d'Arras, il repousse un mendiant qui l'envoie au diable et il répond pour rire qu'il y est déjà. Il faudra qu'un jour il poignarde à mort un mendiant pour se venger de toutes les insultes que lui a lancées cette corporation depuis qu'il marche dans Paris sans ses parents. Rue Garlande, il s'offre un gobelet de clos-de-garlande. Première fois qu'il boit du vin pendant la journée. C'est aussi bon que lorsqu'il a fait l'amour l'après-midi pour la première fois. Il a trouvé un nouveau plaisir de vivre, ce n'est pas une journée perdue.

Si Bénodet s'était enfui avec la Pouliche ? Le jongleur a toujours refusé de coucher avec elle, même quand Richart proposait de lui payer la passe. Le seul moyen de coucher avec une femme avec qui tout le monde couche, c'est de ne pas coucher avec elle, se répète-t-il. *Idem* pour les femmes avec les hommes. Richart a parfois essuyé des refus de femmes qui voulaient être dans sa vie une exception : quelqu'un qui ne lui avait pas cédé. Dans son esprit déréglé et fantasque, dont Richart croit avoir exploré chaque arcane, Bénodet serait donc l'unique véritable amant de la prostituée. Ne restait-il pas de longs moments à ses côtés sans rien dire, elle ne parlant toujours pas ? Mais peut-être qu'avec le jongleur elle parlait ? À voix basse, de telle façon que les autres clients du bordel ne l'entendissent pas. En tournant la tête pour que nul, à part Bénodet, ne vît ses lèvres remuer ?

IV

Elle le contemple en train de dormir. Sur ce fin visage fatigué elle revoit les étapes de leur voyage : Damas, Acre, Constantinople, Andrinople, Nicée, Zemlin, Venise, Gênes, Lyon et Paris. Gile est aussi joli que Richart Perpin – l'écolier qui l'appelait la Pouliche alors que son vrai nom est Édelinne –, mais avec vingt ans de plus. Vingt ans de combats, de chagrins et de tendresse. Car il est tendre, notamment avec elle. C'est ça que le Temple ne lui a pas pardonné. Cette bande de sodomites toujours en rond à parler châteaux forts et placements financiers. Ils ont chassé Gile de leur ordre au motif qu'il avait « quitté la maison pour les Sarrasins ». Gile était allé chez les Sarrasins pour la retrouver, *elle*. Et la sauver comme le Christ a sauvé le Monde ! Nous sommes tous et à tout moment dans la Passion où tous les rôles nous sont offerts, les bons comme les mauvais, et même celui de Notre-Seigneur Jésus-Christ. Bénodet disait ça. Le gros Bénodet. Gile, à Damas, avait fait le coup seul, comme hier soir. Comme à Lyon, Gênes, Venise. Il aimait faire ses coups seul. C'était un solitaire, raison pour laquelle il avait donné à Édelinne tout son amour : il ne connaissait qu'elle. Il ne regardait jamais une femme ni un homme, bien qu'il eût une vue excellente. Cette histoire de cécité était un de ses masques. Attirer l'attention sur une chose fausse pour la détourner d'une chose vraie. Selon lui, maintenant que la maquerelle de la rue Bordelles était à la recherche d'un Templier aveugle, n'importe quel chevalier non aveugle pouvait passer et repasser devant elle sans attirer son attention, même s'il avait la taille et le visage du Templier aveugle en question.

Elle sort de la cabane. Prime sonne à Saint-Marcel. De la butte où elle se tient, Édelinne voit Paris enserrée dans sa muraille. Dans la brume bleutée du matin, elle distingue la porte Saint-Victor auprès de laquelle elle sait qu'habite Bénodet avec sa femme et ses quatre fils. Bénodet a eu le temps de lui raconter sa vie, toutes les fois qu'ils n'ont pas fait l'amour ensemble. Elle ne lui répondait pas, puisqu'elle était censée ne pas comprendre le français et par surcroît être muette. Encore une idée de Gile : « Quand ils chercheront une muette, il te suffira d'ouvrir la bouche et de t'exprimer en bon français pour qu'ils ne voient pas que c'est toi qu'ils cherchent. » Une fois – c'était à Venise, sur la Giudecca – elle a dû passer pour aveugle. Plus difficile. Mais ça n'a duré qu'une nuit et la nuit on ne voit rien. À Paris, du fait de la maladie de Gile, elle a dû faire la muette pendant un mois. Un supplice, pour elle si bavarde !

Son premier client, rue Bordelles, aura été Richart Perpin, puisque le jongleur, lui, ne l'avait pas touchée. Bénodet lui demanda même pardon. Pardon de quoi ? Elle était bien contente. Elle espérait que les hommes étaient tous comme ça à Paris, de sorte que le lendemain Gile la retrouverait dans l'état où il l'avait laissée, comme ça s'était toujours produit. Mais quand elle vit entrer Richart dans sa chambre, elle comprit que les choses, cette fois, seraient moins simples. D'abord, elle eut un choc, tant la ressemblance physique avec Gile était frappante. Gile avec quinze à vingt ans de moins, sans barbe, d'abondants cheveux blonds à la place de rares cheveux blancs, un regard qui brillait sans cesse et non par intermittence comme c'était le cas de celui du Templier depuis qu'ils avaient quitté la Palestine. Chez Richart on ne sentait aucune nostalgie et quand elle s'en rendit compte, Édelinne comprit que la nostalgie est une ride. Dès qu'un homme regarde en arrière, il perd le fil de sa vie. Le Christ n'est pas derrière nous, il est devant, loin devant. Disait Bénodet qu'elle enviait de parler autant alors qu'elle devait se taire.

Richart lui indiqua par gestes ce qu'il attendait d'elle et elle fit non de la tête, alors il la gifla. Pas fort, mais assez fort pour qu'elle comprenne qu'il était capable de taper plus fort. Elle obéit. À sa propre surprise, elle constata qu'il était propre. Tant d'hommes se font une gloire de ne se laver le pénis que dans la bouche des putains. Elle s'étonna que Richart lui touchât les cheveux. C'était une caresse amicale, presque fraternelle. Sans doute procurait-elle du plaisir à l'écolier, car elle ne l'imaginait pas chercher son plaisir à elle. Peut-être imaginait-il qu'elle était quelqu'un d'autre ? Sa sœur, s'il en avait une ? Ou un jeune moine ? Il suffisait de regarder son visage pour comprendre que cet homme n'était pas en entier dans ce qu'il disait et dans ce qu'il faisait, mais un peu ailleurs, au-dessus ou au-dessous, plutôt au-dessous. Sur cette belle figure intelligente, dont les traits fins et sinueux reflétaient une pensée fine et sinueuse, s'épanouissait une farandole de vices qu'on pouvait dénombrer comme on compte des poires dans un panier : la luxure, le jeu, l'imprudence, la dureté. C'était le visage de Gile non seulement rajeuni, mais inversé : les vertus s'étaient envolées, restaient les tares. Puis Richart entra en elle avec une douceur qui la fit presque s'évanouir de surprise. Il la regardait avec un sourire bizarre qui lui fit peur, alors elle ferma les yeux. Il lui dit de les rouvrir. Elle se souvint qu'elle ne comprenait pas le français et fut tentée de les laisser fermés, mais se dit ensuite qu'une personne qui vous adresse la parole, même dans une langue étrangère, vous entraîne à ouvrir les yeux, ne serait-ce que pour l'interroger du regard sur le sens de ce qu'elle vient de dire. « J'aime tes yeux », dit Richart. Ces mots tendres tombaient de sa bouche mince comme des crachats. Elle leva la tête pour l'embrasser sur les lèvres, apparentant son désir à une curiosité morbide : elle voulait aspirer le souffle de la mort. Mais la bouche de l'écolier restait celle d'un enfant, tremblante de fraîcheur et douce comme une brise, source magique au milieu d'un désert de l'âme et du sentiment.

Richart s'en alla sans rien dire mais revint le lendemain à la même heure. C'était un jeune homme de mauvaises habitudes. La deuxième fois il commit sur Édelinne le péché de sodomie. Elle commença par refuser, ainsi qu'elle l'avait fait la veille pour la fellation. De nouveau il la frappa et elle se soumit à sa volonté. Fallait-il que l'homme ait un instinct bien bas pour placer son instrument sacré – Gile dit souvent, en fait à chaque fois qu'il bande, que l'érection est la preuve de l'existence de Dieu – dans l'orifice d'où sort ce que l'être humain a de plus ignoble : ses excréments ? Pis : éjaculer dans la bouche qui prend l'hostie ! Richart se mit à parler avec tant d'abondance que ses monologues duraient plus longtemps que leur étreinte, ce qui déplaisait à Édelinne car elle avait pris goût à ces dernières. Mais elle aimait bien les monologues de Richart, aussi. Comme elle n'était pas censée comprendre ce qu'il disait, elle en concluait qu'il proférait des choses sincères. Ce fut le moment où il commença à l'appeler la Pouliche. Elle n'aimait pas ce surnom, mais c'était mieux que Grassou, inventé par Bénodet. Grassou ! Et pourquoi pas Graspois (graisse de baleine) ? L'écolier parlait de son enfance et de ses rêves. Il avait été un petit garçon tendre jusqu'au jour où il avait compris que les gens sont méchants et que si on ne veut pas être détruit par eux, il faut les détruire avant et, pour cela, être plus méchant qu'eux. Il considérait comme un devoir sacré de ne pas se laisser abîmer par la malhonnêteté et la vilenie du monde mais, au contraire, de la combattre avec acharnement et finir par la vaincre. Sur la croix, à la place de Jésus, il se serait servi de ses pouvoirs surnaturels pour se déclouer et rentrer dans le lard des soldats romains, après quoi il aurait mis le sanhédrin à sac, buté Ponce Pilate et pris le pouvoir à Jérusalem, entouré de ses douze apôtres qu'on aurait nommés généraux. Édelinne était abasourdie par ces blasphèmes et avait du mal à faire croire qu'elle ne les comprenait pas, tant ils l'effrayaient.

Dans son enfance Richart aimait à s'isoler pour lire. Il se plongeait dans des romans courtois, des ouvrages pieux. Comme tous les petits garçons, il voulait être un chevalier ou un saint. Ces rêveries lui avaient passé vers la douzième année quand il avait découvert le pouvoir que sa beauté et son caractère lui donnaient sur les autres. Il régna, rue du Quincampoist, sur un groupe de garçons de son âge qu'il entraînait dans des aventures peu catholiques. Des membres de sa bande se firent fouetter en public par la police pour blasphèmes. À la campagne – les Perpin possédaient, près de Pontoise, un domaine où ils passaient quelques semaines en juillet et août –, Richart avait recruté de petits paysans et deux autres damoiseaux avec lesquels il se livrait à diverses facéties et rapines. Ils avaient provoqué un jour l'incendie d'une grange. Ils aimaient monter à cheval sur des vaches, étrangler des canetons. Ils se soûlaient à la cervoise et au vin. Ils troussaient les filles de ferme. Richart faisait son choix, les autres prenaient ce qui restait. Il dit à Édelinne qu'il s'était mis peu à peu à penser que cette débauche, si elle durait, ne lui apporterait rien de bien, et même lui ferait du mal, mais, pour l'instant, le mal n'était pas encore advenu et le plaisir était resté. La Palestinienne continuait de faire semblant de ne pas comprendre ce qu'il disait, mais c'était difficile car elle était amoureuse de lui.

Quid, aujourd'hui, de ses sentiments pour Richart ? D'abord, elle se dit qu'elle ne le reverra plus. Dès que Gile sera rétabli, ils partiront pour Rouen, puis pour Londres. Il ne faut pas faire plus de deux ou trois coups dans la même ville, car les villes sont petites et les citadins bavards, et à Paris Gile et elles en sont à leur quatrième forfait. Pour peu que la maquerelle et ses sbires enquêtent avec sérieux sur sa disparition et interrogent les autres patrons de bordelleries, ils découvriront le pot aux roses. Si Agnès Pié-de-Fust la retrouve, Richart la retrouvera aussi, du coup elle le reverra. Mais le revoir signifiera la geôle pour elle et le bûcher pour Gile. Elle aime quelqu'un dont la rencontre la détruirait. Est-il situation plus romanesque ? Bénodet pourrait en tirer une belle chanson qui aurait du succès aux mariages et festivités où il se produit pour rapporter quelques sous, parfois même une seule maille, à sa femme dans leur taudis de la rue des Murs.

Après le départ de Richart, Édelinne attendit Gile. Il arrivait toujours vers laudes, au plus profond de la nuit. Quand tout le monde dort, sauf les fous et les poètes qui n'appellent pas le guet royal au secours. La porte du bordel resta fermée, personne ne força la fenêtre d'un coup de poing, ne pratiqua de trou dans le mur. Gile avait percé un trou dans un mur, une fois, à Zemlin. C'était un petit mur, mais un grand trou. Édelinne l'avait emprunté pour sortir du bordel. Le bordel de Zemlin ! Ça aussi, Édelinne aurait aimé le raconter à Bénodet. Elle aurait aimé tout raconter à Bénodet. C'était peut-être lui et non Richart qu'elle aimait. N'avait-il pas le même âge que Gile ? Elle se revoyait chevaucher le long du Danube avec le Templier. Derrière eux le jour commençait. Quand elle avait senti une chaleur dans son dos, elle avait compris que le soleil s'était levé. Elle s'était retournée et avait vu Belgrade, de l'autre côté du fleuve, découper sa silhouette trapue sur le ciel bleu de l'Orient.

Gile n'arrivait toujours pas et la peur s'empara d'Édelinne. Elle n'avait jamais passé une nuit complète dans un bordel. À Damas elle était restée plusieurs semaines dans un harem, mais un harem n'est pas un bordel. Dans un harem il y a un homme affreux pour des dizaines de jolies filles, dans un bordel une jolie fille pour des dizaines d'hommes affreux. Toute la journée elle avait tremblé. La maquerelle pensait qu'elle était malade. Elle s'était plainte que le Templier lui eût livré une marchandise défectueuse. Elle ne se doutait pas qu'il ne lui avait livré aucune marchandise, et qu'à cette heure Édelinne aurait dû gambader dans la campagne avec son vieil amant et protecteur. Au lieu de quoi elle se préparait, pour une raison qu'elle ignorait encore, à la pire journée de sa vie : celle où elle devrait faire la putain pour elle ne savait pas au juste combien d'hommes ni combien de temps.

Sa peur avait disparu à l'arrivée du premier client. Les yeux baissés, il était entré de biais dans la chambre sale et obscure. Édelinne avait eu pour la première fois de sa vie l'impression d'être une idole. Une image sainte. Une vierge ! Jamais aucun homme n'avait eu aussi peur d'elle. Elle avait toujours su que le sexe est sacré, raison pour laquelle l'Église tente de l'enfermer dans le mariage afin qu'il ne s'abîme pas, et surtout ne tue personne, mais elle en avait aujourd'hui la preuve éclatante dans sa chair. Aux yeux de ce pèlerin hagard, elle incarnait le plaisir, ce monstre froid et omnipotent qui hante les consciences, qu'elles soient ou non chrétiennes. Ses bras et ses jambes n'étaient plus ses bras et ses jambes à elle, mais ceux du plaisir que, pensive derrière son corps étranger, elle offrait. Elle était devenue un objet, *un objet de culte*. Avec l'argent de la passe, le client se payait un cierge qui exauçait ses vœux. Elle était une sainte relique devant laquelle, cette nuit-là et toutes les autres nuits, s'étaient tenus cois quelques hommes terrifiés. Combien en tout ? Une centaine. Peut-être cent cinquante. La plupart d'entre eux étaient sales. Elle leur lavait le sexe comme le Roi Louis lave les pieds des pauvres qu'il invite dans son palais de la Cité. Elle leur donnait son corps comme il leur donnait à manger. Tous deux se sacrifiaient. Tel le Christ. Le

Christ avait montré l'exemple à tous, même aux putains. Surtout aux putains. Une putain a plus de chances de passer par le chas d'une aiguille qu'une bourgeoise n'en a d'entrer dans le Royaume des Cieux. Les putains n'étaient-elles pas celles qui se donnaient le plus aux pauvres ? Un pauvre est quelqu'un qui n'a pas les moyens de s'acheter une femme, alors il en loue une. À aucun moment Édelinne n'avait eu l'impression de déchoir. D'où serait-elle tombée, elle qui gisait au sol ? Il lui avait semblé au contraire s'élever au-dessus de la terre comme les derviches qu'elle avait vus à Damas après son enlèvement par l'émir Al Baachi. Elle était alors âgée de onze ans. Édelinne avait déjà fait quelque chose pour quelqu'un qu'elle aimait, mais jamais pour quelqu'un qu'elle n'aimait pas. Ses clients de la rue Bordelles, elle les haïssait ; pourtant, chaque nuit, elle se livrait à eux, les servait, les soulageait. Elle découvrait la charité. La charité, c'est ce que les pauvres à qui on la fait croient être de l'amour. Et c'en est. Les clients d'Édelinne repartaient éblouis, car ils avaient été heureux comme s'ils avaient réussi leur vie, comme s'ils avaient rencontré un jour la femme de leurs rêves et avaient su la séduire et la garder. Ils revenaient rue Bordelles de plus en plus souvent, de plus en plus nombreux. La maquerelle était éblouie par sa nouvelle recrue. Elle disait qu'en vingt ans de métier elle n'avait jamais fait une aussi bonne affaire.

Des clients, peu nombreux, insultaient et battaient la Palestinienne. Elle leur pardonnait, car elle les comprenait. Ce n'étaient que blasphémateurs terrorisés et ulcérés par sa sainteté. Les éternels esprits forts tentés en permanence par l'hérésie. Ces vieux Albigeois qui errent de siècle en siècle à la recherche de subversions noires, de sordides ruptures. Les amants de la Mort. Elle les reconnaissait à leur regard tendre, à leurs gestes fragiles. Ils portaient la peur et le désespoir en eux, bientôt transformés en insultes et en coups qu'elle accueillait chrétiennement avant qu'un gros bras de la maquerelle, alerté par le vacarme, ne se précipite dans la pièce et ne morigène le client brutal avant de le jeter dehors. Ou bien Bénodet volait au secours de son aimée, tel un vieux chevalier obèse et goutteux, tabassant l'intrus avec la force inouïe de ceux qui se battent à contrecœur.

V

Brillent au soleil de feu les armes des combattants nettoyées la veille par les écuyers. Elles ont souvent servi depuis le départ de Constantinople, il reste toujours un peu de sang dessus. Mais, pour la prise de Jérusalem, chaque chevalier a voulu que son épée soit propre, plus propre que celle du voisin. Bénodet se demande s'il s'en tient aux chevaliers réels – Robert de Normandie, Robert de Flandre, Raymond de Saint-Gilles –, ou s'il en invente un si bien que Richart et son maître Bourdon n'y verront que du feu. Ce sera son petit plaisir, en sus des deniers que lui versera le jeune homme à la fin de la rédaction. Une main se pose sur son épaule. Le jongleur prend la beauté de Richart en pleine figure. C'est à chaque fois comme recevoir une balle de son sur le nez. D'abord il y a le choc, puis c'est l'éblouissement, enfin la douleur s'installe jusque dans le crâne. Richart lui explique la situation. Bénodet regrette aussitôt de ne pas avoir couché avec Grassou. C'est peut-être une occasion perdue à jamais. Il se promet que s'il retrouve la Palestinienne, c'est ce qu'il fera en premier, coucher avec elle. Il ne se le jure pas, car il ne jure pas, c'est un péché. Coucher avec la Palestinienne sera aussi un péché, mais plus agréable et par conséquent plus facile à confesser.

Richart et Bénodet vont faire la tournée des bordels. Mais il faut attendre le soir. Ils commenceront par la visite des tavernes. Toutes n'ont pas du clos-saint-sulpice, mais dans le Royaume il y a beaucoup d'autres crus, notamment des breuvages nobles venus d'Anjou et de Bourgogne. Ils sont plus chers, mais les ressources de l'écolier sont sans limites. La maquerelle, a-t-il expliqué au jongleur, casque. L'enquête vire à la beuverie. Richart et Bénodet essaient de soûler les éventuels témoins, mais ce sont surtout eux qui s'enivrent. Outre-Petit-Pont, personne n'a vu de Templier aveugle ni de Palestinienne muette rôder dans les parages. Ils s'en souviendraient. Ça ne s'oublie pas, des énergumènes pareils. En sortant d'un établissement de la rue Saint-Nicolas-près-le-Puits, Bénodet se rend compte qu'il ne connaît plus le chemin de sa maison. Il décide de coucher dans la rue. Il faut trouver un coin discret où on ne sera ni détroussé ni égorgé pendant la nuit. Bien cacher ses pieds, car souvent on vous vole vos sandales quand vous êtes endormi, même si elles sont trouées. Toujours mieux que d'aller pieds nus ! Éviter la rue Saint-Séverin, les charniers puent trop. Le meilleur endroit, ce sont les berges du fleuve. L'air est frais, le sol mou. On se réveille dans la blancheur de la nouvelle cathédrale. Le jongleur dit qu'il va dormir sur le quai de la Tournelle, en face de l'île aux Vaches, mais Richart l'entraîne vers la rue Bordelles sous le prétexte que la Pouliche sera peut-être rentrée au bercail. C'est capricieux, les putains, explique l'écolier sur un ton docte ; ça ne sait pas ce que ça veut. Bénodet, à travers les brumes de l'ivresse, comprend que Richart refuse le fait que Grassou l'ait quitté.

Sitôt franchie la porte du bordel, l'espoir de l'écolier est déçu : la Pouliche manque toujours à l'appel. La maquerelle propose une autre fille au jeune Perpin, mais refuse de lui servir à boire. Richart explique que c'est boire qu'il veut, pas une fille, alors elle lui verse du vin en soupirant dans sa bouche vide. Bénodet a pris la fille, car il ne peut plus boire. C'est une honnête Normande répondant au doux nom d'Aulis Fille-Sere et qui lui fait son affaire en vitesse, puis le jongleur retourne auprès de son ami. Celui-ci dort sous l'œil attendri de la maquerelle qui a encore le broc de vin à la main. Bénodet se souvient enfin de son adresse. Il se dépêche de sortir avant de l'oublier de nouveau, laissant Richart à la Pas-Dentue qui couvera l'écolier pendant la nuit comme une vieille poule un œuf frais. Rue du Mur, Bénodet trouve sa femme – sa femme si belle, dont il se dit que la seule chose qu'il ait faite pour elle en quinze ans, c'est l'enlaidir – endormie avec ses quatre fils, les frères du Christ.

Le lendemain, rue du Feurre, il reprend son récit : « Saint-Sépulcre ! » crie Godefroi de Bouillon. C'est un grand Brabançon dont on dirait que la voix d'airain – non, pas d'airain, de fer ! – fait trembler à elle toute seule les remparts de Jérusalem. Pour Bénodet, il a les traits parfaits de Richart, moins cette vulgarité qui s'expose sur le visage des mauvais catholiques. Il trône sur sa tour de bois recouverte de peaux de bêtes censées la protéger du feu. À côté de lui se tient Eustache de Boulogne, son frère. Bénodet sent que bientôt – avant sixte ? – va naître sous sa plume ce chevalier imaginaire dont chacun croira, après l'audition du récit, qu'il est plus vrai que les autres. Ce modeste seigneur auvergnat court sur jambes et trop gros comme lui. Vieillissant. Mais brave. Plus brave que les minces et jeunes chevaliers qui le dépassent de plusieurs pouces et de nombreux quartiers de noblesse.

L'attaque générale avait commencé dans la nuit du 13 au 14 juillet. La journée du 14 se solda pour les Chrétiens par un échec. Des sacs de coton et de foin matelassaient les tours d'enceinte de la ville, empêchant les boulets francs d'atteindre leur but. Les Fâtimides disposaient de nombreux feux grégeois. Il n'y avait pas grand-chose, dans le massif judéen, pour soigner les brûlures. Beaucoup de blessés occidentaux décéderaient dans la nuit. Ils s'en fichaient, persuadés d'aller directement au Paradis, étant les premiers Chrétiens depuis Jésus de Nazareth à mourir devant Jérusalem. Luc de Clermont – non, pas de Clermont, d'Avèze, comme les gorges d'Avèze, c'est plus musical – se démène au milieu des combattants. Il n'a plus d'écuyer depuis la mort du sien devant Antioche, un an plus tôt. N'ayant pas les moyens d'en engager un autre, il s'occupe seul de lui-même. Il ne voudrait pas mourir avec une culotte sale, et comme un chevalier peut mourir à tout moment il est obligé d'avoir chaque jour une culotte propre, ce qui, aux Croisades, demande beaucoup d'efforts.

« Saint-Sépulcre ! » crie derechef Godefroi. Midi. Une passerelle est lancée sur la muraille. Premiers entrés dans Jérusalem : Bouillon, Eustache, deux chevaliers de Tournai. D'autres soldats francs, grimpés sur des échelles, pénètrent à leur tour dans la Ville sainte. Les Fâtimides sont débordés, affolés. Les Seljoukides auraient tenu plus longtemps, pense Godefroi. Ou plutôt Luc d'Avèze. Il ne faut pas que Bénodet l'oublie. Il est sa signature. Et puis, Godefroi ne pense pas ; il réfléchit, prie et agit. Les Musulmans courent se réfugier dans la mosquée el-Aqsâ. Les combats pour ce qu'on appelle aussi « le Temple de Salomon » sont féroces. On y marche dans le sang jusqu'aux chevilles. La mosquée d'Omar est prise par Tancrède et Gaston du Béarn, qui promettent la vie sauve aux foules musulmanes, mais celles-ci seront massacrées pendant la nuit et le lendemain matin. Bénodet ne décrit pas les têtes et les membres tranchés. Les corps n'ont pas d'importance. Seules comptent les âmes à condition qu'elles soient chrétiennes, ce qui n'était pas le cas.

Que devient Luc d'Avèze dans l'affaire ? Bénodet le place dans le secteur sud, de telle façon que l'auditeur ait un autre point de vue sur la bataille. Le jongleur est un professionnel, il sait conduire un récit. L'Auvergnat se bat aux côtés du comte de Toulouse. Ils rencontrent une résistance plus forte que celle opposée à Godefroi par les Infidèles. Ils n'entrent dans Jérusalem qu'au milieu de l'après-midi et se dirigent aussitôt vers la citadelle. Négociations avec le gouverneur qui veut bien se rendre à condition qu'on le laisse gagner Ascalon avec ses hommes. Avèze conseille à Saint-Gilles d'accepter. C'est toujours mieux de ne pas se battre, surtout quand on est sûr de vaincre. Ou d'être vaincu. Les soldats francs sont épuisés. Ils ont l'estomac dans les talons : deux jours qu'ils jeûnent. Pressés aussi d'aller se mettre à genoux devant le tombeau du Christ dont ils rêvent depuis qu'ils sont enfants. Le comte de Toulouse donne sa parole et fournit même une escorte à l'émir.

Des années plus tard, dans son petit château de Touves où, après la mort de son épouse et de ses trois fils, il demeurait seul avec un vieux domestique et la fille qu'il avait eue en Palestine d'une femme elle aussi décédée, Luc d'Avèze revécut souvent cette journée. Il voyait dans les flammes de sa cheminée celles de Jérusalem. En Palestine, la chaleur était pareille à celle des gorges d'Avèze en plein été. Le sang n'a pas d'odeur. Ce qui en a une, ce sont les excréments des victimes. Avèze avait tué beaucoup d'Infidèles depuis son départ de Constantinople : neuf à Nicée, treize à Antioche et deux ou trois sur la route de Jérusalem – et à chaque coup d'épée ou de lance mortel il avait senti en eux une douceur qu'il n'y avait pas chez les Chrétiens supprimés naguère par lui à l'occasion de conflits locaux. Les Musulmans, on s'enfonçait plus facilement dedans, et, en même temps, leur chair était plus ferme. C'était peut-être parce qu'ils ne mangeaient pas de porc et ne buvaient pas de vin. Ils étaient, comment dirait Bénodet ? sucrés. Comme de jeunes enfants. La force de l'Islam – vingt ans pour conquérir l'équivalent de l'Empire romain ! –, c'était la force de l'enfance. Pas de doute, pas de fatigue. Les Infidèles étaient des enfants munis de grandes jambes et de longs bras, presque imbattables et soudain découragés et se laissant mourir comme on s'endort après une trop longue marche.

Les Musulmans affolés courent dans la ville. Fuyant Bouillon, ils tombent sur Saint-Gilles. On les tue tous : comme ça, on pourra piller leurs maisons plus facilement. Les hommes sont passés par l'épée, les femmes par le sexe. On égorge les enfants qui s'agrippent à leur mère en train de se faire violer. Le Christ voit ça. Qu'est-ce qu'il en pense ? Les Musulmans ne lui ont jamais rien fait de mal, vu qu'il n'y avait pas de Musulmans quand il est né. Et mort. En outre, il a pris nettement position, dans les quatre

Évangiles, contre la vengeance. Œil pour œil, c'était avant lui.

Après le sang et la merde, l'eau pour nettoyer le sang et la merde. Les seigneurs se changent, les manants – *la menue gent* – se débarbouillent. Tous montent au Saint-Sépulcre. Pieds nus. Ils chantent, pleurent. C'est le gros chagrin de la victoire, car celle-ci est le résultat de trop d'épreuves. Gagner, c'est se souvenir du mal qu'on a eu à gagner. De l'humiliation générale qu'est tout combat. Des coups qu'on a donnés comme de ceux qu'on a reçus. Chacun est plongé dans ses morts. Les tendres et les sensibles songent au retour. Les orgueilleux imaginent leur nom dans l'Histoire. Le meilleur de la procession est l'épaule frôlée d'un camarade de combat qui remplace celle d'un père, d'un frère ou d'un cousin tombé devant Édesse ou Tripoli. C'est une lourde masse d'hommes épuisés, assassins angéliques qui ont gagné leur salut grâce à leurs crimes. Au-dessus d'eux le ciel d'été rouge comme la honte, et puis bleu comme la France, et puis noir comme la mort.

VI

Son enfance, ce furent deux châteaux : celui de son père, celui de son oncle. Édelinne ne se doute pas à quel point Gile est bien né. Non seulement il a une bonne famille, mais elle est grande. Qui le croirait, à le voir couché dans cette cabane du sud de Paris, amaigri après la fièvre qui s'est abattue sur lui pendant un mois ? Elle l'a pris comme un maléfice après qu'il eut tourné dans la rue Saint-Cosme, le soir où il a laissé Édelinne dans le bordel. Ce vieux tour qui les avait fait vivre depuis leur départ de Palestine. L'idée n'était pas de lui, il l'avait trouvée dans un conte arabe. Première fois que ça tournait mal. Enfin, ils ont quand même l'argent. Les sous. N'empêche, Édelinne a dû faire la putain trente jours durant. Ce n'était pas ce que Gile avait en tête quand il a quitté le Temple pour aller délivrer la petite aristocrate de l'émir Al Baachi, au début de l'année précédente. L'hiver était doux. En Terre sainte, tout est doux. C'est le paradis perdu de Gile. Il y retournera dès qu'il pourra. Avec ou sans Édelinne. Plutôt avec. La jeune fille ne semble pas bouleversée outre mesure par son mois passé rue Bordelles. Celui-ci semble même lui conférer une autorité qu'elle ne possédait pas naguère.

Comme si d'avoir été putain l'avait transformée en autre chose qu'une femme. En homme ?

Le château du père de Gile était en bois, celui de son oncle en pierre. Son oncle était plus riche que son père, mais ce n'était pas pour ça que Gile le préférait à son père, c'était parce que Guillaume de Péronne était plus aimable que Jehan de Péronne. Gile prenait en pitié son cousin Estienne, devenu écuyer de Jehan en même temps que Gile devenait celui de Guillaume. Estienne maigrissait sous la méchanceté de son nouveau maître, alors que Gile engraissait dans la gentillesse du sien. Quand ils se rencontraient à l'occasion de fêtes religieuses, de mariages ou de tournois, Gile plaignait Estienne pour ce qu'il vivait, tandis qu'Estienne le plaignait pour ce qu'il avait vécu. Ils s'installaient en bout de table et l'un racontait ses malheurs présents tandis que l'autre remâchait ses malheurs passés. C'étaient deux petits garçons robustes et courageux sur lesquels le froid de l'hiver et la chaleur de l'été s'abattaient sans les faire tomber. Ils furent adoubés en même temps, à la Pentecôte 45. Ils étaient alors âgés de quatorze ans. Gile quitta son bon oncle pour rentrer chez son mauvais père et Estienne partit de chez son mauvais oncle pour retrouver son père bon. Ils se croisèrent sur la route reliant les deux domaines. Pour une fois, Estienne souriait et Gile faisait la grimace. Ils avaient tous deux reçu un cheval, un haubert à double maille, des éperons d'or, une lance, une épée et un écu. Ceux d'Estienne étaient moins bien que ceux de Gile, mais l'autre ne s'en souciait guère car il savait que son père lui en donnerait de nouveaux. Ils ne descendirent pas de cheval, mais se parlèrent avec amitié, d'une selle à l'autre.

Après l'opulence et la chaleur de Guillaume, Gile retrouva l'avarice et la froideur de Jehan. Le château était construit au sommet d'une colline. Dans les douves, l'eau du rude hiver picard finissait de s'évaporer sous l'ardent soleil de juin. Derrière les palissades auxquelles seul un esprit vague et biaiseux comme celui de Jehan de Péronne pouvait donner le nom de remparts, s'élevait le donjon dans lequel Gile avait passé son enfance. Malgré les mauvais moments qu'il y avait vécus, il eut plaisir à le revoir. C'était une large construction banale et sombre. Le pont-levis était baissé. Gile entra dans la cour d'où sortit à ce moment un marchand d'épices, l'air satisfait. Les marchands d'épices sont toujours satisfaits à cause du prix élevé auquel ils vendent leur marchandise. À l'entrée de la maison des serviteurs, petite habitation en bois coiffée d'un toit de chaume, une grosse femme lavait le linge dans un baquet d'eau bouillante. Gile reconnut sa nourrice. Il mit pied à terre et l'embrassa. Un garçonnet jouait au cerceau et une fillette à la toupie : sa petite sœur Marie et son petit frère Évrard. Gile les embrassa aussi, après quoi tout le château lui fit fête. Tout le château sauf son père, parti à la chasse.

La chère était maigre chez Jehan de Péronne, excepté pour le maître de maison. Si nos enfants et nos serviteurs mangent comme nous, disait-il, ils penseront qu'ils sont nous. Dans la triste cuisine du château, au rez-de-chaussée du donjon, le nouveau chevalier ne parvint à se faire servir qu'une omelette. Il vit la cuisinière terrorisée quand il réclama du gibier en supplément. Il n'insista pas. De même qu'il ne quémanda ni sel, ni poivre, ni épices, denrées de luxe dont son père se réservait la jouissance et qu'il ne partageait qu'avec ses invités, le peu de fois où il en avait. C'est par avarice que Jehan ne s'était pas croisé. Ça lui avait permis, à la fin des années 40, de garder un œil non seulement sur son domaine, mais aussi sur ceux de ses voisins partis en Terre sainte. Cette présence et cette attention ne l'enrichirent pas, car il ne voulait rien acheter. Ce fut son frère Guillaume qui, de Palestine où il se battait avec bravoure, s'empara, par le truchement de sa femme et de son intendant, des propriétés alentour qui périclitaient. Elles assurent aujourd'hui sa prospérité et celle de sa progéniture.

Jusqu'au soir, Gile déambula dans le château dont chaque pièce lui rappelait son enfance. Partout il revoyait sa mère. C'était une petite femme décidée qui avait beaucoup insisté pour qu'il apprenne à lire quand Jehan assurait à Gile que ça ne lui servirait à rien. Les chevaliers ne lisent pas, disait-il. Du reste, en dehors de ce conte arabe mal traduit en français par un scribe palestinien, Gile n'a rien lu. Et il n'est pas sûr qu'il ait bien fait de le lire, ce conte arabe. Surtout aujourd'hui.

De retour au donjon familial, il s'attarda devant le lit où il avait dormi avec son frère et sa sœur encore bébés. Il se souvint du soin qu'à la demande de sa mère il prenait d'eux. Il faisait attention à ce qu'ils ne se découvrissent pas pendant la nuit. Les hivers sont froids en Picardie. Parfois, quand le climat était trop rigoureux, Jehan faisait allumer un feu dans sa chambre et Béatriz de Péronne le suppliait de laisser les enfants dormir avec eux. Jehan refusait. « Et pourquoi pas les serviteurs ? » grognait-il. La jeune femme se recouchait et pleurait toute la nuit à la pensée de Gile, d'Évrard et de Marie serrés les uns contre les autres dans leur lit glacé. Parfois, elle se relevait et allait se coucher avec eux. Tous quatre tremblaient de concert, puis s'endormaient. Le froid endort, comme la douleur. Gile sait que toutes ces nuits de froid ont tué sa mère, fragile de la gorge.

Son père rentra de la chasse peu après la tombée de la nuit. Quand il vit son fils, son visage maigre s'éclaira, puis s'assombrit. Gile pense que les personnes mauvaises sont bonnes, mais que le Diable, entrant en elles par hasard, car c'est une créature du hasard, les ferme comme on referme des volets. « Te voilà chevalier, maintenant », lui dit Jehan d'un ton bref. Il était si avare qu'il économisait même sur sa voix. Il ajouta qu'il fallait fêter l'événement. Gile connaissait trop son père pour ignorer qu'il n'aurait pas droit à un festin, mais il ne se doutait pas que le seigneur de Péronne, pour saluer son accession à la chevalerie et son retour au château, lui servirait du cidre. Il but le contenu de son gobelet sans faire de commentaire et monta se coucher, décidé à quitter le château dès le lendemain matin et à entamer aussitôt une existence difficile mais libre de pauvre chevalier errant. Quand il fut dans le lit avec Marie et Évrard, dix et huit ans, il comprit qu'il ne pouvait les laisser plus longtemps à la merci de leur père. Il les protégerait contre Jehan. Il deviendrait leur mère, donc la sienne. Évrard aurait bientôt l'âge d'être écuyer et Gile l'enverrait chez l'oncle Guillaume où lui-même avait été si heureux pendant quatre ans. Quant à Marie, elle épouserait quelqu'un. Estienne serait pour elle le mari idéal, puisque c'était son cousin. Gile ne savait pas que les deux jeunes gens étaient déjà amoureux l'un de l'autre. Quoi d'étonnant à ce que des gens de même famille et qui donc se ressemblent tombent amoureux les uns des autres ? L'Église proscrit l'inceste parce qu'il tente tout le monde, mais s'il tente tout le monde, c'est parce qu'il est naturel. Son seul inconvénient d'ordre technique est qu'il trouble la généalogie, donc l'ordre, et l'Église est là pour garder l'Ordre, grâce à Dieu.

Gile se redresse. À côté du lit, Édelinne a laissé un bol de lait. None sonne à Saint-Marcel. None de quel jour ? Gile a l'impression d'avoir dormi plus d'une nuit. Par la porte filtre le soleil de la Pentecôte. Gile songe aux jeunes gens en train d'être adoubés dans les chapelles d'Île-de-France, d'Artois, de Bourgogne, de Bretagne et d'Aquitaine. Et de Picardie ! Il espère pour eux que leur carrière de chevalier sera plus glorieuse que la sienne. Il se demande où est passée Édelinne. Peut-être l'a-t-elle quitté pour toujours afin de le punir de l'avoir abandonnée dans un bordel pendant quatre semaines et demie ? Quand il est enfin venu la chercher rue Bordelles, il ne savait pas ce qu'il allait trouver. Peut-être une morte. Ou une folle. Elle s'est levée d'un coup, comme une petite fille qu'on réveille pour l'emmener voyager autour du monde. Jamais elle ne lui avait paru si fraîche, si douce, si nette, et cela malgré le fait qu'elle était d'une saleté repoussante. Ils sortirent du bordel en silence, comme ils l'avaient fait si souvent de Damas jusqu'à Paris, et gagnèrent la porte Saint-Victor devant laquelle ils attendirent l'aube. Il expliqua à Édelinne qu'il avait été malade et elle dit qu'elle était heureuse qu'il ne fût pas mort. Il se demandait comment formuler la question qui brûlait ses lèvres et sans doute aussi le cœur d'Édelinne : qu'avait-elle fait pendant le mois où Gile avait disparu ? Il aurait voulu des détails. Elle lui en donna sans qu'il les eût demandés. Il les écouta sans frémir, comme lorsqu'il faisait face aux Sarrasins avec ses frères Templiers. Pour ne pas s'enfuir, ne pas pleurer, ne pas mourir, il devait faire appel aux mêmes forces qui l'avaient protégé pendant ces dix-huit années en Palestine. Quand le jour se leva, la pâleur de Gile fit crier la jeune femme. Il dit que sa fièvre n'était pas finie. Mais c'était surtout le désespoir qui commençait. Dès qu'ils furent dans leur repaire, Gile se coucha et s'endormit. Ça lui rappelait le château de Péronne où le sommeil le prenait dès qu'il s'était étendu, lui épargnant ainsi d'avoir trop froid ou trop chaud. Ou de se sentir trop triste.

VII

« Tu as fini ? – Presque. – Je peux lire ? – Non. » Richart l'a interrompu au bon moment : il était fatigué d'écrire. Il range son attirail. Il a une trousse, comme les médecins. L'écolier l'entraîne Outre-Grand-Pont pour une nouvelle tournée des bordels. On dirait que chaque jour Richart a une nouvelle ride, comme si Grassou s'amusait à lui rendre visite dans son sommeil, tirant sur ses paupières et la commissure de ses lèvres. Il ne faudrait pas que l'absence de la Palestinienne dure trop longtemps, sinon le fils Perpin aura bientôt l'air plus vieux que son père. Il semble au jongleur avoir vu quelques fils blancs dans les cheveux d'or de son ami. À dix-sept ans ! Bénodet ne regarde pas sans satisfaction le chagrin atteindre Richart dans sa beauté. Les statues ne nous font jamais autant plaisir que lorsqu'elles tombent, sauf si elles tombent sur nous.

Ils traversent le Petit-Pont. Tout le monde achète de quoi dîner : poissons de la Seine, gibier de Bondy. Les gardes du guet montrent le bout de leur long nez gourmand. La plupart des écoliers rentrent chez eux, les autres dormiront dehors. Les moines de Saint-Denis croisent ceux de Sainte-Geneviève. Il y a un grand ciel rouge comme si le cœur de Dieu saignait dedans après que le Seigneur a vu les mauvaises actions accomplies au cours de la journée. Richart marche vite, Bénodet a du mal à suivre. Il dit qu'un verre de vin – de clos-saint-sulpice, précise-t-il pour appâter l'écolier – serait le bienvenu. L'autre ne répond pas. Seul ce qu'il dit lui-même intéresse le jeune homme. Le monde n'est pas pour lui une source de renseignements, mais de plaisir ou de déplaisir. À la longue, pense le jongleur, ça lui jouera des tours, mais il doute que Richart vive longtemps.

Ils zigzaguent entre les églises et les mendiants posés sur elles comme des mouches sur un étron de cheval. Ils passent la Seine sur le Pont-au-Change, lieu de prédilection des voyageurs et des voleurs. Sur l'autre rive se dressent Saint-Leuffrey et le Grand-Châtelet. Richart paie l'octroi pour lui et le jongleur, puis ils s'enfoncent dans le Marais. Bénodet regarde la Grande-Boucherie avec envie, car il ne mange presque jamais de viande. Un étudiant en médecine rencontré rue du Feurre lui a expliqué un jour que c'était ça qui le sauverait de la goutte, à condition qu'il ne remplace pas la viande par le vin, ce qu'il n'a que trop tendance à faire. « On visitera tous les bordels d'ici jusqu'au Temple », dit Richart. Bénodet suggère qu'auparavant ils prennent des forces en mangeant quelque chose. Richart dit qu'il n'a pas faim. « Moi si », dit Bénodet. Richart achète à un marchand ambulant un pâté et le tend au jongleur avec le tendre mépris de celui qui n'a pas d'appétit pour le gars qui crie famine. Bénodet a envie de repasser de l'autre côté de la Seine et de rentrer rue du Mur pour se caler entre les cuisses de son épouse. Quand il y réfléchit, il n'y a que là qu'il est bien. Là et dans la travée centrale de Notre-Dame. Mais il croque son pâté tout en marchant derrière Richart, disciple devenu son maître par la grâce d'une passion amoureuse à qui seule désormais l'écolier obéit. Bénodet aime à manger dans la rue comme un écolier ou un vagabond, ce que, dans le fond, il est et restera toujours.

Les bordels d'Outre-Grand-Pont ne ressemblent pas à ceux d'Outre-Petit-Pont ; c'est à cause de la clientèle. Il y a plus de marchands que d'étudiants, alors les filles sont plus chères et par conséquent plus jolies. Elles ont de plus belles robes taillées dans des étoffes plus somptueuses. Elles ont l'air plus propres, bien que dans la pénombre on ne voie pas grand-chose. En tout cas, elles sentent moins mauvais. Moins mauvais que Grassou qu'on devait, se dit Bénodet, laver de force ! Dans chaque établissement Richart commence par examiner les putains une à une, au cas où la Pouliche serait parmi elles. Quant à celles qui sont occupées avec un client, il attend qu'elles aient achevé leur besogne pour les dévisager à leur tour. On ne sort d'un bordel que lorsque l'écolier a détaillé toutes les filles et discuté avec le patron. Pour mettre celui-ci en confiance, on lui achète son meilleur vin et on lui en offre un gobelet. Quand ça ne suffit pas, l'un des deux enquêteurs – le plus souvent Bénodet, car la disparition de la Pouliche a comme détourné l'écolier des choses du lit – se retire avec une putain qu'ensuite il surpaye, tandis qu'on propose quelques deniers au maquereau en échange d'une information. L'autre prend l'argent et répond n'importe quoi aux questions de Richart. L'écolier s'en rend compte, mais ne proteste pas. C'est le jeu. Les criminels jouent, ça les détend.

La troisième nuit, Richart et Bénodet se retrouvent dans une maison de la célèbre rue Brisemiche. Le premier dimanche après Pâques, un chevalier teutonique muet s'est présenté au maquereau – Jehan Lesueur, dont le nom vient de ce qu'il transpire beaucoup – et lui a proposé par gestes, moyennant finances, la jeune fille aveugle qu'il guidait et qui parlait pour lui. D'abord Lesueur ne voulut pas croire qu'elle était aveugle, tant ses yeux clairs s'ouvraient largement sur le monde laid et obscène qui l'entourait. Elle expliqua, en regardant Lesueur sans paraître le voir, qu'elle avait perdu la vue le jour où, après sa mère et sa sœur de huit ans, elle avait été violée en Palestine par des Sarrasins. Ceux-ci avaient égorgé ensuite et la mère et la sœur. La jeune fille, qui précisa qu'elle n'avait pas de nom et que c'était à Lesueur de lui en trouver un, n'avait eu la vie sauve que grâce à un énorme orage comme il en éclate parfois outre-mer. Les Sarrasins, expliqua-t-elle, ont peur de l'orage. Épargnant la jeune fille, ils étaient remontés sur leurs petits chevaux et étaient allés se cacher dans la montagne voisine. La jeune fille avait été retrouvée par les Teutoniques quelques jours plus tard, à la même place. Elle n'avait ni bu ni mangé, et avait pissé et chié sous elle. Elle apporta ces précisions avec une indifférence enjouée qui perturba Lesueur. Elle avait demandé au chevalier qui l'avait soulevée, lavée, fait boire et nourrie, de l'emmener loin de Palestine. Un autre Teutonique avait expliqué que si son frère – *brüder* – quittait la Terre sainte, il serait chassé de l'Ordre qui avait eu la bonté de le garder en son sein malgré qu'il eut perdu l'usage de la parole après que les Sarrasins – peut-être les mêmes qui avaient violé la jeune fille et tué sa mère et sa sœur – lui eurent coupé la langue. Elle ne le voyait pas, mais sentait qu'il était beau. N'était-il pas beau ? demanda-t-elle au maquereau. Elle ne s'exprimait pas comme une putain et, en même temps, si. Lesueur regarda le Teutonique et dit que oui, il était beau. Alors la jeune fille se pressa contre le chevalier allemand et raconta qu'il avait fini par la ramener en Occident. Comme prévu, l'Ordre l'avait chassé. Ils étaient aujourd'hui au bout de leurs ressources et le chevalier était malade, aussi avaient-ils décidé qu'elle se vendrait dans un bordel pour que tous deux puissent survivre et que le chevalier ait les moyens d'acheter des remèdes.

Lesueur avait gobé cette histoire. « À ma place, dit le maquereau, vous l'auriez gobée aussi. » Richart et Bénodet ne font pas de commentaire. N'est-ce pas ce qui leur est arrivé, gober cette histoire ? Sauf que ce n'est pas la même. Si, c'est la même : celle d'un vieux type et d'une gamine qui se sont moqués d'eux.

Richart veut une description précise de la jeune fille. Dans le français vague, hésitant, grossier et mielleux de Jehan Lesueur, apparaît la Pouliche : son petit visage à la fois sombre et lumineux, le feu grégeois bleu de ses yeux, sa silhouette élégante et souple, ses jambes lisses, ses pieds charmants. L'écolier est bouleversé. Le maquereau a-t-il couché avec elle ? demande-t-il. Mais non, répond l'autre. La fille, après qu'il l'eut achetée un bon prix et lui eut accordé la permission de se reposer de son long périple avant de se mettre au travail, a disparu pendant la nuit. Une aveugle ! Comment s'est-elle débrouillée ? « L'habitude de l'obscurité », dit Bénodet avec un haussement d'épaules moqueur. Lesueur pense qu'elle n'a pas pu faire le coup toute seule. Quelqu'un l'a aidée. Le Teutonique, sans doute. Si c'est un Teutonique... « Qui sait », dit Bénodet avec un fin sourire. En tout cas, Lesueur a donné beaucoup d'argent au soi-disant chevalier. Une jeune et belle prostituée aveugle, ça n'a pas de prix. N'a pas de raison de faire la fine bouche. Difficile pour elle de s'enfuir. À moins que... « À moins qu'elle ne soit pas aveugle ! » termine Richart d'une voix rageuse. « Par surcroît, ajoute Bénodet, il y a un sérieux avantage à voler un maquereau : il n'ira pas se plaindre à Louis IX ! » Jehan Lesueur, comme Agnès-Pas-Dentue, en est pour ses frais. Le maquereau aimerait retrouver ledit Teutonique et la gamine afin de récupérer une partie de son argent. Richart et Bénodet accepteraient-ils de l'aider ? Bénodet explique qu'ils sont déjà au service de quelqu'un. L'écolier s'est assis sur un banc et se tait. Il regarde ses chausses. Qu'est-ce qui l'accable le plus : ne pas avoir couché avec une putain mais avec une voleuse, ou avoir confié ses secrets à une fausse muette, ou encore être amoureux pour la première fois de sa vie et que ce soit d'une créature trouble, félonne, menteuse, impure ? Il y a pire qu'une putain : une jeune fille qui fait la putain. Comme si la Providence avait pu réserver autre chose à Richart. Comme si ce n'était pas son lot d'expier les nombreux avantages que la Nature lui a donnés et l'usage calamiteux qu'il en a fait par une existence aberrante, pleine de contretemps grotesques, de tristes quiproquos.

« Quel nom lui avez-vous donné ? » demande-t-il avant de sortir de l'établissement. Lesueur dit dans un sourire, ce sourire égrillard, arrogant, tragique et résigné, le sourire des poésies de Rutebeuf et des fabliaux de Bodel : « Pas eu le temps d'y penser. » Il précise qu'entre le premier dimanche de Pâques et la Pentecôte, il a eu tout loisir d'y réfléchir, et que si la Palestinienne réapparaissait aujourd'hui il sait comment il l'appellerait : « *La Grive*, pour la peine qu'elle m'a fait. » Bizarre d'entendre un vilain se plaindre d'un chagrin, car on le croit incapable d'avoir autre chose que du plaisir, principalement en faisant le mal.

Richart et Bénodet retrouvent la rue. Ils n'entrent pas dans un autre bordel, bien qu'ils aient l'argent et le temps nécessaires pour ce faire. L'écolier ne semble pas avoir encore surmonté le choc qui l'a frappé quand il a appris la vérité sur la Pouliche. Quant à Bénodet, il est épuisé. Avec les putains, c'est toujours lui qui monte au créneau. Il songe à la confession qu'il devra faire samedi, avant la messe de dimanche. Tous ces péchés de chair impossibles à expliquer. On n'explique rien à Dieu. Le curé lui collera du coup un maximum de Notre-Père. Peut-être même Bénodet devra-t-il se croiser pour expier ses fautes. Il espère qu'au moins Richart partira alors avec lui outre-mer. L'autre lui doit bien ça.

Richart dit qu'il est près de chez lui et qu'il va rentrer se coucher. Le jongleur n'a pas le cœur à traverser seul Paris à une heure pareille. « Combien de fois l'ai-je fait après t'avoir raccompagné rue du Mur ! » proteste le jeune homme. Bénodet explique qu'il n'a pas dix-sept ans, mais trente-sept, en fait il ne sait trop quel âge il a, mais dix-sept et trente-sept ça rime. Il n'aime pas se battre, ce qui n'est pas le cas de Richart. « Alors, dors chez moi », soupire l'écolier. Bénodet l'en remercie, explique qu'il couchera par terre dans la cuisine et qu'il sera parti à la première lueur du jour, qui, en cette saison, apparaît tôt : peu après prime. « Ce sont les domestiques qui couchent par terre, dit Richart. Tu partageras mon lit. C'est un lit de riche : assez grand pour deux. Ou trois. » Bénodet n'en demandait pas tant. Dans sa vie mouvementée de jongleur, il a partagé bien des lits avec des hommes. Il le fait encore chaque nuit avec ses fils.

Il n'est jamais entré chez les Perpin, mais il a jonglé chez beaucoup de bourgeois. Toutes ces maisons-là se ressemblent : meubles sculptés, tapis muraux, présentoirs avec des coupes de cristal et d'or. Les deux hommes se couchent tout habillés et s'endorment aussitôt.

Le lendemain matin, quand elle entre dans la chambre de son frère pour lui annoncer qu'il est en retard au collège, deux choses surprennent Ysabel Perpin : il y a un homme dans le lit de Richart et Richart a les cheveux blancs. Elle se demande si ces deux faits ont un rapport entre eux et se retire sur la pointe des pieds car elle sait qu'il ne faut pas réveiller les gens qui dorment, ça porte malheur.

VIII

Je me souviens de Chypre. J'avais quoi ? Trente ans. Ma mère vivait encore, moi aussi. C'est elle qui m'a dit de partir outre-mer. Je n'étais pas chaud, mais quand Marguerite a proposé de m'accompagner, ça m'a réchauffé. Elle voulait surtout échapper à maman. Elles ne s'entendaient pas. Deux reines dans un royaume, c'est une de trop. Deux de trop ? Surtout quand il y en a une espagnole et une autre provençale. Je suis allé en Terre sainte pour avoir la paix. Par piété, aussi. Ma fameuse piété.

Ma passion : Jésus. Je me lève avec sa naissance, me couche à sa mort. Je me réveille en lui, m'endors sur sa Croix. Il est devenu moi. Serais-je devenu lui ? Il est tous mes péchés : paresse, gourmandise, colère, avarice, orgueil, luxure. J'en oublie toujours un : le désespoir ! Je me régale de Jésus. Je me prélasse dans Jésus. J'exècre ceux qui ne croient pas en Jésus. Je ne donne rien à personne qu'à Jésus. Je suis fier de n'être qu'à Jésus. Je jouis avec Jésus. Je désespère de n'être pas aussi bon que Jésus. Il est mon Bien et mon Mal. Sans lui je ne serais ni heureux ni malheureux. Comme les Juifs. Les Juifs ne sont ni heureux ni malheureux, car ils ne connaissent pas Jésus. Comme ils ne vont pas à la messe, ils déambulent. La synagogue n'est pas un but, mais une étape. Ils ne s'y rendent pas, ils y font halte. C'est une auberge où, dans leur course infernale, ils descendent. Dans nos cathédrales, le ciel s'ouvre. Les synagogues sont basses de plafond. Pour autant que je sache, car je n'y suis jamais entré. Mes espions l'ont fait pour moi. Ma mère m'a appris qu'il fallait avoir des espions quand on n'a pas d'amis.

Chypre : les bougainvillées. Le soleil énorme restait fiché dans le ciel pendant des semaines. Il arrivait à Marguerite de pleurer de joie tellement elle avait chaud. Elle souffre du froid de Paris. On a sillonné l'île avec nos chevaliers. On chassait. Le soir, on dressait les tables, on mangeait et on chantait. Je chante bien, mais je ne chante plus. Les saints ne chantent pas. Ma mère voulait que je devienne un saint, et moi je voulais que ma mère soit contente. Blanche. Elle m'a fait, puis elle m'a élevé, enfin elle m'a sauvé la vie. J'expliquais ça à Marguerite quand elle se plaignait de l'autre Reine. « Louis, je veux savoir si c'est elle ou moi, ta femme ! » Elle demandait en fait si c'était elle ou maman, la Reine. Il n'y a pas de Reine. Il n'y a pas de Roi non plus. Il n'y a que mon amour : Jésus.

Hier je suis allé à l'église Saint-Pierre-Saint-Paul de Montreuil. C'est un gars de Montreuil qui a bâti ma Sainte-Chapelle : Pierre. Il a aussi dirigé la construction du réfectoire de l'abbaye de Saint-Germain-des-Prés et celle du transept sud de Notre-Dame. Après la messe – cette musique suave et folle qui a bercé chaque jour de ma vie –, je suis allé au bois de Vincennes avec des hommes de mon escorte, le reste de la cour rentrant au palais de la Cité. C'est avec un plaisir dont je me sentis sans raison particulière coupable, que je retrouvai mon chêne nimbé de soleil. J'aime rendre la justice, car c'est ce dont, après Jésus, les hommes ont le plus besoin. Ils souffrent des abus de pouvoir, ceux qu'ils font comme ceux qu'ils subissent. Je leur prodigue l'équilibre qui leur fait défaut. Après le jugement, ils ont des larmes de bonheur dans les yeux, surtout ceux que je punis. Ils savent qu'ils méritent leur punition et les gens ont besoin d'avoir ce qu'ils méritent.

Voici mes pauvres. Ils sont cent vingt, comme chaque jour. Dehors il y en a dix fois plus. Ma charité est limitée, contrairement à celle de Jésus. Je multiplie les pains, mais moi il faut que je les paie et je ne fabrique pas d'or. Heureusement que mon grand-père Philippe avait fait beaucoup d'économies, qui sont du reste en train de s'épuiser. J'ai parfois cette pensée satanique que si je m'associais avec un alchimiste, je supprimerais la pauvreté de la surface de la Terre. Alors je jeûne pendant une semaine. J'aime le jeûne : il soûle, comme le vin. On a un doux mal de ventre. La tête s'envole. On a l'impression de mourir sans être mort : un avant-goût du Paradis. Chacun de nos gestes recèle une grâce divine. Y a-t-il une punition pour avoir trouvé du plaisir dans une pénitence ? Toute ma vie à me chercher des châtiments pour le bonheur que j'avais à me priver de tout en l'honneur de Jésus !

J'ai aimé les pauvres dès l'enfance, mais aimerais-je en être un ? Faire la charité est facile, c'est la recevoir qui présente des difficultés. Tendre la main pour donner, la tendre pour prendre : ce n'est pas la même main. Je devine que la générosité c'est recevoir, donner participant de l'orgueil. Le Juif donne, le

Chrétien pardonne. Le Christ ne donnait rien, il a tout reçu. Il faudrait que je devienne aussi pauvre que lui. J'en parlais souvent à ma mère et elle m'expliquait que si j'étais pauvre, je ne serais plus Roi, et le Royaume de France mourrait, alors qu'il est pour moi la forme physique de Dieu. Même réponse de ma femme.

Les pauvres sont de vieux enfants qui n'ont plus de parents et même, pour la plupart, n'en ont jamais eu. Ils produisent en marchant une danse lourde et vague, due à leurs nombreuses infirmités. Ce sont des damoiseaux vus à l'envers dans les flaques d'eau sale des rues de Paris. Je sais pourquoi Jésus préférait les pauvres aux riches : ils sont plus nombreux. Ça lui faisait davantage de gens à aimer. M'amusent l'effroi des serviteurs et le dégoût des seigneurs quand monte jusqu'à nous cette marée puante.

Auquel d'entre eux vais-je laver les pieds aujourd'hui ? Dans la foule noirâtre des indigents, je cherche l'estropié le plus crasseux, le vieillard le plus décati, l'aveugle le plus filiforme. L'odeur ! Elle monte jusqu'au plafond, puis va tout droit chez Dieu, qu'elle réjouit. La sueur âcre des pauvres est la sainte huile que les rois de France devraient laisser couler sur leur front le jour du couronnement. Les pauvres s'agenouillent devant moi. Je les relève : c'est à moi de m'agenouiller devant eux. Toute ma grâce, toute ma puissance, toute ma majesté s'humilient devant cet océan de misère. En agissant ainsi, je me sens supérieur aux autres monarques et même à Jésus, qui n'était pas roi. En m'abaissant plus que tout le monde, je domine tout le monde. Comment a écrit le chroniqueur, déjà ? « Fier comme un tigre avec les méchants, doux comme un agneau avec les gentils. » Ce n'est pas la phrase exacte. On a tellement écrit sur moi que je m'y perds.

Je remarque un homme dans la foule. Il a un regard droit et ferme qui brille. La faim n'a pas dévoré son esprit. Il semble être venu au palais plus par curiosité que par besoin. Un espion ? Un assassin ? Un chroniqueur ? Après avoir pris soin de quelques pieds gonflés, entaillés, goutteux – qui ont vécu et mourront nus –, je m'installe à table avec leurs propriétaires ahuris, et cet homme continue de me regarder comme s'il était mon égal, mon maître, mon frère ou mon ennemi. Je l'assois à ma gauche et lui demande son nom. Il dit qu'il s'appelle Gile. Était-il à Chypre ? À Chypre et ailleurs. Quelqu'un avec qui causer de Chypre ! Merci, mon Dieu. Cette bonté infinie de Dieu, le soin artistique qu'il met à régler chaque instant de la vie de tous les hommes. L'Univers est une cathédrale d'un équilibre architectural parfait. Le nombre de coïncidences qu'il a fallu arranger, multiplié par le nombre d'humains qu'il y a sur la Terre, donne une idée de l'étendue du travail divin. Et ces fous d'Albigeois qui prétendent que Satan gouverne l'Univers ! Quelle insulte à la beauté organisée du Monde ! C'étaient de méchants critiques, péremptoires et bornés, qu'il fallait passer à la broche pour qu'ils cessent de blasphémer contre l'Art de Dieu.

L'été finissait quand, en 48, nous nous sommes embarqués d'Aigues-Mortes pour Limassol. La traversée a duré vingt-deux jours. Pour Marguerite, c'était le premier voyage en mer. Elle a vomi souvent, bien qu'elle ne fût pas encore enceinte. Je pensais à Jésus, mais moins que je n'y pense aujourd'hui. J'admirais nos trois vaisseaux. Le vent de la Méditerranée chantait victoire à nos oreilles. Jamais je n'avais eu autant de lumière dans les yeux. Le dénommé Gile se trouvait sur *La Demoiselle*.

Pourquoi s'était-il croisé ? Il sourit et dit qu'il avait tué son père. Pourquoi avait-il tué son père ? « Parce qu'il était méchant », m'explique à présent le miséreux. Il mange peu, comme moi, alors que mes cent dix-neuf autres convives ne décollent pas le nez de leur brouet. « Seul Dieu décide de la vie et de la mort », dis-je. Faible. Je n'aime pas parler tout en mangeant, surtout si c'est de Dieu. Mais de quoi parler d'autre ? Gile répond que dans ce cas-là, nous ne ferions jamais la guerre. Une bonne remarque. Hérétique ? Je fais semblant de ne rien avoir entendu. Je ne voudrais pas envoyer un de mes invités place Maubert ou rue de l'Estrapade. Il doit être plus jeune que moi, c'est-à-dire moins vieux. Je lui demande s'il me raccompagnera outre-mer quand j'y retournerai ; il me dit que oui. Je le regarde dans les yeux : je vois qu'il ne ment pas. Je vois tout. Un don du Ciel, évidemment.

Souvenirs de Chypre : le feu de Limassol, l'eau des Troodos. Les flammes roses, les hirondelles. Caroubiers, oliviers, sycomores. L'automne fut doux, l'hiver tiède. Marguerite, enceinte, ne vomissait plus. Parce qu'elle avait trouvé son équilibre climatique ? Dommage qu'on n'ait pas enterré le Christ à Nicosie ou à Paphos : je n'aurais pas été obligé de m'embarquer pour Damiette. Une voix en moi me disait de ne pas quitter mon épouse, une autre de ne pas abandonner Jésus. L'autre a parlé plus fort. Je revois la silhouette épaisse et pataude de Marguerite sur le port de Limassol. Je pleurais. Je pleure beaucoup. J'aime les larmes, car elles nous échappent ; elles sont libres, comme le rire. Mais je préfère pleurer que rire. Le rire est cruel. On ne peut pas rire dans les églises, alors qu'on peut y pleurer et je suis tout le temps dans les églises.

À Damiette, les Égyptiens ont eu peur de moi. Première fois que quelqu'un avait peur de moi. D'habitude, c'est moi qui avais peur. De ma mère, des barons. Nous avons trouvé une ville intacte et pleine de richesses, où nous avons passé l'été. Chaque matin, nous regardions le ciel : il était bleu. Nous n'avions pas l'habitude, sauf ma femme provençale qui, après avoir fait un enfant, croyait être revenue en enfance. Certains émettaient l'idée hérétique que nous étions au Paradis terrestre et je faisais la sourde oreille en n'en pensant pas moins. En n'en pensant pas moins que c'était vrai.

L'automne revint, encore plus chaud qu'à Chypre. Le 20 novembre, nous nous mîmes en route pour Le Caire. Sur le Behr-es-Séghir, mon frère m'a perdu. Les frères sont des sots. Après, il y a eu la catastrophe de Mansourah et la prison. Je n'étais jamais allé en prison. C'est une suite de prières, comme la liberté. Ça ressemble beaucoup à la vie : un seul moyen d'en sortir. Ma libération a coûté une fortune que les Templiers ont commencé par refuser de me prêter. Ils étaient fâchés contre la famille royale à cause de Mansourah où ils avaient perdu leur Grand Maître. Et puis, à force de gagner de l'argent, ils s'y sont attachés et ont de plus en plus de mal à s'en séparer. Joinville leur a rendu, sur la galère maîtresse du Temple, une petite visite d'impolitesse. Le trésorier refusa d'ouvrir le coffre bien garni de cette banque très-chrétienne à qui il faudra faire un jour son affaire. Je me suis déjà occupé des Albigeois et des Juifs, je laisse à mes descendants le dossier « Ordre du

Temple ». Joinville prit une hache et dit : « Je vais en faire la clé du Roi. » L'esprit de Joinville. C'est parce que le Sénéchal prie moins que moi, il a le temps de penser. Le trésorier a cédé, Joinville a pris l'argent et j'ai été libéré. Le 8 mai 50, je m'embarquai pour Acre où j'abordai cinq jours plus tard pour y rester quatre ans. Ç'a été la fin de l'anarchie en Syrie et en Palestine. Dieu est beau et la beauté, c'est l'ordre. Dieu est ordre et l'ordre, c'est beau.

IX

Louis a beaucoup vieilli depuis le 24 avril 1254. La dernière fois que Gile l'a vu, c'était sur le port de Saint-Jean-d'Acre. Le roi rembarquait pour la France avec sa femme, Marguerite, son fils Jean-Tristan et sa fille Blanche. Il avait la mine défaite du gars qui ne sait pas quand il reverra le soleil. Celui d'Orient a rendu beaucoup de chevaliers aveugles, surtout ceux qui venaient d'Europe du Nord. Pour Louis, ce fut l'inverse : il lui avait ouvert les yeux. Tout s'était éclairé pour le Roi qui avait vécu enfin dans un monde où il y avait des fleurs, des fruits, des hommes et des femmes. Si sa mère n'était pas morte, peut-être serait-il resté là-bas cinq ou dix ans de plus. Quand Louis a prononcé le mot Chypre, Gile a perçu tout à l'heure un tremblement dans la voix du monarque, comme dans celle des gens qui disent le nom d'une personne qu'ils adoraient et adorent toujours. L'adoration n'a pas de fin. Le visage du Roi s'est empâté, un bizarre empâtement sans graisse, dû à la prière et au vieillissement. Ses yeux clairs de monarque droiturier, comme l'appellent les chroniqueurs, sont plus fixes. Il porte l'odeur des pauvres, tant il en voit. Gile se souvient qu'en Palestine l'écuyer de Louis disait que son maître sentait le lait, le miel et la cannelle, même après une chevauchée de plusieurs heures dans le désert. Et Louis est devenu chauve comme le Golgotha.

Pourquoi Gile a-t-il dit au Roi, lors du repas des pauvres, qu'il avait tué son père ? Ce n'est pas vrai : il l'a juste battu. Trop fort. Après l'avoir surpris dans son lit avec sa sœur. Sa sœur à lui, Gile. Beaucoup de pères couchent avec leur fille, malgré l'interdiction de l'Église. C'est plus pratique : pas besoin de faire des lieues à cheval, la personne se trouve sous votre toit. Certes, Marie avait treize ans et demi, ce n'était plus une petite fille, mais Gile se demandait si ça durait depuis longtemps et surtout quelle tête ferait son cousin Estienne de Péronne quand il se rendrait compte par lui-même que Marie n'était plus vierge. Peut-être accuserait-il Gile ? Le chevalier revoit la scène. C'était par une froide après-midi d'automne. La plupart des pères violent leur fille pendant l'été, excités qu'ils sont par la chaleur. Mais Jehan de Péronne n'avait nul besoin de la chaleur pour être excité par Marie. Les avares sont obsédés par le sexe, qui donne du plaisir sans occasionner de dépense. Tant qu'on fait l'amour, on ne fait pas d'achats, surtout si on couche avec quelqu'un de sa propre famille. Gile rentra tôt de la chasse, car il était parti seul et, ayant abattu un sanglier, ne pouvait rien rapporter d'autre sur son vieux cheval dont son père ne l'avait toujours pas autorisé à changer. Dans les tournois, le chevalier faisait pauvre figure, surtout quand apparaissait son cousin Estienne sur un superbe destrier offert par le généreux Guillaume. Mais Gile aimait son vieux canasson et ça ne le gênait pas de faire pauvre figure. Il était pauvre, normal que ça se vît sur sa figure.

Quand il franchit le pont-levis, la herse était à demi levée comme si elle s'apprêtait à lui tomber dessus et à lui trancher le cou. Il pense qu'après ce jour il n'a plus franchi le seuil de la maison paternelle et se souvient de chaque détail : une crotte d'âne sur les planches disjointes du pont-levis, un vol de corbeaux, un baquet d'eau bouillante abandonné près du puits. Un calme inhabituel régnait dans la cour. Aucun enfant ne jouait au cerceau, à la toupie ou au cheval de bois. Même les chiens étaient moins agités que d'habitude. Gile laissa son cheval à l'écurie où il vit la belle jument de son père. Celui-ci se trouvait au château, à moins qu'il ne fût allé se promener à pied. Mais c'était peu probable. Les seigneurs ne se promènent pas et ne vont jamais à pied. Dans la grand-salle, personne. Pas de feu dans la cheminée, bien sûr. Jehan de Péronne ne chauffait jamais pendant le jour, même en hiver. Il prétendait que si on avait froid, il y avait d'autres moyens de se réchauffer. La chasse était le plus efficace, mais aussi l'exercice des armes et l'amour physique. Gile avait beau expliquer qu'on ne peut pas s'exercer toute la journée à l'épée ou à la lance, et que l'amour physique en dehors du mariage est péché mortel, surtout pour un chevalier, le vieux Picard n'en démordait pas : la meilleure source de chaleur, gratuite par surcroît, était notre propre corps. Cette croyance avait déjà tué pas mal de monde au château, dont sa femme Béatriz.

Gile traversa la pièce et s'engagea dans l'escalier. Tandis qu'il montait les marches dans la pénombre, il lui sembla entendre un feu crépiter à l'étage supérieur. Son père, chauffer en plein après-midi ? Peut-être était-il malade ? Mourant ! L'accueillit, dans la chambre seigneuriale, une grande lueur dorée qui lui brûla les joues. Il regarda le lit. Il y avait deux personnes dedans : Jehan et Marie. Mais il ne vit qu'un visage : celui de Jehan. Marie cachait le sien sous la peau d'ours tenant lieu à la fois de drap et de couverture. Gile s'approcha du lit et assomma son père d'un coup de poing. Marie cria, mais il fut incapable de décider si c'était de peur ou de plaisir, trop absorbé qu'il était par l'analyse de ses propres sentiments. C'était la première fois qu'il tapait sur son père. Il retirait de cet acte interdit une douce ivresse. Il connaissait le sort réservé par la justice aux parricides : la pendaison. On devait aussi, quand on était un seigneur, payer la corde et les gages du bourreau. Ça n'empêcha pas le jeune homme d'assener un deuxième coup à Jehan. Il y prenait goût. L'autre gisait inanimé sur le tapis. Gile remarqua que leurs deux sexes avaient la même forme, sauf que celui du vieux Péronne était plus gros. Sans doute l'érection de son père durait-elle encore malgré l'évanouissement. Le chevalier – vexé par cette supériorité passagère ? – allait lancer son pied dans les bourses de Jehan quand Marie, remise de ses émotions, l'éloigna de leur géniteur. « Habille-toi et allons-nous-en ! » dit Gile. Elle demanda où. Une seule idée vint à l'esprit du jeune homme : qu'ils se rendissent au château de leur oncle. Après, ils verraient. Est-ce que le couvent disait à Marie ? « Non. » Elle avait remis sa robe. Elle était belle avec ses longs cheveux châtains, ses yeux orange. Personne dans leur famille n'avait les yeux orange. Ça avait beaucoup fait jaser au château et dans les villages alentour. Les commères avaient cherché dans le voisinage, chez les nobles comme chez les vilains, un homme aux yeux orange. N'avaient pas trouvé. C'était peut-être un pèlerin. Les femmes mariées aiment bien les pèlerins :

le lendemain matin ils ont filé ! Si Marie n'était pas la fille de Jehan, celui-ci pouvait coucher avec elle sans se rendre coupable d'inceste. En revanche, Gile ne pouvait frapper son père sans commettre de crime.

Que diraient-ils à l'oncle ? Tandis qu'ils chevauchaient dans la campagne, la question ne cessait de tourner dans l'esprit de Gile. Il avait les mains de Marie autour de sa taille et la tendresse de son jeune corps contre son dos. S'ils avouaient la vérité, Estienne ne voudrait sans doute plus épouser Marie. Mais quelle autre raison donner à leur fuite ? Gile demanda à sa sœur si elle avait une idée. Elle dit que oui : ils raconteraient que leur père l'avait battue. « C'est moi qui l'ai battu ! » s'exclama Gile. Elle dit qu'il n'avait qu'à faire pareil avec elle. Il dit que ce n'était pas possible. Marie : « Un coup sur le nez, un sur l'œil – mais tu seras gentil de ne pas me casser l'un et de ne pas me crever l'autre. » Il dit que battre une femme était contraire à l'esprit de chevalerie. « Et battre son père ? » Elle n'avait pas que les yeux qui étaient bizarres : l'esprit aussi. Elle lui ordonna d'arrêter son cheval et en descendit la première. Il hésitait encore, ses pieds pris dans les étriers comme dans de la colle à bois. « Un peu de courage ! » dit Marie, goguenarde. Ça agaça Gile. Mettre en doute sa bravoure alors qu'il venait de se sacrifier pour la sauver d'un viol ! Était-ce bien un viol ? Il n'avait pas osé poser la question. Quant à Marie, elle ne semblait guère résolue à lui faire des confidences sur ce sujet. Peut-être avait-elle été d'accord et cette couchaillerie avec Jehan durait-elle depuis des mois, au nez et à la barbe de Gile et d'Évrard ? Ces yeux orange, non, n'étaient pas de leur famille. Ce n'étaient pas les yeux des Péronne. Gile mit pied à terre et frappa sa sœur qui n'était peut-être que sa demi-sœur. Au bout de quelques minutes, elle lui fit signe d'arrêter, arguant que s'il l'amochait trop, Estienne ne voudrait pas non plus l'épouser.

Gile sort du palais et prend, à droite, la direction du Petit-Pont. Les miséreux qui l'entourent hésitent entre le recueillement et la rigolade, avec un avantage pour cette dernière. Le vin et la viande leur ont échauffé l'esprit. Ils regardent leurs pieds qui ne marchent pas droit, émettent de courts gloussements, se donnent des coups de coude. Les pauvres qui n'ont pas été admis, faute de place, à la table du Roi regardent avec une jalousie mâtinée d'admiration les chanceux qui se sont rempli la panse. On admire les gens qui ont de la chance et on méprise ceux qui n'en ont pas, alors que les uns et les autres n'y sont pour rien. Gile sent qu'il a trop mangé. Toutes ces viandes, tous ces légumes. Il n'a plus l'habitude. Il s'amuse à l'avance de la surprise d'Édelinne quand il lui racontera comment il s'est déguisé en pauvre pour pouvoir s'asseoir à la table du Roi et parler avec lui de la précédente Croisade. Elle aime quand il fait de ces tours et ça tombe bien, car il les fait pour elle.

X

L'exorciseur demande à Richart Perpin si, pendant la nuit, il a rêvé et à quoi. Le jeune homme regarde Bénodet, donnant l'impression de vouloir que le jongleur raconte ses rêves à sa place. Richart est étendu sur son lit, rayonnant de santé. Les cheveux blancs lui donnent bonne mine, font ressortir les belles couleurs de son visage harmonieux. La première idée de Bénodet, en constatant avec toute la famille Perpin la catastrophe survenue pendant la nuit à la chevelure de Richart, a été d'utiliser une teinture, comme pour les étoffes. Le problème, c'était la couleur. Indigo ? Pourpre ? La combinaison de diverses galles récoltées autour de la Méditerranée et des sels de fer produit un beau noir qui conviendrait à Richart. Les parents du garçon ont préféré commander des messes à Saint-Leu-et-Saint-Gilles, faire des offrandes à deux monastères de France et convoquer l'exorciseur de l'archevêché. Il est arrivé rue du Quincampoist dès la fin de la matinée, ce qui a donné à Bénodet une idée de la puissance de cette grande famille de Nautes.

« Si j'ai rêvé... », commence Richart. Il s'interrompt, regarde autour de lui, pousse un soupir et se lève. L'exorciseur est un long et maigre prêtre dominicain. La plupart des Dominicains sont longs et maigres. C'est une mode dans leur ordre alors que Dominique, le fondateur, si l'on en croit l'Église, était petit et trapu. Le prêtre demande à Richart où il va. « À la taverne », dit l'écolier. Sa sœur rit. « Je dois vous exorciser avant », dit le prêtre. Les Dominicains ne se départissent jamais de leur sérieux, car ils n'ont que lui. « Vous voyez bien que je ne suis pas possédé, dit Richart. Je ne hurle pas, ne bave pas, ne blasphème pas. Mes cheveux sont devenus blancs pendant la nuit, voilà tout. – Pourquoi ? gémit Mme Perpin. – Trop de soucis », dit Richart avec un sourire. Bénodet pourrait écrire une chanson sur le sourire de Richart. Ou un poème. Voire même cette chose nouvelle qu'on appelle un roman. Ce sourire exprime un refus, un recul, une répugnance. La nuit, il grince dans l'obscurité. Le jour, il pétille de froideur. Après un broc de clos-saint-sulpice, il s'allonge. Devant Grassou – ou la Pouliche –, il tremblait un peu. C'est une lance ou un bouclier selon la façon dont Richart le brandit devant lui. « Des soucis de quoi ? » intervient Nicholas Perpin. Dans ce changement de couleur de cheveux, le Naute voit une malédiction et donc un danger pour ses affaires. Le commerce est fragile, basé sur la confiance. Comment garderait tout son crédit un homme dont le fils de dix-huit ans a des cheveux de vieillard ? Sans répondre, Richart a quitté la chambre, descendu l'escalier, mis un chapeau et est sorti dans la rue. Il n'a pas demandé à Bénodet de le suivre. Il y a des gens qui nous suivent sans qu'on ait besoin de le leur demander. L'écolier et le jongleur marchent en silence jusqu'au Petit-Pont où ils côtoient Gile de Péronne qui, après avoir été repu par Louis IX, rentre à Saint-Marcel pour retrouver Édelinne. Mais comme ils ne le connaissent pas, ils ne le suivent pas. Dommage.

Taverne du Boutonnier, rue du Feurre. Ils n'y sont pas allés depuis des semaines. Ça rappelle à Bénodet les premiers mois de leur amitié, quand Grassou était une inconnue pour eux. « Mes cheveux blancs, mes nouvelles rides, c'est la Pouliche », dit Richart. Il ne croit donc pas, demande Bénodet, que le Diable se soit emparé de son âme ? Richart sourit. Voir paragraphe précédent. Ils s'assoient. Une table d'auberge, pense le jongleur, est un port d'où les ivrognes s'embarquent sur le vin pour l'inconnu. La Souève leur apporte du clos-sainte-geneviève. Ce benêt n'a toujours pas fait rentrer du saint-sulpice. L'aubergiste manque de gobelets, l'écolier et le jongleur boivent dans le même. « Quand l'exorciseur m'a demandé à quoi j'avais rêvé au cours de la nuit, dit Richart, je me suis rendu compte que non seulement j'avais rêvé de la Pouliche, mais que j'en rêvais toutes les nuits depuis que je l'ai vue pour la première fois. – Si c'était une sorcière ? – Mais non, c'est une putain. – On ne rêve pas toutes les nuits d'une putain, à plus forte raison quand on a couché avec. – Ce serait une sorcière ? Dans ce cas, pourquoi ferait-elle la putain ? – Si on en croit le maquereau de la rue Brisemiche, c'est d'abord une voleuse. Rue Bordelles, elle a fait la putain par accident, parce que son complice ne venait pas la chercher. – Par accident ? Non, ce n'était pas un accident. Voleuse, peut-être, mais putain sans aucun doute. Sorcière ? Assurément ! Il faut la retrouver : je la baiserai et puis je la brûlerai. Non, je la baiserai une deuxième fois avant de la brûler. Et une troisième. Je ne la brûlerai pas : je la baiserai, c'est tout ! »

Ils rigolent, se cognent le nez, car ils veulent boire

en même temps. Ils sont déjà soûls. Normal : il n'est que sixte. Richart a naguère découvert l'ivresse de l'après-midi, il s'initie à celle du matin. Elle est meilleure. Le vin chauffe le ventre et brûle les veines. Le corps se met à vibrer, surtout la tête. Du coup, Richart ôte son couvre-chef. En quelques secondes, un silence dur comme la pierre tombe sur l'auberge du Boutonnier. La chevelure de Richart scintille dans la pénombre telle une torche. Même Bénodet, qui a pourtant observé ce phénomène toute la matinée, en est saisi. Un consommateur se signe, un autre quitte la salle. Philippe la Souève, soucieux de la bonne renommée de son établissement, s'approche et demande au jeune Perpin ce qui est arrivé à ses cheveux. « Tu le vois : ils ont blanchi. – Tu n'as pas l'âge d'avoir des cheveux blancs ! » Agacé, Richart remet son chapeau et, comme si cela annulait le problème, chacun dans la salle retourne à ses occupations sans plus s'occuper de l'écolier ni du jongleur. « Je sais ce qui me reste à faire, dit Richart à Bénodet. Ne pouvant me teindre, je vais me tondre. – Tu auras l'air d'un moine. – Pas de problème : j'en deviendrai un. – Toi ? – J'aurai une femme et une maîtresse, comme tous les moines. – Pas tous. – La maîtresse, ce sera la Pouliche, mais la femme ? Ysabel ? Si, étant curé, j'épouse ma sœur et ai pour maîtresse une voleuse doublée d'une putain, ça me fait combien de péchés mortels ? On va aller demander ça tout de suite à Thomas d'Aquin ! » Bénodet n'aime pas quand Richart critique l'Église ou blasphème contre Dieu. D'abord ça heurte ses convictions ; ensuite, il est persuadé que Dieu les écoute et les punira : Richart pour ce qu'il a dit, lui pour ce qu'il a entendu.

Le vin tue le temps, comme l'amour. Le temps qui

ne passe pas vite, ainsi que celui trop vite passé. La journée s'efface dans les brocs de clos-saint-sulpice. L'alcool a soufflé dessus et elle s'est envolée. Bénodet se dit que l'ivresse rendra peut-être à Richart sa couleur de cheveux naturelle. Mais, au fil des heures, ceux-ci semblent de plus en plus blancs. Pour la première fois depuis leur rencontre, il se demande si Richart n'est pas, en effet, possédé par le Diable. Et si c'était le Diable lui-même ? Il faut bien que le Malin soit quelqu'un et se trouve quelque part. Et s'il était l'écolier devant lui ? Bénodet devrait avoir peur, mais il ne ressent que le plaisir béat d'être délivré, grâce au vin, du fardeau de ses soucis. Pour quelques heures, c'est-à-dire l'éternité. Quelques heures, c'est l'éternité, un mathématicien espagnol lui a expliqué ça, une fois, sur le Petit-Pont. Et inversement. Le jongleur n'a pas tout compris, mais c'était passionnant. « Et mon devoir ? » demande Richart. Il soupire : « Je pourrai toujours raconter à Maître Bourdon que j'ai tellement travaillé dessus que j'en ai attrapé des cheveux blancs. » Il tapote le bras du jongleur : « Tu m'écoutes ? » Non, Bénodet n'écoute pas. Quel devoir ? Ce n'est plus un devoir, c'est devenu une chanson. Un poème. Un roman. Peut-être sa grande œuvre, celle que tout le monde – Rutebeuf en premier – lui reproche de ne pas avoir faite, malgré son âge avancé.

Ses relations avec Rutebeuf... Au début ils se ressemblaient trop pour ne pas se déranger. Bien sûr, Rutebeuf a pris la tête de leur attelage. Pourquoi détestons-nous notre ami ? Parce qu'il nous domine. Si nous le dominions, nous l'aimerions. Pourquoi dominons-nous les autres ? Pour pouvoir les aimer.

Bénodet se lève. Richart croit que le jongleur veut aller finir son devoir alors que l'autre a décidé de terminer son œuvre. Assez de négligence, se dit Bénodet. Que toutes mes pensées bizarres soient exprimées. Pour voir. Si je n'écris pas ce que je pense, personne ne l'écrira, puisque je suis le seul à le penser, étant le seul à être moi. Les deux hommes traversent en titubant la fin du Quartier latin. Ils chantent. Si on veut de la musique, il faut chanter. À cinquante mètres de la rue du Mur, Richart dit qu'il en a assez. Il arrive à être bon, mais pas à être trop bon. Résultat : il reste mauvais, car être bon c'est être trop bon. Louis IX *dixit*. L'écolier accepte de faire le bien par caprice ou inadvertance, mais refuse de l'accomplir en entier. Les deux hommes se séparent après une accolade. Ils ont dormi ensemble, mais ne se sont jamais embrassés. Le baiser est un serment et Bénodet se sent plus lié à Richart par cette première embrassade qu'il ne l'a jamais été.

D'abord il reconnaît ses yeux clairs : Grassou seule chez lui. Il croit à un dérèglement de son cerveau. À leur retour de Palestine, des pèlerins lui ont confié qu'après une longue marche sans eau dans le désert, on voyait parfois des arbres et des rivières là où il n'y avait que du sable. Peut-être qu'après une longue marche de vin en vin dans Paris, le même phénomène se produit ? « C'est moi », dit la jeune femme. Il croit que ce n'est pas elle puisqu'elle parle, puis comprend que c'est elle, parce qu'elle parle. Rue Bordelles, elle a fait semblant d'être muette comme, rue Brisemiche, elle avait fait semblant d'être aveugle. « Vous n'êtes pas muette ? – Non, je suis bavarde. » Elle rit. Elle ne riait jamais, rue Bordelles. Elle sent beaucoup moins mauvais qu'avant. Elle faisait donc aussi semblant d'être sale. De quoi n'a-t-elle pas fait semblant ? « De quoi n'avez-vous pas fait semblant ? – D'être bien en votre compagnie. La preuve : je la recherche. Pas facile à trouver ! – Vous vous y êtes prise comment ? » Il songe non sans une honte amusée aux propres recherches infructueuse que Richart et lui ont faites pour la retrouver, elle. « J'ai mené ma petite enquête. » Bénodet a un clappement de langue admiratif. Il ne se souvient plus qu'au cours de leurs longues conversations dans la maison d'Agnès Pié-de-Fust il a donné son adresse et décrit sa maison à Grassou une demi-douzaine de fois. On oublie ce qu'on dit dans les bordels, c'est pour ça qu'on y va. Mais les filles, elles, ont une bonne mémoire, sauf de ce qu'elles nous font.

Quand il s'allonge auprès de Grassou sur la couche conjugale, Bénodet se dit deux choses : ce n'est pas encore aujourd'hui qu'il entamera sa grande œuvre censée impressionner Rutebeuf et, contrairement à Richart, il fera l'amour avec une Grassou propre. Il pense au baiser que l'écolier et lui viennent d'échanger. Deux hommes ne devraient pas s'embrasser, étant soûls, car ils se trahiront à jeun. C'est bien expliqué dans l'Histoire sainte : ayant bu le vin de la Cène, Judas trahit le Christ après un baiser. Bénodet plonge le nez entre les seins – le mont Sion, le mont des Oliviers ! – doux et ronds de la Palestinienne. Puis son esprit le quitte, un peu comme si le jongleur cessait de vivre, mais c'est en fait le contraire.

XI

Il fallut enterrer les morts. Les Chrétiens comme les Infidèles. Pour les Infidèles on creusait une fosse moins profonde et on mettait plus de corps dedans. Ça prit plusieurs jours et plusieurs nuits, car il y avait des cadavres dans toutes les rues et toutes les maisons. Jérusalem puait la charogne. Il y avait du sang sur les chaussées et sur les murs. La Ville sainte. La Ville salingue. Parfois Avèze enviait les chevaliers morts pendant la prise de Jérusalem, car ils étaient au Paradis alors qu'il avait le sentiment, lui, d'être en Enfer. Le soleil tapait sur le crâne comme s'il était musulman et voulait se venger des Chrétiens. Tous les Francs avaient la colique et des boutons plein la figure.

Le comte, n'ayant plus d'écuyer depuis Antioche et ne disposant pas des moyens d'en embaucher un nouveau, s'installa seul dans un rez-de-chaussée proche de l'église du Saint-Sépulcre. C'était pour ça qu'il avait choisi ce logement : il pourrait aller prier tous les jours. Il n'avait jamais été pieux. Sa jeunesse à Clermont avait été un exemple de désordres et de débordements, sa vertu mise à mal par un certain nombre de femmes et de tonneaux de vin. Il s'était croisé pour faire comme tous ceux qui comptaient en ville et à la campagne. Il ne s'était pas rendu compte à quel point ce pèlerinage géant consisterait à tuer. Il avait déjà tué du monde en Auvergne, mais pas autant. Il se souvenait de Nicée, de Dorylée, d'Antioche. Ces crânes, ces ventres, ces poitrines qu'il avait ouverts, crevés, défoncés. Bien sûr, ces hommes – avant Antioche, on n'avait pas tué de femmes – étaient des Infidèles que les règles de la chevalerie ordonnent de supprimer. Avèze n'en ressentait pas moins un malaise dont seule le délivrait la prière. Se rendant plusieurs fois par jour à l'église du Saint-Sépulcre, parfois même la nuit pour dire ses mâtines, il y retrouvait Godefroi de Bouillon qui y était fourré en permanence. On s'était donné un mal de chien pour avoir le droit de prier dans cette église et personne, à part eux, n'y mettait les pieds. Les autres chevaliers étaient trop occupés à leurs affaires de pouvoir, de plaisir et d'argent.

On ne pouvait pas voir Godefroi de Bouillon sans l'aimer. Il annulait par son unique présence les deux peurs de l'homme : vivre et mourir. Auprès de lui, rien dans l'existence ne semblait effrayant, pas même des hordes d'Infidèles surgissant dans le désert avec leurs arcs, comme à Dorylée. On se disait que mourir avec lui serait un plaisir et un honneur. Il avait l'air encore plus grand quand il marchait que lorsqu'il allait à cheval. Sa silhouette avançait comme si elle était accrochée au ciel par des fils de soie invisibles. Il ne portait presque jamais son casque, parce que c'était toute sa tête, dure et brillante sous le soleil, qui en était un. Il parlait peu, à voix basse, mais tout le monde l'écoutait et comprenait ce qu'il disait, même ceux qui ne connaissaient pas sa langue. Les traits de son visage avaient une perfection gênante au milieu des trognes balafrées de la chevalerie française. À l'un manquait une narine, à l'autre une oreille. Dans les combats au corps à corps, c'est le visage qui souffre. Beaucoup de chevaliers n'avaient plus de dents. Les jeunes étaient noirs de crasse, les vieux chauves. Quelques-uns boitaient. Tous promenaient une odeur d'excréments à cause de leurs flux de ventre. Parmi cette bande d'éclopés défigurés et aux intestins en déroute, Godefroi faisait figure d'ange descendu du Ciel par erreur et cherchant sans cesse à y remonter. D'où ses stations fréquentes à l'église.

Un soir, après vêpres, Luc découvrit une jeune fille chez lui. Elle était assise sur le lit, désemparée. Le comte se demanda s'il n'était pas en train de rêver, car elle avait une beauté céleste : des yeux d'un bleu inconnu, des cheveux d'un noir total. Peut-être Avèze était-il mort d'un arrêt du cœur au Saint-Sépulcre. Ce jour-là, Godefroi lui avait fait un gentil signe de tête après lequel le cœur de l'Auvergnat avait battu la chamade pendant dix minutes et s'était donc du coup peut-être arrêté. Se trouvait-il alors au Paradis ? La jeune fille dit qu'elle avait habité dans cette maison avec sa mère fâtimide, avant la chute de la ville. Sa mère ayant été violée et tuée par les hommes du comte de Provence, elle-même avait réussi à s'enfuir alors que les Provençaux se préparaient à faire le même usage de sa personne. Elle était restée cachée dans le quartier juif, sans manger ni boire, car les Juifs aussi avaient été massacrés et leurs biens pillés. Elle avait décidé de rentrer chez elle quoi qu'il pût advenir. Elle tremblait de tout son corps. Ses lèvres avaient du mal à former les mots, la peur les paralysant. Sans réfléchir, Luc s'agenouilla devant elle et lui demanda pardon pour ce que les Chrétiens avaient fait à sa mère. Il dit que les Provençaux étaient de gros cons. Les Auvergnats étaient mieux. Bouleversée, la jeune fille se cacha le visage dans ses mains. Il dit qu'elle devait avoir faim, mais s'excusa de ne pas pouvoir lui servir à manger car il n'avait personne pour faire la cuisine. Elle dit que s'il le voulait bien, elle serait sa servante. Il accepta, mais à condition qu'elle commençât par se nourrir elle-même. Quand elle se mit à s'activer dans cette cuisine dont elle connaissait chaque recoin, il se demanda si elle lui avait raconté la vérité. Peut-être était-elle une espionne fâtimide ? Elle parlait un trop bon français pour une fille de Jérusalem. Comme si elle l'avait entendu penser – dans les années qui suivirent, il eut tout le temps l'impression qu'elle l'entendait penser, car elle répondait aux questions qu'il était sur le point de lui poser –, elle dit que son père était un pèlerin parisien venu à Jérusalem dix-sept ans plus tôt pour se faire pardonner par Dieu... d'avoir trompé sa femme. Elle rit. Avèze ne pensait pas qu'elle rirait si vite, mais c'était peut-être parce qu'elle mangeait à sa faim. Puis elle lui demanda s'il était noble. Il dit qu'il était le comte d'Avèze. Alors, dit-elle, il était chevalier ? Évidemment. Elle pouvait donc s'allonger en toute confiance à ses côtés sans risquer d'être prise par lui, comme Yseult avec Tristan ? Il approuva encore, seulement de la tête, parce qu'il ne pouvait pas parler, sentant monter en lui un fort désir pour cette jeune pouliche. On appelle les fils de Chrétiens et de Musulmans des poulains, leurs filles sont donc des pouliches. La Pouliche d'Avèze chercha une chemise de nuit dans un coffre en bois, mais les Provençaux avaient tout emporté. « Qu'est-ce qu'ils vont pouvoir faire de mes chemises de nuit ? » Elle ne voulait pas se coucher tout habillée : il faisait chaud, sa robe était sale. Ça gênait Avèze, si elle dormait nue ? Il fit un signe négatif de la tête. La Pouliche enleva sa robe, s'allongea sur le lit, et, avant de s'endormir, dit qu'elle n'avait pas fermé l'œil depuis trois jours et trois nuits, craignant d'être surprise par les Chrétiens. L'Auvergnat récita plusieurs patenôtres avant de se coucher à son tour, pensant à tort que ça calmerait la brûlure qu'il sentait entre ses cuisses. Mais, au bout de quelques instants, son petit corps potelé roula sur la Pouliche. Elle l'accueillit dans un demi-sommeil dont le chevalier ne chercha pas à deviner s'il était réel ou feint. Il constata qu'elle était vierge. Il avait imaginé au contraire que la Pouliche était une putain locale ayant raconté des bobards pour avoir le gîte et le couvert pendant une nuit ou plus. Il voulut se retirer d'elle mais, sans ouvrir les yeux, elle le retint par la taille. Sans doute avait-elle pensé qu'elle serait violée un jour ou l'autre et qu'il valait mieux que ce fût par quelqu'un qui avait commencé par se mettre à genoux devant elle. Il jouit en quelques minutes. La Pouliche eut un court gémissement. Il dit que ce serait mieux la prochaine fois. « Quoi ? » demanda-t-elle. Il expliqua qu'il n'avait pas fait l'amour depuis la prise d'Antioche, quand les prêtres avaient renvoyé les filles de joie qui suivaient les Croisés, prétendant qu'elles portaient malheur à l'expédition. La prise d'Antioche datait d'un an. Le fait est qu'après le départ des putains, la ville était tombée. Les prostituées portent malheur, étant malheureuses. Avèze demanda à la jeune fille comment elle s'appelait. « Édelinne. – Édelinne comment ? – Édelinne de Jérusalem ! » Elle rit. Elle riait beaucoup pour quelqu'un dont la mère avait été violée et assassinée trois jours plus tôt, et qui venait d'être dépucelée par un inconnu de vingt-cinq ans plus vieux qu'elle. Peut-être qu'elle n'aimait ni sa mère, ni la vertu. Ni la jeunesse ! Ils s'endormirent vite, main dans la main.

Les cloches de l'église du Saint-Sépulcre les réveillèrent quand elles sonnèrent mâtines, et commença alors vraiment leur première nuit d'amour, ce que, dans les souvenirs qu'il rédigea à son retour en Auvergne et qu'il détruisit peu de temps avant sa mort, en décembre 1127, Luc d'Avèze appela *la nuit de Jérusalem.*

Bénodet lève les yeux de son parchemin. La couche de paille sur laquelle il est installé rétrécit, car il s'est beaucoup tortillé dessus pendant qu'il écrivait. Le jongleur sent une présence dans son dos. Il se retourne et voit des pieds sales dans des sandalettes. Il lève les yeux : une trogne d'ivrogne. Rutebeuf ! « La fin de ton histoire ne va pas. » Il a lu par-dessus son épaule. L'inconvénient d'écrire dans la rue : les gens s'arrêtent et donnent leur avis. Heureusement qu'il n'y a pas beaucoup de lettrés. Mais Outre-Petit-Pont, il y en a quelques-uns. La preuve. Rutebeuf : « Ils ne doivent pas coucher tout de suite. Ça n'est pas crédible, et du coup on ne se demande pas s'ils vont faire l'amour ensemble, ça enlève de l'attente. En outre, c'est un truc à te faire griller sur la Maub' ! Un compagnon de Bouillon sautant sur la première Infidèle venue : ça ne va guère amuser les Dominicains. Tu n'as jamais entendu parler de l'Inquisition ? » Il a raison ; Rutebeuf a toujours raison. C'est pourquoi tout le monde le hait, car tout le monde a tort. « Je fais quoi ? demande Bénodet. Je déchire ? – Non. Ce que tu écris de mauvais sera toujours meilleur que ce que les autres écrivent de bon, car ils sont mauvais et tu es bon. – Mais l'Inquisition... – Quelqu'un à part moi a-t-il eu connaissance de ce texte ? – Non. – Alors, tu ne risques rien. – Pourquoi écrire cette histoire, si personne à part toi ne la lit ? – Pour ton plaisir et le mien ! »

Pensant probablement qu'il a, avec ses compliments et ses conseils, acquis le droit de s'asseoir sur la paille de Bénodet, ce qui est du reste exact, le poète s'installe auprès du jongleur. Tant qu'il ne lui demande pas de payer à boire. En effet, Bénodet n'a pas une maille sur lui. Il a filé tout ce qu'il avait à sa femme, ç'a été sa façon de se délivrer du remords de l'avoir trompée avec Grassou, hier après-midi. Quel moment ! Il se dit que c'est pour des moments pareils qu'on vient sur terre. La mémoire est donnée pour que nous nous en souvenions, la parole offerte pour que nous les racontions, et le style accordé pour que nous les écrivions. À Rutebeuf le jongleur confie toute l'histoire depuis la rencontre de la Palestinienne dans la maison d'Agnès Pié-de-Fust. Il ne se méfie pas du poète, car celui-ci a trop d'idées pour voler celles des autres. Seuls les génies sont fréquentables, car ils sont les seules personnes à ne pas manquer de génie, donc à ne pas souffrir. Comme Pierre de Montreuil qui avait construit la Sainte-Chapelle pour le Roi. Bénodet a passé des soirées merveilleuses avec lui. Après une journée sur son chantier du palais, Pierre venait se détendre incognito Outre-Petit-Pont avant de rentrer dormir à Montreuil, près de l'église Saint-Pierre-Saint-Paul qu'il avait également construite. Un architecte, pense Bénodet, a sans arrêt son œuvre sous les yeux. Il a intérêt à ne pas la rater, et donc ne la rate pas. Bénodet était alors un jeune jongleur, mais il se souvient comme si c'était hier du visage carré de l'architecte.

Carré tel un mur. Pierre de Montreuil lui a donné de fortes leçons d'art gothique entre deux gobelets de bourgogne. L'architecte ne buvait pas de vin de France. Ça le rendait malade. Il ne supportait que le bourgogne. L'anjou, à la limite. Le bourgogne soûle les pauvres plus vite que les riches, car ceux-là n'ont pas l'habitude d'en boire. L'esprit embrumé par le vin, Bénodet avait du mal à s'y reconnaître entre les arcs-boutants, les tympans, les gâbles et autres roses.

Rutebeuf regarde les tours de Notre-Dame. Il n'a rien dit pendant le récit de Bénodet. Il sait parler, mais il sait aussi écouter, fait rare chez les intellectuels d'Outre-Petit-Pont. Il se tourne enfin vers le jongleur et lui dit qu'il a mal agi non seulement envers son épouse, mais aussi envers son ami. Bénodet est penaud. Il le sait bien. Ce n'est pas la première fois qu'il trompe son épouse, mais c'est la première fois qu'il trahit un ami et il se sent plus coupable envers Richart qu'envers Geneviève. D'autant qu'à l'écolier il n'a pas donné un sou, au contraire : toujours l'autre paie pour lui.

XII

Elle s'était rendue rue du Mur avec divers objectifs, attendant d'être chez Bénodet pour retenir lequel d'entre eux elle choisirait d'atteindre. Le premier, auquel elle renonça dès que le jongleur l'eut embrassée : lui annoncer qu'elle était enceinte. Elle abandonna ensuite, quand il mit son sexe en elle, l'idée de demander l'adresse de Richart. Restait le troisième projet : découvrir si elle était amoureuse du jongleur. Au bout de quelques minutes, elle comprit que oui, elle était amoureuse de lui. Et de Richart. Et de Gile. Elle était amoureuse de trois hommes. Et enceinte d'une centaine d'autres !

Elle frappa à l'huis branlant de la masure. Pas de réponse. Elle attendit dans la ruelle, mais la porte s'était entrouverte et la jeune femme ne résista pas à l'envie d'explorer le logis de Bénodet. Il y avait un seul lit où toute la famille dormait : le jongleur, sa femme et leurs fils. Elle s'assit dessus. Elle regarda le plafond fissuré, les murs sales. Aux fenêtres – il y en avait deux minuscules –, pas de parchemin huilé, mais des volets de bois. Édelinne se signa devant le modeste crucifix en fer accroché en face de la couche familiale. Puis elle attendit. Quand Bénodet apparut, elle se rendit compte que c'était la première fois qu'elle le voyait à la lumière du jour. Il paraissait moins vieux que dans la pénombre de la rue Bordelles. Il avait cette aisance lasse des hommes habitués à se produire en public : trouvères ou évêques. Ses yeux étaient gris comme un ciel de novembre. Il était moins grand qu'elle n'avait cru, car quand elle le voyait chez Agnès Pié-de-Fust elle était toujours couchée. Maintenant elle se tenait debout face à lui et ils étaient de taille équivalente, comme des enfants du même âge. Elle approcha son visage du sien. Elle n'était pas muette, mais n'avait pas une vue excellente et les lunettes de verre ne seraient inventées que quinze ans plus tard (1284). Bénodet crut qu'elle voulait l'embrasser alors qu'elle désirait juste le voir de près, mais elle ne s'écarta pas de lui quand, pensant devancer son souhait à elle, il l'embrassa. La langue de quelqu'un qui dit des choses qu'on aime n'est pas une langue commune. C'est un serpent, mais qui est le contraire d'un serpent : une fleur, mettons. Une rose ? *Le Roman de la rose*, elle a lu ça. Écrit par un type n'ayant jamais travaillé dans un bordel. Édelinne eut l'impression de recevoir dans sa bouche des milliers de paroles que Bénodet n'avait pas encore dites. Il la reconduisit sur la couche. Bien sûr. Il ne l'avait vue faire que ça pendant un mois : la putain. Dans l'esprit du jongleur, le lit était sa place naturelle et, du reste, elle s'y rendit de bon cœur. Depuis son retour à Saint-Marcel, Gile ne l'avait pas touchée. Il disait que c'était parce qu'il avait été malade, mais elle pensait qu'il était dégoûté d'elle, bien qu'il continuât de l'aimer. Vous pouvez continuer d'aimer quelqu'un qui vous dégoûte, c'est même la définition de l'amour conjugal. Une des.

Un homme dans un lit avec une femme : petit garçon avec son jouet ou son rêve. Édelinne avait été le jouet de Richart, un jouet consentant et souvent comblé. Elle était le rêve de Bénodet ; il ne s'amusait pas avec elle. La preuve : sa tête d'enterrement. Funérailles de sa vertu. Il la pénétra comme nous entrons dans une église le jour de nos noces. À peine remuait-il en elle, comme s'il eût jugé tout mouvement, en un moment aussi solennel, indécent. Sacrilège. Elle le secoua. « Qu'y a-t-il ? – Bouge ! » Il eut le regard de quelqu'un qui tombe dans un gouffre. Elle était contente de le décevoir. Elle ne voulait pas qu'il l'aime trop, elle l'aimait déjà assez comme ça. Elle lui mordit les lèvres, le cou. Lui tira les cheveux. Changea elle-même de position. Lui demanda de l'enculer. Richart l'avait enculée, la deuxième nuit. Elle en gardait un bon souvenir. Elle entendit, derrière elle, le jongleur souffler, soupirer. Il éjacula dans son anus et elle se dit qu'elle était bête, il aurait pu éjaculer dans son con, elle était déjà enceinte. Ils retombèrent l'un sur l'autre, trempés de sueur. Bénodet ferma les yeux. Pendant l'amour, les femmes ferment les yeux et les hommes regardent. Après, c'est l'inverse. Pourquoi ?

« Si tu me disais, puisque tu parles, qui tu es. » Elle expliqua qu'elle ne savait plus qui elle était. L'avait-elle jamais su ? Oui, peut-être. Quand elle était petite fille. À Saint-Jean-d'Acre. Une petite fille sérieuse, qui ne sortait de chez elle qu'avec sa mère pour aller voir les nefs, les huissiers et les galères sur le port. Mais, depuis, trop de choses s'étaient passées. Elle s'était perdue dans ce torrent. Y avait en tout cas égaré son âme. Lui restait son corps. Son corps étranger. « Étranger ? » fit Bénodet. Notre corps, expliqua Édelinne, est dans tout l'Univers ce qui nous est le plus étranger. N'est-il pas la seule chose au monde que nous ne pouvons pas voir en vrai, avec, bien sûr, Dieu ? « Une théorie du Thomas d'Aquin acrois ? » demanda le jongleur. Édelinne rit et dit que non, c'était une idée de Gile. « Un Templier qui a des idées ? » fit le jongleur. Elle rectifia : « Ex-Templier. » Il savait qu'un Templier peut être chassé de son ordre pour sept motifs :1) simonie, 2) dire ce qui s'est passé dans un chapitre, 3) avoir tué un Chrétien ou une Chrétienne, 4) sodomie, 5) « faire commune » contre un autre frère, 6) fuir le champ de bataille, 7) quitter la maison pour aller chez les Sarrasins. Gile avait abandonné ses compagnons en plein combat contre les Sarrasins pour, avec quelques mercenaires payés grâce à la vente d'objets du culte volés, récupérer Édelinne, sa petite maîtresse souvent sodomisée par lui, chez l'émir syrien Ben Raachi Ibn qui l'avait enlevée. Gile avait assassiné un Chrétien devenu espion du Seljoukide. Bénodet compta sur ses doigts, comme quand il pondait un octosyllabe : ça faisait cinq raisons sur sept. Une majorité confortable.

Selon Gile – reprit Grassou dont le jongleur pensa qu'il était dommage que l'étude de la rhétorique et celle de la logique lui fussent interdites en tant que femme, car la Palestinienne semblait avoir pour ces deux matières une aptitude exceptionnelle et une passion –, le corps vit sa vie terrestre sans se soucier de qui habite dedans. Il se porte vers les dangers ou les plaisirs dont il a besoin, ne se souciant pas de l'effroi, de l'embarras, de la honte ou du déplaisir dans lesquels il nous plonge. Nous sommes dans notre corps comme un condamné à mort dans sa cellule, sachant que nous en sortirons seulement pour être exécutés. En place publique : combat qui tourne mal ou navire sombrant. Devant des étrangers : notre famille. Bénodet avait l'impression d'entendre Richart soliloquer après un broc ou deux de clos-bruneau, puisque devenu introuvable le clos-saint-sulpice. Le jeune Perpin ne se doutait pas à quel point Grassou – celle qu'il appelait la Pouliche – était une femme faite pour lui. Il ne fallait pas qu'il l'entendît parler : il en serait deux fois plus amoureux. Peut-être ses cheveux blancs en tomberaient-ils ?

« Assez d'hérésie pour aujourd'hui, soupira le jongleur. Rentre chez toi. Où habites-tu ? – Si je te le dis, tu le diras à Richart ? – Après ce qui vient de se passer entre nous ? – À quoi te servirait-il d'avoir mon adresse ? – À t'écrire. – M'écrire ? Pour quoi faire ? – Te dire que je t'aime. – Je sais que tu m'aimes. Tout le monde m'aime. Et j'aime tout le monde ! » Elle partit sur cette phrase abominablement vraie. Bénodet se rendit compte au bout de quelques minutes que Grassou ne lui avait pas donné son adresse et qu'il n'avait par conséquent aucun moyen de la revoir. Il y avait beaucoup de choses qu'elle n'avait pas dites. Et, parmi celles qu'elle avait dites, beaucoup qui n'étaient pas vraies.

Cette semaine-là fut aussi celle de la mort de Geneviève Bénodet. Sainte Geneviève, comme ils l'appelaient dans sa famille à elle, par dérision et moquerie. À cause de ce qu'elle supportait de son mari sans gémir. Qu'ils croyaient. Au goût du jongleur, elle gémissait. Gémissait beaucoup. Elle ne se laissait pas marcher sur les pieds, c'est pour ça qu'il était obligé de lui piétiner la tête. Le seul moyen qu'ils avaient eu de ne pas mourir écrasés, Bénodet qu'elle n'aimait plus et son art qu'elle méprisait, puisque ni l'un ni l'autre ne la nourrissaient à suffisance.

XIII

Ces rues. Richart a refusé de suivre sa mère et sa sœur à Pontoise pour l'été. À Paris il a une chance sur dix mille de retrouver la Pouliche ; à la campagne, aucune. Le midi, il dîne avec son père. À table, Nicholas Perpin parle de l'avenir de son fils. En fin de compte, Richart n'ira pas étudier la théologie Outre-Petit-Pont, au collège de Robert de Sorbon. Mais le droit, au Clos-Bruneau. Richart se dit qu'il étudiera surtout la vigne du même nom. Selon le Naute, le droit est plus utile que la théologie. Et puis, avec cette marque bizarre qu'il a dans les cheveux, un avenir ecclésiastique semble compromis pour Richart. Ouf, a pensé l'écolier. Sauf que, du coup, le couvent risque de tomber sur Ysabel. Parce que ça fait bien, pour un bourgeois, d'avoir un de ses enfants dans les ordres. Ou qui s'est croisé et est parti faire le coup de poing dans les États latins d'Orient. Il faudrait qu'Ysabel se dépêche de trouver quelqu'un à épouser. Si elle n'était pas aussi moche, avait moins de nez et plus de fesses. Bah, tant pis pour elle. La vie est courte, surtout pour les femmes. Une sur deux calanche à la première grossesse. Après, Ysabel ira au Paradis. Gracieuse comme elle est. Ce n'est pas comme lui.

Ces rues sombres, étroites, courbes. Les pavés mouillés, les murs mous. Rue de la Parcheminerie, Richart vole du parchemin. Il l'offrira à Bénodet, ce soir, rue du Feurre. Depuis qu'il ne baise plus, il s'est mis à voler. C'est un plaisir moindre, mais voisin : l'anxiété avant l'acte, la tension dans l'acte, la joie après l'acte. On prend quelque chose à quelqu'un dont on a endormi la méfiance. On jouit seul, comme avec une putain. Le jongleur, qui a perdu sa femme, n'a pas terminé son devoir sur la prise de Jérusalem. Ça ne servirait plus à rien, l'année scolaire est finie et Richart ne retournera pas au collège des Bons-Enfants, mais Bénodet s'obstine dans son travail, et, du coup, se plaint du prix du parchemin. Il en use beaucoup. Pour la première fois de sa carrière déjà longue de jongleur, il rédige plusieurs versions de chaque scène, déchire des passages entiers, les récrit du début à la fin. Il dit qu'il veut supplanter Rutebeuf dans le cœur des Français et même des Anglais, mais Richart ne sait pas qui est Rutebeuf.

La rue du Plâtre-Saint-Jacques avec ses ouvriers du bâtiment. La pluie s'étant mise à tomber, Richart se réfugie dans l'église Saint-Séverin. Il ôte son bonnet de laine, se signe. Dans les églises, il fait si sombre que personne ne remarque les cheveux blanchis de l'écolier, c'est peut-être pour ça qu'il y va plus souvent qu'avant. Il commence à s'habituer aux chants, aux processions. Hier, il a même donné une maille à un mendiant qui tendait vers lui ses moignons, près du bénitier de Saint-Julien-le-Pauvre. En route vers la sainteté ? a-t-il ricané en lui-même quand il est ressorti et a pris la rue Garlande vers la rue du Feurre où ne l'attendait pas Bénodet. Le jongleur arrive toujours en retard et même de plus en plus tard à leurs rendez-vous, qu'il fixe avec une réticence à peine masquée. Il impute celle-ci à l'impatience qu'il a d'écrire enfin son chef-d'œuvre pour impressionner ce Rutebeuf inconnu de Richart. Quel drôle de nom, Rutebeuf. *Rut de bœuf*. Contradiction ! Ou *rude bœuf* ? Richart se demande quelle est la véritable raison de la soudaine tiédeur de Bénodet à son endroit. Le jongleur pense-t-il réellement qu'il est le Diable ? S'il était le Diable, il y a longtemps que la Pouliche dormirait toutes les nuits dans son lit. Richart combat la froideur de Bénodet – par de petits cadeaux et des paroles aimables – d'autant plus facilement qu'elle lui est indifférente. Un homme ne saurait faire de peine à l'écolier, ça n'a pas assez d'importance.

D'autres rues. Celle des Anglais où étudient les Anglais. La rue Saint-Nicolas-près-le-Puits part du petit sanctuaire édifié sur le clos du Chardonnet et descend jusqu'à l'éblouissement de la Seine. Rue de Bièvre coule la Bièvre, salie par les déchets des tanneurs et des bouchers de Saint-Marcel et de Saint-Médard, ainsi que par les immondices du fossé de l'enceinte. Dans la rue Bout-de-Brye, les enlumineurs vivent et travaillent entre eux. Les bûches s'amoncellent rue de la Bûcherie. La rue du Clos-Bruneau, où, après les vacances, Richart commencera des études de droit. Se trouve à quelques encablures de la rue du Mur, où loge Bénodet. Du coup, l'écolier et le jongleur pourront se rencontrer plus souvent. Si Bénodet veut bien. Mais il voudra bien. Richart en fait son affaire. La rue des Étuves s'appelait autrefois Le Masson, nom du propriétaire du terrain. C'est rue des Trois-Crémaillères que le jongleur ira faire relier cette chronique intitulée *Saint-Sépulcre !*, anciennement devoir de classe, quand il aura fini de l'écrire. Dans dix ans, au rythme où ça va. La rue des Rats où il n'y a pas de rats. Du moins l'écolier n'en a jamais vu. Dieu sait s'il y a des rats à Paris mais, bizarrement, il n'y en a pas rue des Rats. Ça énerve les riverains qui voudraient que leur rue change de nom. Rue de la Huchette, Richart et Bénodet mangent, après s'être trop soûlés rue du Feurre, pour pouvoir continuer de boire. Le collège de Constantinople, derrière la place Maubert, reçoit les écoliers byzantins. Le Petit-Pont est une rue au-dessus du fleuve, sur laquelle tout un chacun marcha : Gaulois, légions romaines, Normands, et aussi Philippe Auguste, Abélard, Thomas d'Aquin. Et moi. Troisième broc de saint-sulpice. Bénodet toujours pas là. Quelle heure ? Il n'y a plus d'heure, merci mon vin. Des cloches sonnent. Passent leur temps à ça. À Paris autant d'églises que de tavernes, pas peu dire. L'écolier sort dans la rue du Feurre. Il pense qu'il a oublié de payer mais oublie qu'il a payé, sur la demande de Philippe la Souève, avant de boire.

Rue du Mur, pas de Bénodet. Richart s'assoit par terre devant le logis du jongleur. Si quelqu'un passe, il le suppliera d'une voix grave et brisée de lui faire l'aumône d'une maille. Pour rigoler. L'ombre des remparts soulage son visage brûlé par le soleil et son cerveau détraqué par le vin. Se dessinent dans l'ombre deux silhouettes d'homme, dont l'une rappelle Bénodet. Richart se lève. Devant lui un petit maigre et un grand musclé. Ça étonnerait beaucoup l'écolier qu'ils aient le même père, ils se présentent pourtant comme deux fils de Bénodet : Jacques et Joseph. Les orphelins. Richart cherche un mot gentil à dire sur la défunte Geneviève, mais les mots gentils, pour lui, sont difficiles à trouver et encore plus difficiles à prononcer. Il a plutôt envie de demander à Joseph s'il a compris qu'il est un bâtard. L'écolier ne sait pas si les garçons se rendent compte qu'il est soûl. « J'avais rendez-vous avec votre père. – Il a été arrêté », dit Jacques. C'est le petit. Richart ne distingue pas bien son visage, mais pense que c'est le genre de type dont, même en plein soleil, on ne voit pas bien le visage. Son papa tout craché. « Pourquoi arrêté ? – On ne sait pas. On revient du Grand-Châtelet. Le concierge n'a rien voulu nous dire. » Richart sourit. « Au moins, il aura le temps de finir son récit sur la prise de Jérusalem. – Ça m'étonnerait qu'ils lui aient laissé de quoi écrire », dit Joseph. Tiens, il parle aussi, celui-là ? Fils de quoi ? Bûcheron ? Naute ? Abbé ? Les deux jeunes gens ont l'air bouleversé. Leur mère morte, leur père en prison. Richart a pitié d'eux. C'est quoi, ce nouveau sentiment ? « Je vais en toucher un mot à mon père. Il connaît tout le monde à la Prévôté et au palais. Ça doit être une histoire de dettes. Ce sera réglé dès demain. »

Jeter l'argent par les fenêtres alors qu'il n'a ni argent ni fenêtre. Résultat : prison. Richart imagine Bénodet dans sa cellule du Grand-Châtelet, ruminant les échecs de sa vie. Cette vision l'amuse. Quand les gens ont des ennuis, c'est de leur faute. Ils paient leur mépris de la réalité. Richart respecte, admire et honore la réalité. Bénodet lui a dit un jour que c'était son côté aristotélicien. Mais l'écolier n'a pas lu Aristote, qui est l'auteur grec à la mode. Il n'a rien lu depuis son enfance. Il a un peu essayé *La Chanson de Roland*. Exagérations et horions. Tout de suite il a pris le parti des Basques. Ce qu'il reproche aux livres, c'est de ne pas être fidèles à la réalité. Tous ces chevaliers qui baratinent et tous ces poètes qui baratinent sur les chevaliers baratineurs : la voilà, ta France.

La lumière du couchant a peint la Seine en mauve. Sur le Petit-Pont, Richart repousse vendeurs de pâtés et putains. Un moment qu'il n'a eu ni faim ni envie de baiser. Le sexe ce n'est pas grave, mais la nourriture c'est plus embêtant car il va beaucoup maigrir. Avec ses cheveux blancs et ses nouvelles rides, ça lui donnera l'air encore plus décati. Au Clos-Bruneau ils ne voudront pas de lui, prétendant qu'il a passé la limite d'âge. Et s'ils l'acceptent – il est le fils de Nicholas Perpin ! –, les autres écoliers se moqueront de lui, l'appelleront grand-père. Ce qu'il faut, c'est retrouver Grassou. Ses rides s'effaceront, ses cheveux blancs redeviendront blonds. De nouveau il mangera, copulera. Il renaîtra, comme Lazare. Et le Christ !

Pour retrouver Grassou, il a besoin de Bénodet. Il le sortira de prison. Les gens qui nous sortent de prison sont ceux qui ont besoin de nous. Quand personne n'a besoin de nous, on reste en prison.

Après le Grand-Pont, Richart franchit l'octroi. Il aime la vieille ville, mais il se sent chez lui dans la ville neuve. Il regarde la forteresse qui a refermé ses deux bras en forme de tour sur le jongleur, telle une grosse bourgeoise amoureuse et méchante.

XIV

« Bénodet est en prison. – Ton ami Bénodet ? – Tu dois le sortir de là. – Moi ? » Par-dessus son bol de soupe, Nicholas Perpin jette à son fils un regard soupçonneux comme si celui-ci lui proposait une mauvaise affaire : l'achat d'une nef sans gouvernail ou d'une cargaison de sel mouillé. Il ne résiste pas au plaisir de gloser sur l'événement : « Tu vois où mène la vie de jongleur. Une règle absolue : les gens qui placent la liberté au-dessus de tout se retrouvent en prison. Ou dans la misère, qui est pire que la prison. Ce qu'on appelle l'ironie de Dieu. – Du Diable ! rétorque Richart. Selon maître Bourdon, Dieu ne saurait être ironique. Dans les quatre Évangiles, le Christ ne fait pas une seule farce. – Quand il marche sur l'eau ? Pierre veut l'imiter, et plouf ! » Le père et le fils sourient. Pour un dialogue pareil, eux aussi pourraient aller en prison. Comme Bénodet. « Dans la vie, reprend Nicholas Perpin – Richart se dit qu'un jour il comptera combien de fois son père utilise l'expression “dans la vie” en vingt-quatre heures –, il y a une règle : le travail. – Bénodet travaille. – Non. Moi, je travaille. Lui, il s'amuse. Mais je suis libre et il est au Châtelet. Moralité ? – Mieux vaut être Naute que jongleur. – Non : le travail libère alors que l'oisiveté enferme. Ce que tu prends pour une prison est la sortie de la prison, et ce que tu prends pour la sortie de la prison est la prison. » Content de sa formule, Nicholas Perpin repose son bol et se lève. « Papa, je compte sur toi. – Qu'est-ce que tu as, avec ce vieux poète de trente-cinq ans ? Sors avec des garçons de ton âge. Des écoliers comme toi. Plus tard, quand vous serez aux commandes du pays, ça vous aidera d'avoir été amis de jeunesse. – J'ai besoin de Bénodet pour une affaire. – Une affaire de cœur, j'imagine, parce que... – De cœur, oui. » Nicholas sourit de nouveau à son fils. Depuis que Richart a été marqué, l'autre nuit, par le Destin, son père est plus gentil avec lui. Quand un malheur nous arrive, les gens qui nous ont faits se sentent responsables, car s'ils ne nous avaient pas faits nous n'aurions connu aucun malheur.

Plusieurs journées passent. Richart voit peu son père, celui-ci partant tôt le matin. L'été se pose sur Paris comme un couvercle sur une bouilloire. C'est de plus en plus pénible pour Richart de se balader sous le soleil avec un bonnet de laine sur la tête. Il sent que bientôt il s'en débarrassera. Tant pis pour les regards jetés de biais sur ses cheveux blancs. Pendant ses longues promenades dans et hors les murs de la ville, il se dit que Bénodet doit crever de chaud en prison. Il espère au moins qu'on n'a pas mis le jongleur dans une chambre d'Hyporas. Ce sont, au fond des souterrains du Châtelet, des cellules en forme d'entonnoir. Il y a un puits sans margelle au milieu. Autour, pas assez d'espace pour s'asseoir. Au-dessus, pas assez de place pour tenir debout. D'épuisement on se laisse glisser dans le puits et on se noie à moins d'être un nageur de haut niveau, capable de se déplacer rapidement sous l'eau sans respirer pendant plusieurs minutes. Mais Bénodet ne sait pas nager. Encore moins se retenir de respirer. Ce type ne sait pas se retenir, d'une façon générale. À part écrire, que sait-il faire ? Au reste, écrire... Richart n'a toujours pas lu une ligne de sa chronique sur la prise de Jérusalem. Il a aussi cherché, rue des Écrivains, une copie des poèmes et des chansons de Bénodet. Personne n'a ça. C'est épuisé et, selon plusieurs commerçants interrogés par Richart, trop faible est la demande pour qu'on songe à en copier de nouveaux exemplaires. Du coup le jeune homme en a commandé une demi-douzaine qu'on a promis de lui livrer fin juillet. Mais Bénodet vivra-t-il encore à ce moment-là ?

Un matin, Nicholas Perpin entraîne son fils à l'église Saint-Leu-et-Saint-Gilles. Le garçon le suit sans discussion. Richart n'a rien d'autre à faire. Depuis la disparition de la Pouliche et l'emprisonnement du jongleur, il se sent seul et désoccupé. Il y a plusieurs semaines qu'il n'a pas mis les pieds à une messe, et selon sa mère et sa sœur il se pourrait que ses cheveux blancs viennent de là. Mais ça ne l'a pas incité à changer ses habitudes. Les curés ne sont pas son monde. Son univers à lui est celui des goliards : étudiants avinés sentant l'ail, aux fréquentations douteuses. Il paraît qu'il y en a plein au Clos-Bruneau. Les malhonnêtes gens étudient volontiers le droit, car ils savent qu'il pourra leur être utile en cas de pépin.

Père et fils remontent la rue du Quincampoist dans la cohue de l'ouverture des orfèvreries et des merceries. Ils tournent dans la rue de la Truanderie qui longe l'église Saint-Leu-et-Saint-Gilles. C'est en fait l'église de la Grande Truanderie, pense Richart. Ils sont en retard, le prêtre a déjà commencé : il fait le signe de la croix. Les Perpin l'imitent et se faufilent entre les piliers jusqu'à deux chaises libres. Le servant sonne, puis le curé annonce : « *Introibo ad altare Dei. Ad Deum qui beatificat juventutem meam.* » Bizarre qu'on dise la messe dans la langue des Romains qui ont crucifié Jésus, pense Richart. Cette rancune que les gens, dont Louis IX, ont envers les Juifs, alors qu'ils n'en veulent pas aux Romains qui ont fait le gros du travail : emprisonner Jésus, l'interroger, surveiller son trajet jusqu'au Golgotha, le clouer sur la croix achetée avec les deniers de l'Empire. Pilate aura beau se laver les mains jusqu'à la fin des temps, elles n'en restent pas moins rouges du sang de Notre-Seigneur. À la messe, Richart pense sans arrêt. La cérémonie déclenche en lui une voix intérieure qui s'oppose à tout ce qu'il voit, à tout ce qu'il entend et à tout ce qu'il sent. Une facétie du Malin ? Les messes, se dit-il, sont le contraire du sexe : elles sont toutes les mêmes alors qu'on ne fait jamais deux fois l'amour d'une façon identique.

De diverses rangées partent des saluts pour Nicholas Perpin, à croire qu'il est allé à l'église pour tester sa popularité. Ne murmure-t-on pas dans le Marais et sur la Grève qu'il sera bientôt échevin ? Richart remarque une matrone accompagnée d'une pucelle. La matrone a incliné le menton avec un sourire en direction des Perpin. « Que dis-tu de la fille ? murmure le père à l'oreille du fils. – Papa, la messe ! »

Confiteor Deo omnipotenti, beate Mariae semper Virgini... Marie toujours vierge. Pas comme moi. Depuis combien de temps n'ai-je pas fait l'amour ? Vingt et un jours ? Vingt-deux ! Il me suffirait de penser à la Pouliche pour avoir une érection. Ça y est. N'ai même pas eu besoin de penser à elle : il m'a suffi de penser que j'allais penser à elle. C'est le moment de dire *amen*, alors Richart dit : « *Amen.* » Son regard rôde du côté de la pucelle. Elle est grande et grosse. Un beau profil pur de novice. Il a souvent fait l'amour, mais jamais avec une pucelle. Il se demande comment c'est. Bénodet pourrait le lui dire, mais il est en prison. Son père, alors ? Après l'homélie, lui poser la question.

Les églises sont grandes, même les petites. Les églises sont petites, même les grandes. L'air n'y entre pas, bien qu'il y en ait : alors, d'où vient-il ? C'est une tombe collective où les morts s'agenouillent pour prier et se lèvent pour chanter. La seule maison où notre tête ne touche pas le plafond. Bonheur des cheveux. L'endroit où le solitaire ne sent pas sa solitude, car il a trouvé Dieu, et où le père de famille ne voit plus ses enfants, car ce ne sont plus les siens. Le seul lieu où on donne de l'argent sans rien recevoir en échange. Quel repos ! Et Dieu présent dans Son calme surhumain. Les nerfs qu'il faut, pour regarder sans réagir son fils unique être torturé et tué alors même qu'on pourrait détruire le Monde, puisqu'on l'a créé.

Sur le petit parvis de l'église Saint-Gilles-et-Saint-Leu, le Naute annonce à son fils qu'il pourra voir Bénodet au Grand-Châtelet à none. Richart remercie son père avec effusion, sachant qu'on doit se donner beaucoup de mal pour obtenir le droit de visiter un détenu de la prison d'Outre-Grand-Pont. Et, bien sûr, ne pas être n'importe qui. « En échange, ajoute Nicholas Perpin, tu vas me rendre un service. » Évidemment. La loi du commerce : rien sans rien. Comment le père est-il arrivé là ? En échangeant tout, tout le temps, avec tout le monde. Renseignement contre faveur, faveur contre service, service contre passe-droit, passe-droit contre prêt, prêt contre don,

don contre renseignement. Et le tour en permanence est joué. La Terre est plate, mais l'argent est rond comme une roue : il roule. « Je veux que tu jettes un coup d'œil à cette pucelle », dit le Naute. Il montre d'un menton aguicheur la matrone et la jeune fille que Richart a reluquées tout à l'heure dans l'église. « C'est déjà fait, père. – Alors ? – Mignonne. Pourquoi ? – Tu vas l'épouser. – Je suis trop jeune. – À ton âge j'avais déjà un fils : toi. – Et ma carrière d'ecclésiastique ? – Tu seras avocat. – J'aime une autre femme. – Je la connais ? – C'est une putain. – Je la connais peut-être. » Cette idée n'a jamais effleuré Richart. Il faudra qu'il demande à son père dans quel bordel il va. Question pas facile à formuler. Il la garde pour l'année prochaine, quand il aura étudié la rhétorique. Soudain, le Naute agite le bras, s'exclamant : « Dame Ménard et sa fille Maheut ! Dieu soit avec vous ! » Autres lois du commerce : hypocrisie, mensonge, comédie. Richart se demande s'il ne serait pas en train de devenir cistercien sur les bords. S'il n'y prend pas garde, il risque de se retrouver bientôt à Cîteaux, avec une tonsure et une robe grise, respectant chaque article de la Règle. Richart regarde les deux femmes et se demande s'il devra les regarder toute sa vie. L'une vieillira, l'autre mourra. Et lui ?

Sur le trajet du retour, Nicholas Perpin explique à son fils que Benoît Ménard, le père de Maheut, possède une entreprise de parcheminerie dans le quartier Saint-Séverin. Il vend aussi de l'encre et des plumes dont il assure la fabrication. C'est un gros commerçant dont la fortune est au moins égale à la sienne, peut-être même supérieure. Il a également des vignes dans le clos Saint-Sulpice. « Le vin préféré de Bénodet, dit Richart. – Tu vois comme tout s'arrange.

– Attends : je n'ai pas encore dit oui. – Non : c'est elle qui n'a pas encore dit oui. – Pourquoi ont-elles assisté à la messe dans notre quartier et pas dans le leur ? – Pour nous voir. – Je comprends : c'était une messe arrangée. – Sinon, pourquoi t'aurais-je demandé d'y venir ? – Mère sera furieuse que tu organises mon mariage dans son dos. – Elle tenait à partir pour Pontoise, ta sœur aussi. Leur obsession de respirer de l'air pur. – C'est vrai qu'ici ça pue. – Mon nez ne sert qu'à renifler les bons placements. » Ils rient, puis Nicholas se rend place de Grève où se trouvent ses bureaux, tandis que Richart se dirige vers la rue du Quincampoist. Il se dit qu'il a oublié de demander à son père si Maheut est au courant, pour ses cheveux blancs. Sans doute que non. Elle a dû s'interroger sur le fait qu'il porte un bonnet de laine par cette chaleur. A pris ça pour une originalité d'étudiant. De *goliard*.

XV

« Tu sais quoi ? La fille que je vais épouser possède des vignes dans le clos Saint-Sulpice. Enfin, son père. » Bénodet a du sang sur toute la figure, mais Richart fait mine de ne pas s'en apercevoir. Plaindre un ami, c'est lui rappeler sa souffrance. Faire comme si sa souffrance n'existait pas est plus amical. Du reste, la souffrance n'existe pas. Dans la vie, elle est en creux. C'est un trou. « Le jour de tes noces, tu boiras à ma santé ou plutôt à mon salut, car je serai mort. » Bénodet ne prononce pas les s ni les t : c'est parce qu'il n'a plus de dents, les hommes du prévôt les lui ont cassées. Il a tout avoué sous la torture, Richart s'en serait douté. Avoué quoi ? Qu'il est l'auteur de *Saint-Sépulcre !*, cette saloperie hérétique. Le manuscrit s'est retrouvé dans les mains de la justice grâce à Jude, le plus jeune des fils Bénodet. Jude considère que son père est responsable de la mort de Geneviève et a voulu venger sa mère. Son plan est en bonne voie, car Bénodet a été jugé et condamné à être brûlé vif sur la place Maubert. Le lieu de leur première rencontre, à Richart et à lui, l'hiver dernier. « Contrairement à Loherenc, dit Bénodet, je brûlerai en été. Ça ne fera même pas de chaleur pour les enfants des rues. À quoi reconnaît-on un raté ? À ce qu'il brûle sans réchauffer personne. » Il dit *perfonne*. Il rit. Son bon rire de naguère, aujourd'hui plein de caillots. « C'est ma faute, dit Richart. Si je ne t'avais pas demandé de rédiger mon devoir, tu n'en serais pas là. – Si j'avais vraiment écrit ton devoir, je n'en serais pas là non plus. »

Richart regarde Bénodet avec confiance, car il sent qu'il va le sauver. Il ne sait pas encore comment mais il sait pourquoi : parce qu'il a envie de le sauver. C'est un sentiment flou et lumineux, jusqu'ici inconnu de lui. L'extase du Christ, quand il a sauvé tout le monde. Sur la croix, il ne se tord pas de douleur, mais de plaisir. Heureusement que je n'écris rien de ce que je pense ou de ce que j'imagine, se dit l'écolier.

« Je dois t'avouer quelque chose », dit Bénodet. La véritable version de la phrase est : « Che ois afouer elque ose. » Bénodet dit à Richart qu'il a vu Grassou. « Maintenant que tu vas te marier, peut-être que ça ne t'intéresse plus ? » Richart lui demande ce que la Palestinienne lui a dit, il devrait plutôt s'intéresser à ce que Bénodet lui a fait. « Rien. – Vous n'avez pas parlé ? – Non. » Alors quoi ? « Devine. » Leurs regards se croisent dans l'obscurité de la cellule. Les feuilles sèches de la paillasse geignent : Bénodet déplace son derrière comme s'il craignait de prendre un coup. Dans le silence, l'odeur d'urine et de crasse n'en semble que plus forte. « Tu as couché avec elle ? demande Richart. – Oui. – C'était comment ? – Tu le sais. – Je ne sais plus que ça ! » D'un geste brusque, l'écolier ôte son bonnet de laine, ce qui lui donne l'air d'un vieil homme. Un vieil homme dévoré de jalousie amoureuse. « Elle t'a confié son adresse ? – Non. » Richart serre les poings. Il dévisage Bénodet. Cette trogne bafouée de traître inutile. « Comment veux-tu que je te sauve la vie, après ça ? – Ne me sauve pas la vie. – Mais si, je vais la sauver ta putain de vie ! Si tu meurs, comment pourrai-je me venger de toi ? » L'écolier est surtout furieux qu'ayant eu la Pouliche sous la main, et même sous autre chose que la main, ce salopard de Bénodet n'ait pas réussi à savoir où elle habitait. « Elle était comment ? – Grosse. Je me demande si elle n'attend pas un enfant. – Un enfant de moi ? – Pas de moi. » Richart se lève, indifférent. « Je tiens à te rappeler, dit Bénodet, que je passe sur le bûcher demain matin. – T'inquiète. D'ici là, je trouverai une solution. – Genre ? – Ne t'occupe pas du genre : prépare-toi juste à vivre les pires années de ta vie. »

L'idée vient à Richart rue du Quincampoist, dans la soirée, en regardant sa sœur rentrer de Pontoise avec Mme Perpin. Une vieille loi datant de Philippe Auguste lui revient miraculeusement en mémoire. Peut-être a-t-il une vocation pour le droit ? Reste à persuader Ysabel. Un autre boulot d'avocat. Il rejoint sa sœur près de la fenêtre. Elle regarde la rue aux magasins fermés. Des hommes passent, qui bruissent dans l'obscurité comme des chauves-souris. « À quoi penses-tu, Ysabel ? – À Bénodet. – C'est demain qu'on l'exécute ? – Oui, sur la Maub'. Tu viendras ? – Sûrement pas. Quand je pense qu'il a dormi ici. Dans ton lit ! Ça me fait froid dans le dos. Remarque, avec ce temps lourd, ça n'est pas désagréable. » Elle rit. C'est ce qu'il préfère chez elle : son rire. Reflet de son âme interloquée et pure. « Il y a un moyen de sauver Bénodet, dit Richart. – Mais non. Papa est formel : ce qu'a fait ton ami est grave. Se moquer des chevaliers d'Orient, après le mal qu'on s'est donné pour prendre Jérusalem et le drame que ç'a été de la perdre. Tous ces pauvres gens morts pour le Christ ! Décidément, tu as de curieuses fréquentations. Dans un sens, papa n'est pas mécontent d'être débarrassé de ton jongleur. »

La révélation que craignait Richart : sous couvert d'aider son fils, le Naute a œuvré auprès des juges pour que Bénodet reçoive le châtiment le plus sévère, autrement dit la mort. Sacré papa, maudit père. Tout pour les siens, l'Enfer pour les autres. L'écolier n'en ressent que davantage l'obligation de tout faire pour sauver le jongleur. Il a le moyen devant lui : cette petite blonde au gros nez. Il prend sa main. « Pourquoi me prends-tu la main ? – J'ai quelque chose à te demander. – Encore perdu au jeu. Combien te faut-il ? Tu me dois déjà quinze sous. – Ysabel, tu peux sauver Bénodet. – En priant pour lui ? Je ne fais que ça. – Non : en l'épousant. Tout condamné à mort qu'une pucelle demande en mariage est gracié. – Tu as déjà vu une pucelle épouser un condamné à mort ? – Tu seras la première. – Et ma vie ? – Si j'épouse la fille du parcheminier Ménard, tu te retrouves au couvent. – Papa ne me ferait pas ça ! – Pour se mettre bien avec les autorités, il ferait pire. – Il n'a pas à se mettre bien avec les autorités : il en est une. – Les autorités *religieuses*. » Ysabel reste pensive, puis secoue la tête. « Si je faisais ça, papa en mourrait. – Pas avant d'avoir été échevin. – Si je fais ça, il ne sera pas élu échevin. – Tant pis, il restera Naute. – Et puis, Bénodet est marié. – Veuf. – Il a le double de mon âge. – Ça ne fait pas tant que ça. – Je ne l'aime pas. – Il ne t'aime pas non plus. Il aime la même femme que moi : une putain palestinienne. » Ysabel lève les yeux au ciel : son frère et ses excentricités, ses provocations. « Et je devrais faire ma demande quand ? – Demain matin, place Maubert. – Devant tout le monde ? – Oui. L'exécution devrait être un grand succès public. – Je mourrais de honte. – On ne meurt pas de honte. » Ysabel considère longuement son frère. « Tu as pensé à ce que deviendrait ma situation si j'épousais un blasphémateur condamné à mort par la justice du Roi Louis ? – Il n'a pas été jugé à Vincennes, mais au Châtelet. – Ma réponse est non. – Alors, je cesserai de t'aimer. – Ne dis pas ça. – Je quitterai la maison, j'abandonnerai mes études. Je ne te parlerai plus, ne te regarderai plus. Tu ne sauras jamais ce que je suis devenu, mais je peux te le dire dès maintenant : un assassin. Je tuerai les gens pour les voler, avec une préférence pour les pèlerins. Je me vouerai en entier au Diable qui m'a déjà choisi en teignant mes cheveux en blanc. Il sera mon seul maître et je le servirai fidèlement jusqu'à mon dernier souffle. Peut-être même arriverai-je, en m'appliquant, à tuer Dieu ? – Tais-toi, Richart ! Assez ! Tu es fou ! » Il la poursuit partout dans la maison, l'accablant de blasphèmes et de menaces. Sa voix semble bleue, tant elle est froide. La jeune fille s'agenouille devant un crucifix et tombe dans des prières.

Richart pense que c'est le moment de la laisser, le Christ étant de bon conseil. Il regagne sa chambre où il se couche tout habillé. Avant de s'endormir, il a une pensée pour Bénodet, son futur beau-frère. Si son plan marche, l'autre lui sera toujours reconnaissant d'avoir sacrifié sa sœur pour le sauver. Ce qui réjouit l'écolier, c'est d'imaginer la tête que fera Nicholas Perpin, demain, quand il apprendra que, d'une part, sa fille n'est plus pucelle et que, d'autre part, elle est l'épouse légitime d'un blasphémateur.

XVI

Cette fois-ci, je n'emmène pas ma femme en Terre sainte. Parce que ce n'est plus ma femme ? Elle l'est moins qu'elle ne l'a été. Qu'elle ne l'était la dernière fois. Au fil des années, les couples se séparent, même s'ils restent ensemble. Chacun rejoint Dieu par son propre chemin solitaire. Marguerite dit que partir sans elle me portera malheur. Je n'ai pas peur du malheur qui me rapprochera du Christ. Toute ma vie j'ai été près de Lui, mais près de Lui c'est encore loin de Lui pour moi. Du reste, je ne vais pas en Terre sainte. Comme la deuxième fois, j'ai mon plan. Il est secret et, j'espère, meilleur. Qu'on ne perdra pas une bonne partie de notre chevalerie comme en 48, à Mansourah. Ni tous les Templiers. Quoique, ce ne serait pas un mal. Ces messieurs du Temple vont au-devant des ennuis. Cette façon qu'ils ont de prendre les gens de haut, comme les Cathares et les Juifs. À qui j'ai bien rabattu leur caquet. Les bonnes consciences et les gros malins. S'appeler les Parfaits et les Élus. Seul Dieu est parfait. Et Il ne vote pas !

Fêterai-je mon cinquante-septième anniversaire à Jérusalem ? Cette impression d'avoir trop vécu, qui remplace en moi celle, pas si ancienne, d'avoir bien vécu. Mes souvenirs se sont mis à déborder de ma tête comme l'eau d'un gobelet. Je n'ai plus assez de place dans ma mémoire pour le temps que j'ai vécu, les gens que j'ai connus, le chagrin que j'ai éprouvé. Bientôt mon cerveau et mon cœur éclateront. Quand un homme est plein comme un panier, il craque. Le moment où, par précaution, on ne veut plus connaître personne. Où l'on refuse le moindre chagrin de peur qu'il ne soit de trop. On se ferme. L'air ne passe plus. La vieillesse est une asphyxie. Vieillir, c'est perdre Dieu de vue, puisqu'on ne voit plus rien. Et moi, je veux Le garder. Le regarder. Elle me gêne un peu, cette impatience avec laquelle j'attends la mort, l'âge où je ne vieillirai plus. Marguerite le sent-elle ? Elle sent tout, comme un animal. Une chienne. Mon épouse adorée. Un seul Dieu tu adoreras, mais exception feras pour les chiennes. Je n'ai pas honte ? Si.

Cette nouvelle expédition internationale outre-mer – la huitième en ne comptant pas celle des Pauvres de Pierre Lermite et de Gautier Sans-Avoir, mais moi je la compte, on dira donc que c'est la neuvième – se présente mal. D'abord, Joinville refuse de m'accompagner. Il dit qu'il est trop vieux alors que, lui ai-je fait remarquer, il est plus jeune que moi. Il a répliqué qu'il trouvait que moi aussi j'étais trop vieux. « Comment réussir à cinquante-six ans ce qu'on a raté à trente-quatre, doux Sire ? » Heureusement qu'il y avait le doux Sire, sinon je lui aurais collé un pain. J'en ai assez de ces gens qui me parlent de leur âge, surtout quand ils me parlent en plus du mien. Du reste, Joinville semble en meilleure santé que moi. C'est qu'il fait moins de jeûnes. Trop gourmand. Il dit qu'il a envie d'écrire ses mémoires et que, pour écrire ses mémoires, il faut être encore vivant. J'aurais ri si je n'avais décidé depuis longtemps de ne plus rire. Pourquoi rire ? Rien n'est drôle, ou bien tout est drôle, mais si tout est drôle, comment prier ? Je veux dire : pourquoi ? En plus, le rire ajoute à mes douleurs au ventre. Pleurer, en revanche, ne fait pas mal. Et même, on se sent mieux après, comme quand on vient de faire pipi. L'homme a trop d'eau dans le corps : elle lui délaie l'âme. L'eau est mauvaise, elle est le Diable ; le vin est bon, inventé par le génie humain venu de Dieu. Joinville, pour en revenir à lui après cette digression à la Rutebeuf (qui n'approuve pas non plus ma nouvelle opération militaire en Orient), n'écrira pas ses mémoires, il les dictera, c'est moins fatigant. Avec l'âge, il devient paresseux. Un des sept péchés capitaux. Ça lui en fait déjà deux. Mon pauvre riche ami pour qui je vais devoir prier, moi qui prie déjà tant par ailleurs !

Il attendait, pour retourner dans son bel hôtel parisien, que je lui donne congé. Je tardai à le faire. Outre que cet entretien me paraissait être l'un des derniers que nous aurions jamais ensemble, Joinville commence à me manquer alors même qu'il n'a pas encore tourné les talons. Il me donne toujours l'impression que j'aurais été lui si je n'avais pas eu de mère ou si elle n'avait pas été Reine. Je regarde, en le regardant, celui que je n'ai pas été. La tête que j'aurais eue si je n'avais pas assisté à trois offices religieux par jour depuis l'âge de... Je ne sais plus. Ce bon visage reposé du type en règle avec Dieu parce qu'il n'a qu'un tout petit compte chez Lui, ce qui n'est pas mon cas.

Sans Marguerite ni Jean, que me reste-t-il ? Mes fils. Philippe, mon dauphin et mon problème. Jean-

Tristan, comte de Nevers. Pierre, comte d'Alençon. Bien sûr qu'il y en a un que je préfère, mais je ne me dirai jamais lequel. « Tu m'enlèves mes fils », m'a dit Marguerite. J'ai dit : « Non, je les élève. » Elle a claqué la porte. J'étais contre l'invention des portes : trop de gens les claquent. Marguerite a toujours été soupe-au-lait et, avec l'âge, ne s'arrange pas. J'emmènerai aussi ma fille Isabelle pour qu'on ne me la prenne pas en mon absence.

Revu aussi Rutebeuf pour cette affaire de jongleur hérétique dont on m'assure de tous côtés que c'est un bon Chrétien : Bénodet. Depuis longtemps je n'avais pas bavardé avec le trouvère. Il fait partie de mon passé, comme Joinville. Toute ma vie fait partie de mon passé, ce n'est pas bon signe. Ledit Bénodet aimait tellement le Christ qu'il a donné à ses fils les prénoms des frères de Jésus dont on ne parle jamais dans l'Évangile. La preuve que la famille n'a aucune importance, c'est qu'elle n'a aucune importance pour Notre Sauveur et Ses apôtres. Les parents nous mettent au monde et nous les enterrons : tout ce qu'on peut attendre d'eux et qu'ils peuvent attendre de nous. Une cellule familiale se prolongeant au-delà de la simple nécessité devient satanique. La preuve : la plupart des crimes ont lieu en famille. Les rues, même celles de Paris, sont plus sûres que le foyer, quoiqu'elles soient peu sûres. L'amour pour ses enfants est si fort qu'il détourne des autres enfants que Dieu a faits, l'amour pour les parents si exclusif qu'il éloigne des autres vieux que Dieu a faits aussi. La haine finit par bouillonner dans cette marmite trop étroite. Nous croyons que les sentiments que nous avons pour nos parents et nos enfants sont bons et même les meilleurs du monde, alors qu'ils sont mauvais et même les pires du monde. Quand j'explique ça à Marguerite, encore une porte claquée. Les jeûnes, selon elle, me rendraient fou.

Rutebeuf n'a pas mauvaise mine, mais il a moins bonne mine que Joinville. Ce sont deux Champenois. Débonnaires. Le contraire de moi. J'aime ce qui est à l'opposé de moi, ça fait partie de mes nombreuses vertus. Rutebeuf m'explique l'affaire : un père dénoncé par son fils à cause d'un manuscrit. L'a-t-il lu ? Parcouru, dit-il. Prudent. Ce qui caractérise les grandes gueules poétiques : la prudence. Ce qui les rapproche des chevaliers. Et alors ? Évidemment, dit-il, ce n'est pas du Thomas d'Aquin. Il faudra que je le voie aussi, celui-là, avant de partir. C'est une fantaisie, continue Rutebeuf. Une fantaisie au sujet du tombeau du Christ ? Je m'inquiète. Le mieux serait encore que je le lise. Je fais demander le texte au Grand-Châtelet et en commence la lecture peu avant vêpres. Je m'arrête au bout de quelques lignes : je ne veux pas gâcher mes vêpres. Bien sûr que l'auteur de ces vers mérite la mort. Il accumule les obscénités sur le corps du Christ. Si c'est là ce qu'imaginent les bons Chrétiens, que va-t-on trouver dans la tête des hérétiques ? Le meurtre de Jésus bébé ? Je fais dire à Rutebeuf que son collègue mérite la mort et que le plus tôt sera le mieux. Pas de réponse du jongleur, déjà en train de fomenter sa vengeance sur du papier. Les poètes croient que les mots frappent. Non : Dieu seul frappe.

XVII

Quand on vient le chercher dans sa cellule, il éprouve un sentiment de délivrance. D'abord il est délivré de sa cellule, puis va l'être de la vie. Il a toujours su que ça finirait comme ça. On ne vit pas aussi longtemps à l'écart des gens sans qu'ils nous haïssent. Quand quelqu'un n'est pas avec nous, il nous regarde. Et quand il nous regarde, il voit nos défauts. Nos vices. Nos péchés. Bientôt il les dénoncera. Dans un livre. Une chanson. Il faut l'éliminer avant qu'il ne le fasse. Ou dès qu'il l'a fait, afin qu'il ne puisse pas le refaire. Depuis qu'il a commencé à jongler, Bénodet sent cette menace peser sur lui. Il en riait le plus souvent. La vie est un tel malheur que la mort ne saurait être un malheur plus grand.

Ainsi, il voit toutes les choses pour la dernière fois. Cette cellule. Le trajet du Grand-Châtelet jusqu'à la place Maubert, il l'a fait si souvent. Au moins, aujourd'hui, il ne paie pas l'octroi. Il salue le palais où prie son bourreau, Louis IX, puis Notre-Dame où son autre bourreau – Dieu – est prié. C'est une superbe matinée d'été, comme il le craignait. Faire du feu par un jour pareil, quel gâchis ! Tant de gens meurent de froid en hiver par manque de bois. Le jongleur sourit. Quelqu'un, dans la foule, le voit sourire. Que comprend-il à ce condamné à mort souriant ? Sans doute qu'il s'agit d'un possédé. D'un agent du Diable. Quand Bénodet pense au nombre de fois qu'il a pris Richart pour un agent du Diable ou le Diable lui-même. Qu'on brûle un saint homme – ce qu'en lui-même Bénodet est persuadé d'être – sous le regard – sardonique ? – d'un Diable, serait dans l'ordre des choses. N'empêche, ça fait plaisir au jongleur d'apercevoir, place Maubert, Richart. Mais pourquoi l'écolier a-t-il emmené sa sœur ? Ce n'est pas un spectacle pour les jeunes filles, surtout cette jeune fille-là dont la laideur joviale, claire et pétillante, semble refléter une innocence pleine de sensibilité. Elle ne tiendra pas le coup. Bénodet est triste à l'idée que le dernier souvenir qu'elle gardera de lui soit une odeur de poète rôti. D'autant que Richart et elle se sont installés devant le bûcher. Il va devoir faire bonne figure. Pas facile, quand on brûle.

Il revoit Jude bébé. Il le prenait dans ses bras sans savoir qu'il était en train de cajoler son ennemi. Une fois, par maladresse, il l'a laissé tomber sur le sol de terre battue de leur masure. Mais l'autre ne peut s'en souvenir. À moins que sa mère ne le lui ait raconté ? Les mères sont prêtes à tout pour déconsidérer leur mari aux yeux des enfants quand il s'est déconsidéré à leurs yeux. Bénodet ne faisait pas toujours la différence entre ses quatre fils, nés l'un derrière l'autre. Il a longtemps cru que deux d'entre eux étaient des jumeaux, jusqu'à ce que Geneviève, excédée, ne le convainque du contraire. Il n'a jamais fêté leurs anniversaires. Les seuls anniversaires qu'il ait fêtés dans sa vie, ce sont ceux des nobles et des bourgeois chez qui il allait jongler et chanter. Longtemps Jude n'a pas quitté les jupes de sa mère. Est-ce la raison pour laquelle Geneviève et Bénodet, après lui, n'ont pas fait d'autre enfant ? Il bloquait l'entrée ! C'était un petit garçon espiègle et rêveur qui se disputait beaucoup avec ses frères et ses camarades parce qu'ils n'étaient pas aussi gentils avec lui que l'était sa mère. L'amusant, c'est que Jude ne s'est jamais intéressé à la lecture. Ça été la croix et la bannière pour lui apprendre l'alphabet. Des quatre fils Bénodet il est celui qui a le moins entendu son père chanter. Le jongleur ne se souvient pas d'avoir eu avec lui une seule conversation sur l'art de la chronique ou du fabliau. Dès qu'il le pouvait, Jude filait auprès de sa mère. Plus tard, il exprima le désir de devenir charpentier, ce qui parut à Bénodet et à Geneviève la marque d'un esprit sérieux et travailleur.

On devrait savoir que nos fils nous trahiront, puisque nous avons trahi nos pères. Les gens croient qu'en faisant un enfant ils font l'amour, alors qu'ils fabriquent de la haine. Bénodet en admirerait presque Jude de l'avoir dénoncé pour blasphème et hérésie. Dans l'histoire des relations entre parents et enfants depuis l'Antiquité, ce doit être l'une des plus spectaculaires trahisons d'un fils envers son père, d'autant plus que Jude déteste la lecture. Parce qu'il lui a bien fallu le lire, *Saint-Sépulcre !* Bénodet se demande où, en ce moment crucial, se trouve le manuscrit ; il le connaît par cœur, mais son cœur sera bientôt en cendres et n'aura donc plus de mémoire.

Il regarde les gens venus le voir brûler et se dit qu'il n'aurait pas dû, pendant toutes ces années à Paris, venir voir brûler des gens, aussi bien ceux qu'il aimait que ceux qu'il ne connaissait pas. Si plus personne ne vient voir brûler personne, peut-être que plus personne ne brûlera. Au moment où il se demande si une société est possible sans bûcher et où il est sur le point de se répondre que non, il aperçoit Grassou parmi l'assistance. Celle par qui la mort est arrivée. La mort en personne. Qui traverse les destins comme un sabre et ressort intacte des hommes crevés. Il faut qu'il prévienne Richart. Ce sera sa dernière bonne action terrestre. En remerciement pour tous les gobelets de clos-saint-sulpice offerts par lui depuis un an.

« Elle est derrière toi. – Qui ? – *Elle.* » Les spectateurs semblent stupéfaits qu'un condamné à mort ait une voix. Bénodet se rend compte que dans leur esprit il était déjà enterré. Incinéré ! Il entend des grognements, des sifflets. La foule s'énerve. Elle se sent de trop, alors que c'est le jongleur qui est de trop. La preuve : on va l'éliminer. Dans l'assistance, Bénodet aperçoit aussi Rutebeuf. L'autre fait un geste d'impuissance bien inutile. Le jongleur aimerait savoir pourquoi le jeune Perpin ne va pas rejoindre Grassou vers la rue des Boucheries. C'est à peine si l'écolier a jeté un coup d'œil négligent par-dessus son épaule. Maintenant il se penche vers Ysabel, bien plus petite que lui, et lui souffle quelque chose à l'oreille. Bénodet n'a jamais vu quelqu'un d'aussi blanc. Peut-être même que la sœur de Richart est verte. Verte comme l'herbe.

Singulière demande en mariage. Sur la place ensoleillée est tombé un silence de pluie. Le bourreau est désemparé, on dirait qu'il va éclater en sanglots. En morceaux. Un rire : celui de Grassou au fond de la place. « C'est la loi », dit le représentant du prévôt. On détache Bénodet, puis on le pousse dans les bras maigres d'Ysabel Perpin. Sourire de Richart. Putain de Diable ! Putain de Diable adoré ! Les trois fils – l'aîné, le cadet, le puîné – de Bénodet se précipitent pour le féliciter de ne pas être mort et d'avoir trouvé une épouse, l'un en l'occurrence n'allant pas sans l'autre. Ils congratulent leur nouvelle mère, plus jeune qu'eux. Où est Jude ? Allé se pendre ? Richart finit par se décider à scruter la foule pour retrouver la Pouliche, mais elle a de nouveau disparu.

Les maisons se referment, le ciel s'ouvre. Bénodet n'a plus chaud. Il a une femme. Elle est moche comme la vie. Il l'adore, l'embrasse. Elle le repousse. « Pas tout le même jour, la vie et le plaisir », dit Richart. Le mariage aura lieu l'après-midi en l'église Saint-Séverin, sous surveillance policière.

Le lendemain matin, Luc d'Avèze sentit pour la première fois qu'il avait conquis Jérusalem. Auparavant, il avait surtout eu l'impression de l'avoir massacrée. La fin du mois de juillet est chaude en Palestine ; dans la Ville sainte, elle est brûlante. Il semblait à l'Auvergnat qu'un Dragon l'attendait dans la rue et pour s'occuper crachait du feu contre la porte de la maison. Le chevalier se souleva pour regarder Édelinne dormir. La veille, dans la pénombre, il n'avait presque pas discerné son corps. Il était rond sans être gros, menu sans être petit. On avait tout le temps envie de le toucher. Après une toilette sommaire, le chevalier se rendit à l'église du Saint-Sépulcre. Il y trouva encore Godefroi. À croire que l'autre avait dormi là. Avèze s'installa près de lui et commença ses prières. Il demanda pardon à Jésus. Depuis qu'il se trouvait à Jérusalem, il s'adressait à Jésus plutôt qu'à Dieu. N'était-on pas chez le Christ ? Avèze avait honte de son comportement de la veille envers Édelinne « de Jérusalem », et ce comportement l'avait rendu tellement heureux que ça redoublait sa honte. Perdu dans diverses supplications et explications intérieures, il ne remarqua pas le départ de Godefroi de Bouillon. Quand il constata l'absence du Brabançon, l'endroit perdit son charme et il sortit. Il hésita entre rejoindre directement les autres chevaliers auvergnats pour discuter avec eux des modalités de leur retour en France, et repasser par son rez-de-chaussée pour voir si par hasard la Pouliche ne serait pas réveillée et disposée à lui procurer les mêmes plaisirs que ceux qu'elle lui avait donnés au cours de la nuit. La mort dans l'âme et la joie dans la culotte, il opta pour le rez-de-chaussée. Édelinne était réveillée, en effet, mais arborait une mine sévère et, sans sourire, demanda à Luc de l'argent pour aller au marché. Celui-ci avait rouvert. Les marchés rouvrent vite. Celui de Jérusalem se trouve entre le quartier des changeurs syriens et celui des changeurs latins. On y vend de la viande et des légumes. Il est complété par le marché aux épices et celui des volailles. Édelinne avouerait plus tard à l'Auvergnat qu'elle avait toujours envié les domestiques de ses parents qui partaient faire les courses le matin. Elle pensait qu'elle ne connaîtrait jamais la joie d'y aller elle-même jusqu'à ce que la prise de Jérusalem par les Croisés et sa rencontre avec le comte eussent changé son destin.

Godefroi fut élu Roi de Jérusalem parce qu'on était sûr qu'il était le seul à qui cette nomination ferait de la peine. Les autres – Raymond de Saint-Gilles, Robert de Flandre, Robert de Normandie –, ça leur aurait fait trop plaisir. L'homme n'est ni bon ni mauvais : il est taquin. Godefroi prit le titre d'Avoué du Saint-Sépulcre, soi-disant moins ronflant que celui de Roi de

Jérusalem, alors qu'Avèze le jugeait au contraire plein de hauteur et de fierté, avoué (*avoé*) signifiant protecteur, seigneur, défenseur. Avec cette dénomination, Bouillon se plaçait au-dessus des rois. Il soulignait sa grandeur, sa force, son désintéressement. Pour la première fois depuis qu'il le connaissait, Avèze trouva que le duc de Brabant en faisait trop. C'était donc vrai que toutes les modesties sont fausses. L'Auvergnat ne savait plus qui lui avait dit ça. Un type mort. À Dorylée ou devant Antioche. Un jongleur. Quelques-uns avaient suivi la Croisade mais, quand celle-ci était parvenue devant Jérusalem, ils étaient tous morts. Peu combatifs et pas résistants.

Premier souci rencontré par l'Avoué : les bons chevaliers décidèrent de rentrer en Occident parce qu'ils souffraient de ne pas voir leur famille et leurs gens, alors que les mauvais, dont beaucoup étaient fâchés avec leurs proches, préféraient rester outre-mer pour s'y tailler un fief avec les mêmes brutalité et immoralité qui les avaient déjà fait détester sur leur terre natale. Non seulement les effectifs francs furent réduits de moitié, mais c'était la mauvaise moitié. Un matin, après leur station quotidienne en l'église du Saint-Sépulcre, Godefroi demanda à Luc d'Avèze si, comme la plupart des Auvergnats, il rentrerait bientôt en Auvergne. L'autre, qui avait en effet résolu de rentrer en Europe dès la fin de l'été, dit d'emblée qu'il restait à Jérusalem pour combattre aux côtés de l'Avoué. Il aurait préféré dire : « Mon Roi. » Godefroi eut son célèbre sourire profond, serein, sérieux et plein d'amour, qui bouleversa Avèze. Le duc dit qu'il était content, car il aurait besoin d'avoir autour de lui, en Palestine, des hommes de valeur et de vertu. Avèze rougit au mot « vertu ». Ça lui fit penser qu'il devrait dire à la Palestinienne qu'elle ne serait pas débarrassée de lui en septembre, comme il le lui avait annoncé. Il pensait qu'elle en concevrait du chagrin et qu'en représailles elle se refuserait à lui pendant plusieurs nuits, mais de toute façon il la forcerait. Elle dit au contraire que cette nouvelle décision lui convenait mieux que la précédente, mais que, surtout, elle lui paraissait davantage adaptée à son nouvel état. « Ton nouvel état ? – Mon nouvel état de femme enceinte. » Elle lui réclama ensuite de l'argent, car elle devait aller au marché. L'Auvergnat n'avait jamais vu quelqu'un aller aussi souvent au marché. Encore tout étourdi par la nouvelle que la Pouliche lui avait annoncée, il fouilla dans sa bourse et prit quelques sous. La jeune femme soupesa les pièces et dit que ce n'était pas assez. Elle avait beaucoup de qualités, la principale étant que le comte était amoureux d'elle et heureux en sa compagnie, mais elle n'était pas économe.

XVIII

Ils remontent la rue des Boucheries. Édelinne tient le bras de Gile. Elle dit : « Mon regret, c'est que nous n'ayons pas pu nous joindre à eux pour partager leur joie. – Si nous nous étions joints à eux, c'est nous qui aurions fini sur le bûcher. C'était déjà risqué de paraître place Maubert. – Je suis contente que Bénodet n'ait pas été brûlé, même si sa nouvelle femme n'est pas jolie. Vaut mieux ça que d'être mort ! – Et puis, ç'aurait fait un père de moins pour ton enfant. – Je t'ai déjà dit que deux personnes ne peuvent pas être le père de mon enfant. Bénodet et toi, car rue Bordelles il ne m'a pas touchée. – Vous faisiez quoi ? – On parlait. – Tu étais censée être muette. – Il parlait et j'écoutais. Enfin, je n'écoutais pas tout le temps. Je pensais à toi. » Elle l'embrasse sur la joue, sa vieille joue. Ils sortent de la ville par la porte Saint-Victor et, à travers champs, gagnent le bourg Saint-Marcel d'où, après avoir rassemblé leurs affaires, ils s'en vont vers le nord. À cheval, car Gile, avec l'argent d'Agnès Pié-de-Fust, leur a offert deux montures.

Après l'enterrement de son père et les noces de Marie avec Estienne, Gile s'était rendu à Paris afin de rejoindre la Croisade du roi Louis. Il paraissait évident que quelqu'un – Évrard ? leur nourrice ? tout le monde ? – avait maquillé son crime en accident, Jehan de Péronne ayant été retrouvé au bas de l'escalier du donjon alors que Gile l'avait laissé inanimé dans la chambre. N'empêche, il avait quand même tué son père, Dieu attendait une compensation. À moins que Jehan ne fût lui-même sorti de la chambre et que quelqu'un – Évrard ? leur nourrice ? tout le monde ? – l'eût poussé dans l'escalier ? Peut-être aussi le rustre était-il tombé tout seul. Un jour, Gile aura la solution de cette énigme morbide. Peut-être dans quelques heures, quand Édelinne et lui arriveront au château de l'oncle Guillaume, où il a décidé que Grassou attendrait la naissance de son enfant et que lui-même prendrait du repos. Il en a besoin. Vingt ans qu'il n'a pas eu de vacances. C'est vrai que, dans la vie d'un Templier, il y a beaucoup de moments où on ne fait rien. Dans celle d'un voleur aussi.

Au printemps 48, il avait accompli le trajet inverse. Son oncle lui avait offert un destrier, prétendant que sur sa vieille bique il n'arriverait jamais à Jérusalem, en tout cas pas à cheval. Guillaume lui avait également prêté un écuyer : Renaud. C'était un garçon de quinze ans, ombrageux et peu bavard, ce qui convenait à Gile. Le jeune chevalier était persuadé ce jour-là qu'il ne reverrait jamais la Picardie. Il regardait le paysage avec la volonté d'enregistrer dans sa mémoire chaque arbre (hêtres, aulnes, peupliers) et chaque oiseau (sarcelles, foulques, pluviers dorés). Quand il passait devant un étang, il pensait aux gardons, rotengles, sandres, tanches et surtout carpes qu'il y avait pêchés durant son enfance et son adolescence. Il dit adieu aux biches, cerfs, sangliers et chevreuils de plaine qu'il lui avait tant plu de chasser. Il avait aussi des souvenirs d'amour, mais les laissait de côté, se disant qu'un garçon partant à la Croisade doit éviter les pensées impures.

Cette Picardie vers laquelle ils galopent aujourd'hui – il se dit que si, au cours de ce galop, Édelinne perdait son bébé, ce ne serait pas plus mal, et peut-être se dit-elle la même chose –, comme il l'avait aimée et comme il avait été triste de la quitter ! Il y avait dans le ciel bleu picard une quantité de vide que Gile ne retrouverait nulle part ailleurs dans le monde et qu'il guette aujourd'hui afin de saisir le moment exact où il sera de retour chez lui. Renaud, lui, semblait insensible aux paysages. Les adolescents ne regardent qu'en eux-mêmes, ce qui les rapproche des prêtres et des poètes, adolescents prolongés dans la foi pour les prêtres, dans la rime pour les poètes.

Ils avaient traversé Ham, Noyon, Thourotte, Compiègne. Estienne les avait rejoints à Chantilly. Quand Gile l'avait vu entrer dans l'auberge où il se restaurait avec Renaud, il s'était dit qu'un nouveau malheur était arrivé à Marie. Son cousin l'avait rassuré : Marie allait bien. Leur nuit de noces s'était passée de façon satisfaisante. Il y avait juste un détail qui chiffonnait Estienne, mais ils auraient tout le temps d'en parler, puisqu'il partait avec lui à la Croisade. Il n'avait pas pu y tenir dès qu'il avait vu, du haut des remparts, Gile s'enfoncer dans la forêt avec Renaud. « L'idée que tu te couvrirais de gloire en Palestine pendant que je ne me couvrirais de rien en Picardie... » Estienne avait annoncé sa décision à Marie. Elle avait paru triste, mais n'avait pas retenu son époux. Elle lui avait juste demandé de revenir vivant, car, après tout ce qu'ils avaient fait pendant la nuit, elle craignait d'être déjà enceinte. Estienne avait ri, pas Gile. Du coup, celui-ci avait craint que Marie n'attendît déjà un enfant... de son propre père, qui était aussi le sien ! Guillaume de Péronne n'avait pas non plus découragé Estienne de suivre Gile. Partir en Croisade est le devoir de tout chevalier et, si celui-ci meurt en route, c'est un devoir à cent pour cent accompli. Estienne n'avait pas emmené d'écuyer : il partagerait Renaud avec Gile.

Le lendemain matin, légers et triomphants dans le soleil, ils avaient pris la direction de Paris. Heureux d'être ensemble, de voyager ensemble, de se battre ensemble. Comme si toutes les années qu'ils avaient passées l'un chez l'autre, toutes les chasses et les tournois où ils s'étaient affrontés, tous les festins où ils avaient manœuvré et rusé pour être assis côte à côte, avaient dû aboutir à cette chevauchée tranquille en Île-de-France. Et maintenant ils étaient presque frères, puisqu'ils étaient beaux-frères.

À Paris, ils s'étaient installés dans une auberge d'Outre-Grand-Pont que leur avait recommandée Guillaume. Puis ils s'étaient rendus au palais où on leur avait appris que, le surlendemain, le Roi Louis prendrait l'oriflamme à Saint-Denis. Cela mettait le départ pour la Terre sainte à cinq ou six jours. Gile et Estienne en profiteraient pour faire des achats. Ils s'étaient promenés, Outre-Petit-Pont, dans le quartier des clercs, des étudiants et des poètes dont ils avaient souvent entendu parler à Péronne par les pèlerins et les voyageurs. Ils étaient engourdis par la joie d'être l'un avec l'autre dans une ville étrangère et inconnue. Le seul inconvénient, c'était Renaud : ils avaient beau lui conseiller de profiter de ses premières et sans doute dernières heures à Paris pour explorer de son côté la ville, il ne les quittait pas d'une semelle. Il disait qu'il avait peur de se perdre. « Avec les remparts, lui expliquait Gile, c'est impossible : si tu suis les portes, tu tomberas forcément sur la nôtre. » Leur auberge se trouvait à côté du quartier Barbette. L'écuyer ne voulait rien entendre. Ils avaient fini par s'habituer à cette ombre fluette qui ne s'exprimait qu'en picard.

Au début, Estienne avait parlé un peu de Marie. Il trouvait bizarre qu'au matin de leur nuit de noces les draps n'eussent pas été tachés de sang. Il n'avait posé aucune question à la jeune femme, par délicatesse, et n'avait pas ébruité la chose de peur qu'en une semaine tout le château n'ait bruissé de l'impureté de Marie de Péronne. L'avantage pour une femme d'épouser son cousin, avait pensé Gile, c'est qu'elle n'a nul besoin de changer de nom. Estienne lui avait demandé s'il avait une explication, et il avait dit que oui. Puis il avait regardé son cousin dans les yeux – ces yeux bleus où il y avait tout le grand ciel vide picard – et choisi de ne pas lui dire la vérité. C'était un péché, mais tant pis, il se confesserait. À la Croisade il y aurait plein de prêtres. « Tu veux savoir si j'ai couché avec ma sœur avant qu'elle ne devienne ta femme ? Non. Personne n'a couché avec elle avant qu'elle ne devienne ta femme. » Gile avait expliqué qu'une fois, dans son enfance, Marie était tombée de cheval et qu'en rentrant au château elle s'était rendu compte qu'elle avait saigné. Sa virginité avait dû partir ce jour-là.

Le 12 juin, Gile et Estienne, comme des milliers de Parisiens, avait suivi en procession Louis IX qui était allé pieds nus du palais à Notre-Dame. Ils avaient écouté la messe avec lui. Puis ils l'avaient suivi à Corbeil d'où l'expédition s'était engagée à travers la Bourgogne. Cette région fut un enchantement pour les Picards. En tête du cortège chevauchait le Roi avec ses frères Robert d'Artois et Charles d'Anjou. Louis avait emmené sa femme, Charles d'Anjou la sienne. Estienne se disait du coup qu'il aurait dû emmener Marie, mais Gile était bien content qu'il n'eût pas eu cette idée et qu'elle-même ne l'eût pas eue non plus. Il ne se voyait pas arriver en Palestine avec la jeune femme aux yeux orange, fille d'on ne savait trop qui, enceinte d'on ne savait trop qui non plus. Il se demandait comment allait se passer cette cohabitation de plusieurs années entre sa sœur et son oncle. Estienne et lui auraient sans doute des surprises lors de leur retour à Péronne. Mais ils avaient peu de chances d'être un jour de retour à Péronne.

À Sens, Gile et Estienne avaient vu Louis pour la première fois. Il était grand et maigre, avec un beau visage. Il portait une tenue de pèlerin avec un bourdon et une panetière autour du cou. Il y eut ensuite Vézelay, Lyon et enfin Aigues-Mortes. On devait embarquer le 25 août, mais les vents étaient mauvais et on dut attendre le 28 août.

Estienne déplorait de ne pas voyager sur le même bâtiment que le Roi, mais Gile préférait : ils seraient plus tranquilles. Ils n'avaient jamais pris un bateau ni l'un ni l'autre, ni même vu la mer. Ils avaient dû faire appel aux principes de la chevalerie ânonnés pendant toute leur enfance et leur adolescence à Péronne pour ne pas crever de peur. Ça ne les avait pas empêchés de tomber malades. Ils avaient passé une large partie de la traversée à vomir par-dessus bord. Renaud, la mine superbe et les yeux calmes, semblait au contraire se sentir mieux que sur la terre ferme. C'était un peu vexant pour les deux jeunes chevaliers. La mer remettait les gens à égalité : le noble descendait de cheval, le roturier n'avait pas mal au cœur.

XIX

Le même chemin à l'envers : Chantilly, Compiègne, Thourotte, Noyon, Ham. Il n'a plus un écuyer, mais une écuyère. Enceinte. Mais pas de lui. Il n'a plus de cousin : mort à Mansourah en 1249. À peine Estienne aura-t-il eu le temps de se battre. La guerre : on part pour se battre, on se retrouve en train de mourir. Lui, Gile, s'est battu. Pendant vingt ans. Il a des cicatrices partout, jusqu'au mollet.

Rien n'a changé. Il a l'impression que le paysage le regarde et qu'il se demande pourquoi Gile de Péronne a tant changé. Il y a le même soleil timide dans le ciel immense. On dirait en Picardie que le soleil hésite, par discrétion, à briller. Un air léger siffle à leurs oreilles. Les villages pauvres, les villes modestes, les châteaux bien fermés. C'est comme si le temps n'avait passé que pour Gile. Il aurait choisi une victime au hasard dans la population et se serait acharné dessus pendant deux décennies, se détournant des autres mortels. Il faut un certain temps au chevalier pour comprendre que les hommes et les femmes de quarante ans qu'il voit sur les chemins et dans les villages n'avaient pas quarante ans mais dix-huit, comme lui, quand il a quitté la région. Quant aux hommes et aux femmes qui ont dix-huit ans aujourd'hui, ils n'étaient alors pas nés. Le vertige le prend. Si le paysage n'a pas bougé, plus personne n'est pareil. Comme si un gigantesque feu grégeois – bombe non encore inventée par les meilleurs artificiers d'Orient – avait ravagé la région, ne s'attaquant qu'aux êtres humains. « Ça ne va pas, Gile ? » Édelinne a remarqué qu'il n'était pas bien. Elle remarque tout. C'est pour ça qu'elle est encore en vie. Les gens qui ne prêtent pas attention à tout, la chose à laquelle ils n'ont pas fait attention les tue. Gile ne répond pas. Les jeunes gens qu'il voit, il ne devrait pas les voir. Eux ne le voient pas. Il se sent un fantôme. Il n'habite plus le monde, il le hante. Il marche dans ses souvenirs. Beaucoup de gens qu'il a croisés en 48 et qu'il a oubliés sont aujourd'hui enterrés dans la terre sur laquelle il chevauche. Donc au Ciel. Mais comment y arrivent-ils ? Emportés par quel type de volatile ? Il se dit que Dieu a inventé le sommeil pour que nous dormions pendant qu'Il emmène les morts au Paradis, heures nocturnes que le Diable met à profit pour s'emparer des siens et les expédier en Enfer.

Après la mort d'Estienne, Gile avait écrit à Marie pour lui annoncer la lugubre nouvelle. Sa sœur lui avait demandé de rentrer à Péronne. Elle avait eu une fille : Margaux. Gile avait répondu qu'on ne quittait pas la Croisade comme ça. Après le désastre égyptien, il se trouvait maintenant à Saint-Jean-d'Acre d'où il rayonnait dans la Palestine pour massacrer les Infidèles qui avaient occis son cousin. Par retour du courrier, soit six mois plus tard, Marie avait écrit que les Infidèles qui avaient tué Estienne étaient égyptiens et non pas palestiniens. Agnès de Péronne, la mère d'Estienne, n'avait pas survécu au chagrin causé par la perte de son fils. Quelques mois après la disparition de sa femme, Guillaume de Péronne avait épousé Marie. Gile était déjà Templier. Il avait brûlé la lettre dans laquelle Guillaume lui apprenait, avec sa jovialité habituelle, ses noces avec la jeune femme. Le jeune Templier était autant dégoûté par Guillaume qui épousait la femme de son fils défunt que par Marie qui, après avoir couché avec son père et son cousin, allait désormais entrer dans le lit de son oncle, si ce n'était déjà fait depuis longtemps. Dans la famille, seul Gile n'aurait pas couché avec elle ! La fille aux yeux orange : d'où sortait-elle, en vérité ? Guillaume de Péronne avait sans doute graissé la patte du clergé local pour que celui-ci fermât les yeux et le mariât en grande pompe avec sa propre nièce, cérémonie suivie d'une de ces fêtes mémorables du comte où chacun – nobles du voisinage, chevaliers de la garde, personnel du château et tous les paysans – mangeait, buvait et dansait à satiété. Gile se demanda si le chagrin qui avait tué Agnès de Péronne n'avait pas plutôt pour origine sa propre découverte que Guillaume et Marie, peut-être même avant le décès d'Estienne, avaient eu une liaison. Toujours est-il que l'oncle et sa nièce avaient eu ensemble six enfants, dont quatre morts en bas âge. Restaient Gile et Béatriz, des jumeaux, âgés aujourd'hui d'une quinzaine d'années.

Marie avait encore écrit à Gile pour lui apprendre que leur château de bois avait brûlé et qu'Évrard et ses gens vivaient désormais chez l'oncle Guillaume dont le château ne brûlerait pas, étant en pierre. Gile n'avait pas répondu. La Picardie ne lui paraissait plus réelle, étant trop loin de la Palestine. Puis il y avait eu la mort d'Évrard dans un tournoi à Amiens. Avant d'expirer, il confessa que c'était lui qui avait jeté Jehan de Péronne du haut de l'escalier du donjon. Avait eu trop froid dans son enfance. Gile avait pleuré plusieurs jours son petit frère qui n'était pas fait pour se battre, sauf contre un père sans connaissance. Quand un chevalier n'est pas fait pour se battre, il meurt, car un chevalier doit tout le temps se battre. Pour rire ou pour de vrai. Évrard était mort dans un combat pour rire : peut-être, du coup, avait-il ri. Plutôt que dans la chevalerie, il aurait dû entrer dans les ordres. Dans un monastère tranquille au sud de la Loire, car il aimait la chaleur et la langue d'oc, il aurait recopié des bibles. Il possédait une belle écriture et un excellent latin.

Édelinne est fatiguée et Gile n'est plus pressé d'arriver, alors ils mettent pied à terre et, après avoir attaché leurs chevaux à un arbre, s'allongent au bord d'un étang. Quelques vaches broutent. Elles lèvent le museau et les regardent, puis se remettent à brouter. « C'est à Péronne que tu seras le mieux pour accoucher, dit Gile. Mieux que seule à Londres ou avec moi en Terre sainte. – Pourquoi mieux qu'avec toi en Terre sainte ? – Parce qu'elle n'est plus sainte, cette Terre. Elle est maudite. – Dans ce cas, pourquoi y vas-tu ? – J'ai donné ma parole au Roi. – Il te coûte cher, le plat de lentilles que tu as mangé au palais. – C'étaient des fèves. Et il n'y a pas que ça. – Il y a quoi d'autre ? – Je ne sais pas. L'envie de mourir près du Christ ? – Jérusalem est perdue et ce n'est pas toi qui la reprendras. – Pourquoi pas moi ? » Il sourit et ajoute : « Et puis je ne veux plus te voir. – Je savais bien que tu ne m'aimais plus. – Non. Si je ne t'aimais plus, je voudrais te voir. C'est agréable de voir quelqu'un qu'on n'aime plus. » Il jette des pierres dans l'eau. « Tu as peur de ta sœur ? demande

Édelinne. – J'ai peur de tout, c'est pour ça que je serai bientôt tué. La peur n'annonce pas la mort, elle l'appelle. – Quand je t'ai connu, tu n'avais peur de rien. » Il soupire et s'assoit plus près d'elle. Ils s'embrassent. Ils font l'amour, le vieux chevalier mélancolique et la jeune prostituée enceinte mais pas de lui. Au château de Péronne, se dit Gile, il y aura désormais trois petits enfants du Diable (dont des jumeaux nés d'un inceste) et un enfant de putain.

Quand il découvre Margaux, Gile pense que c'est sa sœur, puis il comprend que c'est sa sœur avec vingt-deux ans de moins et donc que c'est sa nièce. Auprès de cette jeune fille aux yeux orange, il y a les jumeaux. Eux ont les yeux bleus, comme Gile. Il ne voit pas Marie, à moins que ce ne soit cette petite femme sèche vêtue de noir à côté du gros Guillaume. Celui-ci a presque l'air plus jeune qu'elle. Gile embrasse la vieille en premier, car il n'a plus de doute : il a reconnu ses yeux. L'oncle le serre dans ses bras en pleurant non de joie, mais de tristesse à la pensée que ce n'est pas son fils qu'il serre dans ses bras. Le malaise qui a saisi le chevalier dès qu'Édelinne et lui sont entrés en Picardie est devenu plus fort quand il a pénétré dans l'enceinte du château de son oncle. Là, il a passé toute son enfance. Il se souvient de sa petite épée de bois qu'il avait appelée Iracundie (fureur). Long à dire, alors c'était devenu Ira, proche d'*irois* (colère, emportement). La quintaine se trouve toujours au milieu de la cour. Le nombre de fois où, n'allant pas assez vite sur son cheval, Gile a reçu le gourdin du mannequin de bois sur le crâne, heureusement protégé d'un heaume ! Plus tard, quand ils seraient aguerris, Estienne et lui s'amuseraient à faire de la quintaine sans heaume. Les beignes qu'ils prenaient. Gile, la gorge serrée d'émotion devant cette énorme et en même temps invisible masse de passé, présente Édelinne que chacun embrasse. La plus chaleureuse est Margaux. On sent qu'elle manque d'une amie de son âge, mais elle ne se doute pas que, dans son âme, Édelinne est plus âgée qu'elle.

On s'achemine vers le bâtiment de réception qui jouxte la chapelle où Gile, à la Pentecôte 1244, a été adoubé. Guillaume avait ceint le baudrier autour de sa taille, puis lui avait donné un coup de paume sur la nuque. La seule gifle que Gile eût reçue sans y répondre par un coup d'épée. Dans la grand-salle, la lumière entre en abondance par la charpente lambrissée percée de lucarnes. La table a été montée. Gile reconnaît les belles nappes de son oncle. Sa tendresse pour les gens qui ont de la fortune : ils sont plus accueillants, doux et polis que ceux qui n'ont rien. « Aujourd'hui, dit Marie à son frère, nous n'avons convoqué ni jongleur ni trouvère, pensant que tu nous régalerais du récit de tes exploits en Terre sainte, et aussi, pour les plus sentimentaux d'entre nous, et donc les femmes, de l'histoire de votre rencontre et de votre mariage, à Édelinne et toi. » Marie semble excédée et Gile se demande pourquoi. Peut-être à cause de l'âge d'Édelinne ? Si elle savait qu'en plus la Palestinienne n'a pas épousé son frère ! Le fait est qu'elle est encore plus jeune que Margaux. Une belle femme qui vieillit perd tant de choses en perdant sa beauté qu'il faut lui pardonner de haïr les belles jeunes femmes. C'est même une sorte d'exploit pour elle, de ne pas les tuer. Gile ne peut éloigner son regard de Margaux qui ne semble pas savoir où s'asseoir. Il voudrait qu'elle s'asseye à côté de lui. Il ne sait si elle est sa sœur, sa nièce ou sa cousine : son corps parfait évolue avec grâce dans ce brouillard généalogique. S'il couchait avec elle, il coucherait avec trois femmes. Et toutes de sa famille ! Ça l'excite. Contaminé par les Musulmans, comme naguère Frédéric II de Hohenshaufen ?

« Vous avez entendu, mon frère ? »

Marie est fâchée à cause d'Édelinne, mais le sera bientôt à cause de Margaux. Pourquoi Gile est-il revenu à Péronne ? Les siens ne sont pas les siens, ils sont ceux de Dieu. Ses amis sont morts, ou vieux, et les vieux ne sont les amis de personne, car ils n'ont plus de cœur, le temps l'a mangé.

XX

Quand Ysabel a vu comment c'était chez Bénodet, elle a décidé de ramener le jongleur, son époux, rue du Quincampoist. Tant pis pour ce que dirait son père. Ça ne pourrait pas être pire que ce qu'elle entendrait de lui du fait de son mariage avec un condamné à mort.

On les a unis en vitesse en l'église Saint-Séverin. Ils n'avaient qu'un témoin : Richart, très blanc. Sans doute ne pensait-il pas, au fond, que sa sœur ferait ce qu'il lui avait demandé. Elle l'a épaté et même terrifié. Il est sorti dans la rue et a trouvé un marchand génois qui n'a pas compris ce qui lui arrivait. L'autre a expliqué qu'il était un ancien marin, mais ça n'intéressait personne. Quand elle est sortie de l'église, dans un silence de mort, Ysabel était Ysabel Bénodet. Mme Bénodet. Il faudra qu'elle lise ses livres. Ils sont peut-être beaux. Ils n'auront pas de mal à être plus beaux que lui. Ysabel trouve son mari laid, mais comme il est vieux, ça ne se voit pas trop. Et puis, elle aussi est moche. Alors !

Elle s'est fait disputer par sa mère parce qu'elle était sortie avant sexte, grave infraction au code de bonne conduite d'une jeune bourgeoise parisienne. Puis Mme Perpin a vu Bénodet. Ça lui a fait un choc

– censé, pensait Ysabel, amortir le second, mais ce fut loin d'être le cas. « Vous ne deviez pas brûler, ce matin ? – J'ai été gracié. – Pourquoi ? – Une vierge m'a demandé en mariage. – Cette vieille loi idiote... Et c'est qui, la vierge ? » Silence. Ce qu'il y a de bien avec les nouvelles graves, c'est qu'on n'a pas besoin de les annoncer : les gens les devinent. Mme Perpin n'a même pas eu le temps de changer de couleur : elle s'est évanouie tout de suite. Ysabel découvre la première utilité d'un époux : il est capable de porter, avec votre frère, votre mère évanouie jusqu'à son lit. Évanouie parce que, justement, c'est lui que vous avez épousé.

S'étant endormie immédiatement après son évanouissement, Mme Perpin n'a pas eu le temps d'annoncer que maître Nicholas était en déplacement professionnel à Joinville où il passerait la nuit. Richart, Ysabel et Bénodet attendent en vain le Naute, assis, penauds, autour de la table de la salle à manger. Ils entendent la rue du Quincampoist gronder du scandale qu'a provoqué la fille Perpin, le matin même, sur la place Maubert. Il y a même un début de rassemblement sous leurs fenêtres. S'improvise une chanson dont Bénodet surveille les rimes pauvres en souriant. Il y ajouterait bien quelques savoureuses strophes d'autodérision. Peu à peu, les badauds se dispersent. Les Parisiens craignent la nuit parisienne, très noire. Seuls la traversent les voyous qui n'ont peur de rien, les mendiants qui n'ont rien à eux, les femmes qui ont tout perdu et les gardes dont c'est le métier. Ainsi que les étudiants fous et les poètes maudits.

Ysabel dit qu'elle est fatiguée et va dans sa chambre. « Qu'est-ce que tu attends ? demande

Richart à Bénodet. – Rien. – Il faut que tu ailles la rejoindre. – Sûrement pas. Je n'ai pas envie de prendre une tarte dans la gueule. Ta sœur ne m'a pas regardé une seule fois dans les yeux depuis notre mariage, cet après-midi. – Elle est timide. – Elle est surtout furieuse contre moi, alors qu'elle devrait l'être contre toi, puisque c'est ton idée. – Tu en avais une meilleure ? – Non. – Elle t'épouse alors que tu étais condamné à mort et tu la laisses seule dans son lit la nuit de ses noces ? Il avait raison, l'Inquisiteur : tu n'es pas un Chrétien. Je me demande ce que tu es. – Arrête de te moquer de moi, s'il te plaît. Tu n'es pas drôle. D'ailleurs si, tu es drôle : c'est pire. Je te rappelle en outre que je n'ai plus de dents : Ysabel doit être de ces jeunes filles que ça dérange. » Ils se jaugent du regard, tous deux au bord du rire, mais ce rire les effraie autant l'un que l'autre ; ils ne savent pas ce qui se cache derrière, mais ce n'est pas Dieu, et si ce n'est pas Dieu, qu'est-ce que ça peut être d'autre que le Diable ? « J'admets qu'elle est moche. – Elle n'est pas moche. – Tu dis ça parce qu'elle t'a sauvé la vie. – Je reconnais que ça influence favorablement mon jugement sur son physique, n'empêche : je ne la trouve pas moche. De là à te dire qu'elle est belle... – Ouais. À moins d'être aveugle... comme le Templier de la rue Bordelles ! » Ce rappel indirect de la Pouliche installe entre eux un silence d'abord lourd, puis qui devient peu à peu léger, fluide, transparent. Plein d'amour et de tendresse. « Si tu ne dors pas avec Ysabel, tu comptes dormir avec qui ? Ma mère ? Quand mon père se couchera avec vous au milieu de la nuit, ça fera du vilain. Je crains pour toi un rapide retour au Grand-Châtelet. Je connais papa : il ne plaisante pas avec la vertu de sa femme. Il ne plaisante avec rien. C'est le secret de son succès dans les affaires. – Je dormirai avec toi, comme l'autre nuit. – Tu as vu le résultat ? » Richart montre ses cheveux blancs. « Ce coup-ci, je ne sais pas ce qui pourrait se passer. Ils tomberont, peut-être. – Ça ne vaudrait pas mieux ? – Pour une carrière ecclésiastique, sans doute que oui. Mais j'ai renoncé à entrer dans les ordres. – Tu vas entrer dans quoi ? – Je pars à la Croisade. – Et ton mariage ? – À l'eau, à cause du tien. – Pour la Croisade, tu t'es décidé quand ? – Je ne me suis pas décidé : j'avais fait un vœu. Si tu échappais au bûcher, je suivrais le Roi en Palestine. – Tu me laisserais tout seul ici ? Pas question ! Je pars avec toi. En plus, écrire *Saint-Sépulcre !* m'a donné envie de voir la Terre sainte. Tu ne saurais pas où se trouve le manuscrit ? – L'Inquisiteur a dû le brûler. – Aucune importance : je le connais par cœur. Les vers, on les retient facilement. – C'est en vers ? – Des octosyllabes. – Un jour, il faudra que tu me le récites. Pas ce soir, je suis trop fatigué. Ainsi, tu abandonnerais ma sœur pour m'accompagner en Palestine ? – Elle peut venir. – Allons nous coucher, on commence à dire n'importe quoi. »

Rosalinde Perpin se réveille au milieu de la nuit. Elle a rêvé que sa fille épousait un poète blasphémateur condamné à mort. Elle comprend qu'elle n'a pas rêvé : c'est la réalité. Elle se lève, se dirige à tâtons dans la maison obscure. Heureusement que les pièces sont petites, on les apprend par cœur. Comme ça, on peut se déplacer en pleine nuit. Dame Perpin marche à pas prudents et mesurés vers la chambre de sa fille. Peut-être sa première impression était-elle la bonne et a-t-elle rêvé le mariage d'Ysabel avec Bénodet ? Les apparences semblent lui donner raison : Ysabel dort seule dans son lit. Cette vision, qui a si souvent désolé une Rosalinde désespérant de trouver un mari pour une demoiselle aussi peu gâtée par la nature, aujourd'hui la réjouit. Elle n'ose pas réveiller sa fille pour lui demander si ses épousailles avec le maudit jongleur sont, oui ou non, un rêve de sa mère. Déjà qu'on la prend pour une vieille, Rosalinde ne veut pas qu'en plus, on la prenne pour une folle. Elle retourne vers son lit, à moitié rassurée. Passant devant la chambre de Richart, elle pousse la porte. Toutes les mères poussent la porte de la chambre de leur fils quand elles passent devant. Pour voir. Pour voir s'il est toujours là. Le même rayon de lune qui éclairait Ysabel éclaire Richart. Le problème, c'est qu'il éclaire aussi Bénodet. Deux fois que Rosalinde trouve le jongleur dans le lit de son fils. Elle lui secoue l'épaule. Le vieux se réveille en grognant. Car il est vieux, comme elle. Et fou aussi, peut-être. Comme elle ? Il faut d'abord qu'elle éclaircisse cette histoire de mariage. « Avez-vous épousé ma fille ? – Vous savez bien que oui. C'est en apprenant la nouvelle que vous avez perdu connaissance. » Il sourit. Sans doute était-il en train de rêver, lui, qu'il croupissait dans sa cellule du Grand-Châtelet et est-il heureux de se réveiller libre, même si c'est dans le lit de son beau-frère et non celui de sa femme légitime. Rosalinde se demande si elle ne va pas s'évanouir une seconde fois. C'est donc certain, avéré, définitif, pérenne : sa fille est perdue. Elle pleure. « Pleurez, madame Perpin, il y a de quoi. » À travers ses larmes, Rosalinde distingue un Bénodet sans dents, les joues parcheminées comme les feuilles dont il se sert pour écrire les horreurs qui auraient dû, si sa fille n'avait pas eu ce moment d'inconscience probablement inspiré par ce Diable de Richart, l'envoyer rôtir sur le bûcher de la place

Maubert. « Pourquoi êtes-vous dans le lit de mon fils alors que vous avez épousé ma fille ? – J'ai cru comprendre qu'Ysabel préférait dormir seule, du moins pour cette nuit. – Richart aussi préférerait dormir seul. – C'est lui qui m'a gentiment proposé son lit. – La dernière fois que vous avez passé la nuit dans le lit de mon fils, ses cheveux sont devenus blancs. – Je ne crois pas être responsable de cette modification physique de votre enfant, qui du reste n'en est plus un. – N'empêche, monsieur Bénodet, je suis obligée de reconnaître que par vous arrivent tous les malheurs à une famille jusqu'ici heureuse et sans histoires. – Que devrais-je dire, moi qui, depuis que je connais Richart, ai perdu ma femme, été dénoncé comme blasphémateur au prévôt par mon fils Jude, connu la prison et failli être brûlé en place publique ? »

Ces papotages ont réveillé Richart qui regarde sa mère. « Qu'est-ce que tu fais là, maman ? Va te coucher. – D'accord, mais j'emmène Bénodet chez Ysabel. Après tout, c'est sa femme. Encore une de tes brillantes idées, j'imagine. – Faites attention à ne pas réveiller Ysabel. Elle pourrait ne pas apprécier la surprise. » Richart tapote, avec une familiarité qui gêne sa mère, la fesse de Bénodet. « Allez, mon pote, du courage... »

Le jongleur n'en mène pas large quand, sous le regard sourcilleux de la matrone, il s'allonge aux côtés de l'héritière Perpin, la nouvelle dame Bénodet. Elle tient moins de place que son frère et sent un peu meilleur. Il faut dire que depuis la disparition de Grassou, ce cochon ne se trempe plus guère dans l'eau. Il habite pourtant près de la Seine. C'est peut-être aussi pour ça qu'il veut partir à la Croisade, où personne ne se lave.

XXI

Édelinne « de Jérusalem » n'était pas si jolie, à bien y regarder. Et Luc d'Avèze ne faisait que ça pendant que les barons multipliaient les réunions pour se partager la Palestine. C'est bien beau de conquérir un pays, c'est en fait bien laid, mais, après, il faut en tirer profit et donc le gouverner. Délicate opération. Après l'élection de Godefroi – l'Avoué, comme on l'appelait désormais dans l'armée avec une nuance d'ironie –, il fallut nommer un Patriarche. Avèze connaissait Arnoul de Zokes, de mauvaise réputation. Le chapelain du duc de Normandie parlait bien, mais agissait peu et mal. Il aimait s'amuser et on s'amuse aux dépens des autres, ce qui est peu charitable. À peine élu, il pilla les biens des Chrétiens autochtones, coptes et syriaques. Du coup, ceux-ci cachèrent la vraie Croix qu'ils avaient promis de remettre aux Croisés. Il fallut l'intervention de Godefroi pour qu'ils se résignent à la livrer à Zokes, surnommé Malecorne (*Mala corna*). Heureusement, pensait Avèze, que certaines gens ne jettent rien, sinon on n'aurait plus, après onze siècles, aucune relique du Christ.

Il y eut ensuite la querelle entre Godefroi et Saint-Gilles pour la tour de David. Le Toulousain avait pris le bâtiment le 15 juillet et n'avait nulle intention de le rendre au duc qui souhaitait en faire son palais et le siège du pouvoir politique du Royaume. Ils avaient raison tous les deux : c'était un bel édifice posté à l'entrée ouest de Jérusalem. Des fenêtres de son petit logement, Avèze en apercevait, plantés dans le ciel inaltérablement bleu, les murs de briques. La tour de David se trouve à côté de l'église Saint-Jean-Baptiste. L'Auvergnat commençait à connaître Jérusalem comme sa poche dont, au goût d'Édelinne, il ne sortait pas assez d'argent.

Oui, pas si belle. Les premiers jours, troublé par son extrême jeunesse, il n'avait pas bien examiné la Palestinienne. Les jeunes hommes aiment les belles jeunes femmes, les hommes vieux trouvent toutes les jeunes femmes belles. Édelinne « de Jérusalem » n'était pas brune, mais blonde. Comment avait-il pu se tromper sur sa couleur de cheveux ? La fatigue. Trois ans de guerre, ça use, notamment les yeux. Maintenant qu'il avait pris le temps de se reposer, en partie grâce à Édelinne qui veillait sur son sommeil comme si ç'avait été un des enfants qu'ils ne tarderaient plus à avoir, Luc d'Avèze voyait bien que ces cheveux qu'il avait crus noirs étaient en fait d'un vilain jaune tirant sur le gris. Heureusement qu'ils ne se montraient guère : le jour, Édelinne les cachait sous une étoffe, à l'exemple des femmes palestiniennes, et la nuit on ne voit rien. Il y avait aussi ce nez. Auvergnats et Auvergnates sont connus pour avoir un gros nez, mais le nez d'Édelinne semblait au comte plus gros que la moyenne auvergnate. Mais, à mesure qu'elle enlaidissait à ses yeux, Édelinne paraissait à Luc plus aimable, plus désirable. Elle avait une gaieté d'enfant quand la plupart des femmes, surtout les

Auvergnates, ont une tristesse de vieillardes. On dirait qu'à vingt ans la vie leur est déjà passée dessus. C'est parce que chaque jour de leur jeunesse et de leur beauté elles pensent au jour où elles seront vieilles et laides. Leur présent est par trop provisoire. Ce cadeau s'efface. Mais qu'avait, avec le temps, Édelinne à perdre ? Elle avait devant elle le bonheur de ne plus être laide quand elle serait vieille, puisque toutes les vieilles se ressemblent. Peu importe qu'elles soient plus ou moins regardables : personne ne les regarde.

Avèze se souvient de ce matin d'août 1099 où il fallut marcher vers Ascalon à la rencontre des soldats égyptiens du vizir al-Afdad. Édelinne avait lavé ses affaires et il avait nettoyé son épée, son écu et son heaume, n'ayant toujours pas d'écuyer. Ça lui faisait penser à sa jeunesse, où il était écuyer lui-même. Ça lui donna l'impression, maintenant si nécessaire, de rajeunir. Édelinne l'accompagna sur le seuil de la maison. Elle dit qu'il était beau en soldat et il dit qu'il était toujours en soldat. Elle fit non de la tête : « Tu n'as pas toujours ton heaume. » Elle le trouvait beau parce qu'elle ne le voyait plus ! Il se dit qu'il était temps pour lui de mourir. Mais peut-être Édelinne, pensa-t-il ensuite, lui avait-elle dit cette phrase cruelle pour qu'il se précipite au-devant de la mort et du coup se couvre, sur le champ de bataille, d'une gloire dont il lui reviendrait tout auréolé et qui effacerait sa vieillesse, principale utilité de la gloire pour les hommes de plus de trente-cinq ans. Il allait monter sur son vieux cheval – dans les yeux larges et mélancoliques de l'animal, il voyait toute l'Auvergne perdue – quand, le retenant par la manche du haubert, Édelinne lui dit à l'oreille : « Mon prénom, c'est Ysabel. » Il n'eut pas le temps de lui demander pourquoi, pendant les trois semaines qui venaient de s'écouler, elle s'était fait appeler Édelinne, mais il comprit qu'elle l'aimait. Car elle voulait, au cas où il serait tué, qu'il prononce son vrai prénom avant d'expirer. Et c'était ce qu'il était décidé à faire. Ysabel.

Dans la foule des cavaliers – ils étaient quelques centaines mais, avec ceux du comte de Toulouse et de Robert de Normandie qui les rejoindrait à Ibelin, seraient en tout douze cents –, Godefroi cherchait quelqu'un des yeux et Avèze se rendit compte que c'était lui quand il vit le duc lui faire signe de le rejoindre. Bouillon avait sans doute envie de marcher à la mort avec quelqu'un qui allait à la messe avec lui. Le comte ne lui posa pas la question. On ne posait pas de questions à Godefroi. Sa présence était une réponse à tout. Elle calmait les pensées, atténuait la peur, adoucissait les sentiments. Tout le monde se sentait bien à côté du Brabançon et du coup tout le monde s'en approchait, alors il était obligé de s'éloigner un peu pour pouvoir, lui aussi, jouir de sa personne. Mais tout de suite dans la solitude il tombait sur Dieu, qui l'accaparait.

La plaine d'Ashdod ondule comme un serpent blanc sous le soleil de Palestine. De rares palmiers posent une ombre légère sur les épaules des chevaliers. Malgré l'heure matinale, il fait déjà chaud, mais, depuis trois ans, les Francs se sont habitués à la chaleur. Ceux qui ne s'y étaient pas habitués sont morts. De chaud. Les chevaliers ont l'impression d'aller à Jérusalem alors qu'ils en viennent.

D'Ibelin, Godefroi mena ses troupes vers Ascalon. Le 11 août, les chevaliers dînèrent largement des moutons volés à l'armée égyptienne. Le lendemain, les Francs pénétrèrent dans la plaine d'al-Majdal. Arrivés devant Ascalon, ils se disposèrent pour la bataille : Godefroi sur l'aile gauche ; Robert de Normandie, le comte de Flandre et Tancrède au milieu ; appuyé sur la mer, le comte de Toulouse. Avèze était resté avec Godefroi, tout près des murs de la ville. Quand cette vision le déprimait, il se retournait pour regarder, au fond de la vallée, sycomores, oliviers, vignes et vergers qui resplendissaient dans la lumière du matin.

Les Fâtimides furent défaits en quelques heures. On aurait pu, dans la foulée, prendre Ascalon, mais personne ne voulait aider Godefroi dans cette entreprise pourtant aisée, craignant que cette nouvelle victoire ne donnât à l'Avoué trop de ce pouvoir dont il ne voulait pas. Le retour à Jérusalem se fit sur le mode de la légère déception. Avèze marchait toujours aux côtés du Brabançon. Ne voulant pas lui déplaire, et aussi voulant lui plaire, il avait pris plus de risques que d'habitude et du coup avait été blessé à l'épaule. À la guerre, ceux qui prennent des risques sont blessés ou meurent plus souvent que ceux qui n'en prennent pas. On honore les soldats qui reviennent intacts d'une bataille comme des héros alors que ce sont des lâches. Non, ça, Bénodet ne peut pas l'écrire. Il regarde Ysabel dans le lit. Il n'a pas fermé l'œil de la nuit et elle n'a pas ouvert les siens. Il a entendu sonner toutes les heures à toutes les églises alentour et a craint que ce concert de cloches ne finisse par réveiller Ysabel, que du coup elle se rende compte de sa présence et le chasse, horrifiée, d'un lit pourtant devenu conjugal. Alors, Bénodet n'aurait plus du tout où dormir.

Quand il entend un cri dans son rêve, le jongleur comprend qu'il a fini par s'assoupir. « C'est votre mère... », bredouille-t-il. Et puis, il en a marre : il prend la jeune fille par les épaules et lui colle un gros baiser sur la bouche. Il ne met quand même pas la langue, de peur qu'elle ne la lui arrache avec les dents qu'elle a encore, elle.

XXII

Premier avantage : il ne fera pas son droit. Second avantage : il mourra. Dans la vie, malgré son jeune âge, il aura tout connu, même l'amour fou pour une prostituée. Que lui réserve la mort ? Bien sûr, Bénodet veut venir avec lui. L'autre jour, alors qu'ils erraient du côté de la place Maubert, Richart a rappelé au jongleur : « Tu as épousé Ysabel, pas moi. » L'autre a ri, mais n'en a pas moins continué de lui coller au train. Ils ont échoué à l'auberge du Boutonnier où il y avait par miracle du clos-saint-sulpice. Comme à l'habitude, le vin leur a fait parler de la Palestinienne que Bénodet continue d'appeler Grassou et Richart la Pouliche. Comment s'appelle-t-elle, en vérité ?

Dans le quartier, la nouvelle a fait son effet, presque autant que le mariage d'Ysabel avec Bénodet ou, quelques jours auparavant, les cheveux blancs de Richart. Les Perpin n'avaient pas fait parler d'eux pendant des années, maintenant on ne parle que d'eux. Ce sont les étoiles du Quincampoist – les *stars*, dit Bénodet, qui se pique d'avoir appris l'anglais chez certains nobliaux d'Aquitaine où il alla jongler autrefois. On se demande qui inspire les Perpin : Dieu ou le Diable. Leurs alliés pensent que c'est Dieu et leurs ennemis, le Diable. Cet ostracisme contre le Diable, pense Richart. Si l'écolier part en Terre sainte, ce n'est pas pour servir Dieu, c'est pour ne servir personne. Donc le Diable, puisque le Diable n'est personne. D'où cette irritabilité des gens qui voudraient vivre et qui n'y parviennent pas, empêchés qu'ils en sont par leur défaut de caractère. Dans son énervement, Satan tape au hasard, comme un homme furieux donne des coups de poing dans les murs. Une femme enceinte accouche d'un monstre qu'elle étrangle, un enfant en mutile un autre au cours d'une querelle, un fils torture et tue ses parents avant de les voler, puis de se pendre après avoir dilapidé l'argent dans quelque taverne. Tous victimes d'un moment d'exaspération du Diable d'être ce qu'il est, c'est-à-dire rien.

À son retour de Pontoise, Nicholas Perpin trouva Bénodet dans sa maison. Il lui demanda pourquoi il n'avait pas brûlé en place Maubert comme c'était prévu et l'autre dit qu'il a été gracié au dernier moment. « Une vierge vous a demandé en mariage ? » a dit le Naute en rigolant. Bénodet a prudemment gardé un silence que personne dans la maison n'eut l'idée de rompre.

Le jongleur est resté souper et Perpin se dit que c'était sans doute Richart qui l'en avait prié. Le jongleur mangea d'abondance, handicapé néanmoins par son absence de dents. Nicholas Perpin n'a rien dit quand il vit sa fille couper la viande du jongleur en morceaux si petits que celui-ci n'avait plus besoin de les mâcher – ce qui lui était désormais impossible – avant de les avaler. Ysabel faisait sans doute cela par dévouement chrétien. Elle est une croyante passionnée, ce qui pour le Naute tombe bien car il la destine au couvent. Ça agaça un peu Nicholas, de constater qu'ils étaient cinq à table. Il ne se dit même pas le chiffre, s'appliquant en esprit, à formuler : *quatre plus un*. Quatre plus un : le chiffre du Diable. Les familles de cinq – de quatre plus un – ne prennent jamais un repas ensemble. Ou bien elles invitent un sixième à dîner, au besoin elles demandent, devant leur porte, à un passant de se joindre à elles. Les cheveux blancs de Richart, les écrits sataniques de Bénodet, cinq à table. Soudain le Naute se sentit marqué d'un signe infâme. Un grand malheur allait arriver. Ou était arrivé. Il suffoqua. Ce fut le moment où son épouse éclata en sanglots. Ysabel se leva et courut dans sa chambre. Bénodet commença de se lever et dit qu'il allait voir ce qu'elle avait. « Vous ne vous levez pas et vous n'allez pas voir ce qu'elle a », dit Nicholas Perpin. Il ajouta : « Pourquoi vous lèveriez-vous et iriez-vous voir ce qu'elle a ? – C'est sa femme, papa. » Le coup de grâce était venu de Richart, l'enfant splendide à la chevelure de vieillard. Rosalinde pleura de plus belle. Le Naute lui dit de se moucher dans la nappe, ce qu'elle fit, puis il se rendit dans la chambre de sa fille. Au pied du lit, des feuilles de parchemin. Nicholas ne connaissait pas l'écriture de Bénodet, mais il la reconnut. Il comprit tout. « En plus, il continue ! » Il déchira le parchemin.

Maintenant, la maison de la rue du Quincampoist est vide. Les mois ont passé. Richart a suivi Louis IX, Bénodet a suivi Richart, Ysabel a suivi Bénodet. Nicholas se retrouve seul à Paris avec son épouse et ses affaires. Il n'a pas suivi sa fille. Rosalinde était tentée de le faire. Pour son salut, et aussi pour rester près de ses enfants. D'autant que sa fille est enceinte. Elle accouchera début juin. À Jérusalem, peut-être.

Mais Mme Perpin n'allait pas laisser Nicholas seul à Paris. Les domestiques ne feraient qu'une bouchée de ce vieil homme. Les femmes sont sur terre pour protéger leurs vieux maris des domestiques qu'elles martyrisent. Ce départ collectif des enfants Perpin à la Croiserie a définitivement conquis le cœur des habitants de la rue du Quincampoist. De méchant écolier aux cheveux teints en blanc par le Malin, Richart a presque acquis pour eux le statut de héros. Quant à Ysabel, tout le monde s'accorde à la trouver elle aussi héroïque d'avoir, enceinte de six mois, risqué son gros ventre sur les routes peu sûres de Bourgogne et de Provence. Plus perplexes, les collègues de Nicholas se gardent bien de le féliciter pour l'engagement de ses enfants. Personne parmi eux ne croit à la réussite de cette nouvelle expédition de Louis IX. La situation est trop mauvaise en Palestine pour être réparée par un Roi si vieux, si affaibli. Tout ce qu'on retirera de cette aventure, selon ces gens avertis, sera un appauvrissement du Royaume et de sévères coupes dans la chevalerie franque.

Les enfants ne grandissent pas : ils disparaissent. Mais on n'a aucune idée de l'endroit où ils sont enterrés. Surtout pas dans ces grands échalas qui nous regardent d'un air hautain, attendant avec impatience que nous quittions la surface de la Terre afin qu'ils puissent hériter de notre fortune et s'installer dans notre maison. Chacun perd ses enfants et reçoit en échange des étrangers qui, par surcroît, lui ressemblent, ce qui n'est pas agréable. Quand quelqu'un nous ressemble, nous voyons nos défauts. Dans le silence de la salle à manger de la rue du Quincampoist, en face d'une Rosalinde toujours un peu en train de pleurer, Nicholas revoit Richart et Ysabel quand ils étaient petits, gentils, heureux. On les aimait du simple fait qu'ils n'étaient pas morts en bas âge, au contraire de leurs trois frères et sœurs. La grâce de leurs gestes, la douceur de leurs baisers. Leurs bras légers autour de son cou ferme d'homme de vingt-cinq ans. Tout sur terre connaîtra la décrépitude : Dieu pourrait-Il être plus explicite ?

Où sont aujourd'hui Richart et Ysabel : en chemin vers Aigues-Mortes, à Aigues-Mortes ou en bateau vers la Terre sainte ? Ni l'un ni l'autre n'a jamais pris la mer. Ni ne l'a vue ! Sa préférence pour Richart, Nicholas ne l'a jamais cachée. Outre que les femmes n'ont aucune importance – sauf, persiste à penser le Naute, pour protéger leurs vieux maris des domestiques qu'elles martyrisent –, il y a chez son fils une férocité calme et une dureté légère qu'il reconnaît, car ce sont les siennes, et qu'il aime car elles lui ont souvent sauvé la vie, et il espère bien qu'elles sauveront aussi celle de son fils. Il craint pour Richart une force mal dirigée, car dirigée nulle part. Il est évident, pour le Naute, que l'écolier n'a aucun but dans la vie. Même son départ pour la Croisade ressemble à un saut dans le vide. Nicholas non plus n'a jamais trouvé que l'existence avait une signification particulière, mais au moins il aime à gagner de l'argent. Ça l'a sauvé, presque au sens chrétien du terme. L'argent, Richart aime surtout le dépenser, plaisir plus court. Ça prend moins de temps que d'en gagner. Ça occupe le corps, mais non l'esprit – siège, chez les jeunes, de la tristesse. Quand on vieillit, ça s'inverse : la joie monte du corps à l'esprit, et la tristesse descend de l'esprit au corps. Mais Richart ne sera jamais vieux, comme c'est parti.

XXIII

Les yeux de la Pouliche multipliés mille, dix mille fois : telle est la mer qui l'observe. Ce regard immense, immensément bleu, l'attendait au bout de la route. Pour ça qu'il était si pressé ? Quand se profila la tour de Constance, la mer s'annonça par un grand silence au milieu duquel éclata le bruit des vagues. Les pèlerins pressèrent le pas. Les chevaliers restèrent calmes, c'est leur métier. Mais Richart n'est pas chevalier, il est écolier. Ex-écolier. Désormais pèlerin. Il courut vers le littoral, suivi de loin par Bénodet et Ysabel, qui marchait plus lentement à cause de sa grossesse.

Ni son frère ni le jongleur n'ont pu dissuader Ysabel de les escorter en Palestine. Bénodet lui devant la vie, il n'a pas autorité sur elle. Après ce qu'elle a fait pour lui, Richart a scrupule à lui refuser quoi que ce soit. L'écolier trouva qu'il y avait beaucoup de bateaux sur l'eau, aussi fut-il surpris en entendant un chevalier dire qu'ils n'étaient pas arrivés. « Ils sont là », dit notre héros. Le chevalier observa qu'il n'y en avait pas assez et fit faire demi-tour à son cheval. De toute évidence, le spectacle de la mer sans bateaux ne l'intéressait pas. Il avait dû le voir déjà un tas de fois.

Richart lui envia son indifférence et tenta de l'imiter, sans succès. La mer entrait en lui par les yeux, le nez, les oreilles. Tout ce qui chez lui était ouvert.

Ils se sont installés dans une auberge collée aux remparts. Ysabel reste au lit. Bénodet écrit. Il ne dit pas quoi mais, vu le soin avec lequel il dissimule le manuscrit quand il a terminé son travail de la journée, ce doit être la suite de *Saint-Sépulcre !* Avec tous les Dominicains qui infestent la Croisade, il ne faudrait pas que le document s'égare, sinon le jongleur risquerait de passer sur le bûcher une seconde fois, et là Richart ne pourrait plus le sauver, d'une part parce que Ysabel n'est plus vierge, ainsi que le prouve sa grossesse, d'autre part parce que Bénodet l'a déjà épousée.

Richart a pour principale activité, comme à Paris, de se promener dans les rues. Par rapport à celles de Paris, elles ont deux inconvénients : elles sont droites et il y en a moins. Il a revu plusieurs fois le chevalier dans Aigues-Mortes. L'autre l'a reconnu. La première fois, Richart lui a souri et il a reçu pour tout paiement un vague signe de la tête qui ne l'a pas découragé. Ils ont fini par échanger quelques mots. Le chevalier semble obsédé par le retard que les armateurs marseillais mettent à livrer les nefs. « Vous êtes si pressé de quitter la France ? – Si on embarque trop tard dans la saison, on crèvera de chaud en Palestine. De plus, à ce que je sais, on va passer par Cagliari pour que le Roi voie son frère Charles d'Anjou, le Roi de Sicile. Ça va encore nous retarder. » Comme s'il regrettait d'en avoir trop dit, le chevalier se rembrunit. Richart pensa qu'il était temps de se présenter à lui : « Richart Perpin, écolier à Paris. » L'autre lui lança un regard calme et froid et dit simplement : « Gile de

Péronne. » Puis demanda, le sourcil dressé : « Les cheveux blancs ? » Richart fournit tout de suite cette explication qui, avant ce jour-là, ne lui avait pas traversé l'esprit et moins encore les lèvres : « Peine de cœur. »

Le 2 juillet, jour du départ, une bagarre éclate entre les soldats. Le Roi fait pendre les responsables, ce qui jette un froid parmi les Croisés. Richart, Ysabel et Bénodet s'installent sur *La Vaillante*, qui est bord à bord avec *Le Paradis*, la nef du Roi. L'écolier et le jongleur sont en troisième classe, sur le pont. Eu égard à son état, ils ont installé Ysabel dans l'entrepont avec un billet de deuxième classe. Elle remonte sur le pont quelques minutes plus tard. Elle a déjà la nausée et préfère voyager en plein air. Elle pose le coffre qui lui tiendra lieu de couchette – ou de cercueil, si elle décède pendant le voyage – entre ceux de son mari et de son frère. Richart aperçoit Gile de Péronne sur *La Vaillante* ; cette présence lui fait plaisir. Le chevalier s'installe dans le château arrière, en première classe. Mais un écuyer du Roi vient le chercher et le ramène sur *Le Paradis*, auprès de Louis. Bénodet n'a jamais vu le monarque d'aussi près. Celui-ci a l'air triste et fatigué. Sa fille Isabelle est une jolie blonde qui semble toujours abîmée en prières, sans doute pour faire comme son père pieux.

À la sortie du port d'Aigues-Mortes, la mer est mauvaise. Au large, elle devient atroce. Autour de Richart, tout le monde vomit. Lui, il ne ressent rien, comme à son habitude. Les passagers de première classe viennent vomir par-dessus bord entre un passager de deuxième classe et un passager de troisième classe. Enfin Ysabel admet qu'elle aurait dû rester rue du Quincampoist. « Je te l'avais dit », commente Bénodet. C'est bizarre de voir le jongleur sans dents ; il a l'air d'un vieil homme et, à d'autres moments, d'un bébé. Et les cheveux blancs de Richart. Avec Ysabel, pense l'écolier, ils forment un trio de disgraciés. Pour ça que personne ne les regarde.

Contre la tempête, le clergé du bord organise des messes. Richart, à genoux, ricane. Intérieurement. Pas envie qu'on le brûle comme blasphémateur. Du reste, on le jetterait plutôt à l'eau. Il observe Bénodet qui prie. Ou fait semblant. Il doit être en train de concocter un nouveau « chant » de *Saint-Sépulcre !* Le retour de Luc d'Avèze après la victoire d'Ascalon ? Demi-victoire. On n'avait pas pris la ville, à cause de Raymond de Saint-Gilles qui ne voulait pas voir s'accroître le pouvoir de l'Avoué. Le comte de Toulouse remonta vers Arsûf, entraînant avec lui les deux Robert : de Flandre et de Normandie. Godefroi les regardait s'éloigner sans comprendre. À force de faire le Bien, le duc ne comprenait plus le Mal. Terrifiés à l'idée que les attendait un sort semblable à celui des habitants de Jérusalem, les Ascalonitains consolidèrent leurs défenses. Des espions apprirent à Godefroi que les Musulmans étaient décidés à se battre jusqu'au dernier. L'Avoué ne voulut pas risquer ses hommes dans un combat : il n'en avait pas tant que ça et un bon nombre, par surcroît, rentreraient bientôt en Europe. On quitta Ascalon à la grande satisfaction de Luc d'Avèze. L'Auvergnat pensait qu'on s'en retournerait à Jérusalem où il retrouverait Ysabel. Au bout de quelques jours de séparation, il avait grand besoin de sa douceur. N'étant plus seul sur Terre, quelqu'un lui manquait désormais quand il était seul. Pourquoi les femmes qu'on aime sont-elles fraîches quand il fait chaud, chaudes quand il fait frais ? Mais Godefroi déçut les espoirs d'Avèze en rejoignant directement, devant Arsûf, le comte de Provence et les deux Robert. Ces derniers partirent bientôt vers le nord, entre Césarée et Caïffa. L'Avoué et le Provençal se retrouvèrent de nouveau face à face alors qu'ils auraient dû être côte à côte. C'était le choc de deux tempéraments opposés, et les tempéraments opposés, quand ils sont forts, deviennent ennemis. Raymond était bouillant de colère, Godefroi bouilli dans la foi. L'un pensait à conquérir des terres, l'autre des âmes : à eux deux ils auraient fait un formidable Roi de Jérusalem. Raymond se moquait souvent du Brabançon en disant : « Comment appelle-t-on le pays d'un Avoué : un Avouéyaume ? » Godefroi était secret, Raymond retors. Ils respiraient le même air mais n'avaient pas la même haleine : celle de Raymond sentait l'ail, celle de Godefroi l'hostie.

Raymond de Saint-Gilles empêcha Godefroi de prendre Arsûf tout comme il lui avait rendu impossible la prise d'Ascalon, persuadant les habitants de la cité que, réduit à ses seules fores, Godefroi ne parviendrait pas à s'en rendre maître. Les quatre chefs se séparèrent fâchés, mais le pire est qu'ils se séparèrent. Les deux Robert gagnèrent Constantinople par mer avec toutes leurs troupes, tandis que Raymond filait sur Antioche. Godefroi rentra à Jérusalem avec une poignée de chevaliers. Luc d'Avèze avait beau lui dire que c'était la bonne poignée, cela n'égaya pas le Brabançon. Il ne voyait plus le Mal, mais connaissait la guerre. Vingt mille hommes étant repassés en Europe, il ne lui en restait que quelques centaines autour desquelles les Fâtimides et les Seljoukides finiraient bien par se rassembler avec des intentions meurtrières. Son seul espoir, dit-il à Luc alors que les remparts ocre de la Ville sainte remplissaient de joie le cœur de l'Auvergnat en se détachant sur le ciel bleu, résidait en Tancrède, le prince italo-normand resté en Palestine avec lui.

Luc d'Avèze avait peu à peu acquis la certitude qu'en son absence, Ysabel – il ne l'appelait plus qu'ainsi, considérant ce prénom *avoué* sacré comme, en quelque sorte, l'Avoué du Saint-Sépulcre – avait quitté sa demeure et peut-être Jérusalem en emportant tout ce qu'il y avait dans la maison, laquelle était quand même beaucoup la sienne puisqu'elle y avait passé toute sa jeune vie avec ses parents. Aussi fut-il surpris quand, alertée par le boucan qu'il produisait avec son cheval, son casque, son haubert et sa rapière, elle sortit dans la ruelle et se précipita vers lui. Il était resté absent plusieurs semaines et elle commença par le disputer : « Tu avais dit quelques jours. » Il descendit de cheval. « Tu permets que je me rafraîchisse ? – Non. » Jamais, à Avèze, sa femme ne lui aurait parlé ainsi, mais on n'était plus à Avèze, grâce à Dieu et à Godefroi de Bouillon ! Il se laissa, puant, embrasser sur la bouche par sa Pouliche. Elle dit qu'elle avait faim de lui : trois semaines qu'elle ne l'avait pas mangé ! Il se demanda à quoi était due cette impudeur. Le soleil ? Plus tard dans la journée, alors que leurs jambes entremêlées et leurs torses nus et luisants reposaient sur ce qui avait été pendant des années le lit des parents d'Ysabel, la jeune femme dit qu'elle était enceinte. Le comte resta silencieux, immobile. Ysabel lui demanda combien d'enfants il avait en Auvergne. Il lui montra le pouce, l'index et le majeur de la main droite : « Trois. » Il ajouta que ça ferait quatre et, comme les vêpres sonnaient, se rendit à l'église du

Saint-Sépulcre où il trouva comme d'habitude Bouillon à qui il ne dit pas qu'il allait être de nouveau papa, ce n'était ni le lieu ni le moment, et ne le serait jamais.

XXIV

Après les messes, la mer se calme. Trop tard : *La Vaillante* a sombré avec ses centaines de passagers. Nous n'avons réussi qu'à en sauver une dizaine, les plus forts, qui ont pu nager jusqu'à nous. Dont un bizarre jeune homme aux cheveux blancs. Gile l'a pris sous son aile. J'aime ce chevalier de Péronne qui bat des ailes.

Quand les bateaux des Marseillais ont tardé à nous être livrés, mon premier sentiment a été le soulagement, alors que je savais que c'était une catastrophe. Nous aurons trop chaud, en Palestine. Mais nous n'y allons pas. J'ai mon plan. Là où nous allons, il fait encore plus chaud. Du moins, selon mon frère. Les frères ! Robert d'Artois m'a fait perdre à Mansourah, Charles d'Anjou me cassera-t-il la baraque en Tunisie ? Pour réussir dans la vie, condition : être fils unique ou fâché avec ses frères. Mais j'étais heureux, bêtement – on est heureux bêtement, sur cette Terre, c'est la différence avec le Ciel –, de ne pas prendre tout de suite la mer qui m'avait tant tourmenté il y a vingt-six ans. À quoi ressemblent vingt-six ans ? Au visage de notre enfant devenu homme, ou une femme qui nous regardera bientôt mourir. Isabelle. Notre mort a pour visage la jeunesse des autres. Elle a donc l'air bête.

Cagliari, petit port sarde. Les soldats se répandent dans la ville. Nous rejoignent le roi Thibaut de Navarre et son épouse Isabelle. Ça nous fait deux Isabelle à l'intérieur du camp. Et aussi Alphonse de Poitiers, le cardinal-légat Rodolphe d'Albano, les comtes de Luxembourg, de Flandre, d'Eu, de Bretagne. Notre armée s'étoffe. À Paris elle faisait peine à voir, par rapport à 1248. Comme moi. Les vieux ne devraient jamais retourner sur les lieux de leur jeunesse, car ils se rendent compte alors qu'ils ne sont pas vieux, mais qu'ils ont disparu. Gile de Péronne dit que tels que nous sommes actuellement, commandement et hommes de troupe, nous ne reprendrons jamais Jérusalem. Je réfléchis à mon plan secret. Toujours garder ses plans secrets, surtout les mauvais. Personne ainsi ne vous en détourne, et vous mourez plus vite.

Voir Carthage. Le soleil nous tape dessus avec un marteau que je reconnais : il avait le même, à Damiette. Des nefs de marchands se rendent sans combattre. Combattre avec quoi ? On passe la nuit à bord, sur mon ordre. Le lendemain, nous nous emparons de la tour du vieux château de Carthage. Tout le monde est content, mais Gile, à mes côtés, dit que c'est trop facile. Il subodore un piège. Les Infidèles sont bons pour les pièges. Mansourah ! Auprès de lui, le jeune homme aux cheveux blancs se bat avec un coutelas et des pierres. Gile en a fait son écuyer. Il lui apprendra bientôt le mouvement de l'épée. Le jeune homme s'appelle Richart Perpin. C'est le fils d'un bourgeois de Paris. Selon Gile, il a perdu sa sœur et son beau-frère dans le naufrage de *La Vaillante*. Ce qui explique son air sombre et méchant ? J'ai des bouffées de chaleur et me dis que, vu la température, c'est normal. Mais non, ça n'est pas normal : c'est l'âge.

Le 25 juillet, des Tunisiens se présentent devant le camp pour le baptême, mais des épées brillent sous leurs tuniques et nous tirons les nôtres juste à temps. Gile de Péronne fait de nombreux morts. Richart achève les blessés en criant : « Pour Dieu ! » Puis il a un court sourire humide, un regard vague et glacial, et recommence. Où a-t-il appris à tuer ? Pas au collège des Bons-Enfants où Gile m'a dit que le garçon faisait ses études avant de se joindre à la Croisade. Dans les rues de Paris, peut-être. Le vieux Paris de mon grand-père Philippe d'où j'aimais tant partir pour Vincennes.

Chairs blessées, regards perdus des cadavres. Dieu aime-t-Il ce spectacle ? Peut-être que oui. Il me le dira Lui-même dans quelques jours ou quelques heures. J'ai tant de choses à Lui demander. Par exemple : revoir maman.

Les jours d'attente se succèdent. On passe sa vie à attendre, j'espère que la mort est moins monotone. Chaque matin on découvre des chevaliers décapités sous leur tente. L'ennemi n'a pas d'heure, ni aucun honneur. Quand on ne sait pas se battre, on massacre. Et mon frère Charles qui n'arrive pas de Sicile. En plus, c'est lui qui m'a conseillé de débarquer en Tunisie. J'aurai été blessé par un frère trop rapide, achevé par un frère trop lent. La dysenterie installe dans nos rangs son odeur fétide. Toute l'armée pue dans l'air africain qui stagne. L'écolier de Gile de Péronne tombe malade. Gile le soigne. On dirait qu'il s'occupe de son propre enfant. Le légat du Pape s'éteint alors que je suis déjà couché. Heureusement, ma fille n'a rien.

La guerre n'est pas belle. Ce qui est beau : la paix. Vaine, toute colère; abject, tout assaut. Le tueur transmet sa propre laideur à sa victime. Tous deux s'enfoncent dans l'irregardable indécence du Mal. Chaque coup pleuvant sur un corps produit un son que chacun de nous est capable de reconnaître, c'est le rire de Satan.

Le 10 août, j'apprends la mort de mon fils Jean-Tristan, survenue sept jours plus tôt. Mon entourage me l'avait cachée afin de ne pas aggraver mon état. J'essaie de reprendre les choses en main. Nous n'avons plus de viande. Les Siciliens nous en avaient promis, mais leurs bateaux n'arrivent toujours pas. Une armée est une armée d'estomacs. J'envoie des patrouilles écumer les troupeaux des environs. Faute d'avoir conduit les Francs à la victoire, qu'au moins je les installe à table. J'aurai passé ma vie à nourrir les gens, moi qui n'ai jamais faim.

On dit des victimes d'une épidémie qu'elles tombent comme des mouches, mais qui a jamais vu tomber une mouche ? Il faudrait regarder les mouches. Mais impossible : elles bougent trop. La chaleur nous recouvre comme un manteau d'hermine au-dessus d'une fosse à purin. Nous manquons de tout. Bien sûr, c'est ma faute, ma très grande faute. Le con que je fais. Stratège nul. Déjà, il y a vingt ans, en Égypte, j'avais merdé. Pourquoi, Seigneur, me placer à la tête d'une armée, alors que je n'ai nul don pour la science militaire ? On me demande de tuer cette humanité que je voudrais embrasser et je n'y arrive évidemment pas, le manque de motivation s'ajoutant à l'incompétence. Du coup, c'est elle qui me tue. Nous tue. Que Votre volonté incompréhensible soit faite. Blasphème ! Dix jours de jeûne. Mais je ne peux plus rien avaler. Et dans dix jours je serai mort et bouilli, car je ne vois pas comment on pourra rapatrier mon corps en France dans de la glace : il n'y en a pas. Il faudra séparer, dans l'eau bouillante, la chair des os. Jeter la chair, garder les os. Et les abats ?

À mon chevet, Gile de Péronne. Dans ses yeux verts, les cyprès de Limassol. Chypre de ma jeunesse. Je lui demande des nouvelles de son protégé. Perpin va moins bien que moi, mais comme il a dix-huit ans, il ira mieux quand moi je n'irai plus du tout. Gile pense qu'il faut quitter la Tunisie au plus vite, rentrer à Aigues-Mortes et, une fois l'armée et moi remis sur pied, repartir vers Jérusalem. Je comprends qu'il veut revoir la Palestine, que c'est pour ça qu'il m'a suivi dans cette expédition hasardeuse à laquelle la meilleure partie de la noblesse française n'a pas voulu se joindre. Pas si bête. Il ne comprend pas ce que nous faisons en Tunisie. Moi non plus. Une idée de mon frère. Récupérer des créances de blé, que sais-je. Être vieux, c'est écouter ce qu'on vous dit, surtout quand c'est bête. Plus jeune, je n'écoutais que ma mère. Et aussi un peu Joinville, parce qu'il me faisait rire.

Les soldats du sultan Al Mustancir sont trop près du camp. J'ordonne qu'on leur fasse la chasse. M'obéissent les quelques chevaliers en état de le faire ; les autres les regardent partir du fond de leur couche souillée d'excréments. Je retourne me coucher, moi aussi. Les médecins parlent, les prêtres se taisent. Ce sont les prêtres qui ont raison. Je contemple le haut de la tente qui me sépare de Dieu. Parfois, Gile passe une tête. Je lui souris puis lui fais signe de ressortir. Je ne suis pas un spectacle. Je récite mes prières. Ça ne me change pas beaucoup de l'époque où je n'étais pas malade, sauf qu'alors on ne m'avait pas découpé mes braies.

XXV

Le désastre a une odeur, une couleur, un son. Toujours les mêmes. L'odeur est pâle, la couleur vide, le son fade. La catastrophe est un trou débouchant sur le trou plus profond de la mort. Gile a vécu ça mille fois, surtout dans son enfance. Quand son père bête et méchant ouvrait la bouche, pour commencer. En sortaient frelons, scarabées, araignées, mouches, guêpes : tout sauf des mots. Gile tombait au centre de la terre. Il lui fallait remonter à la surface où l'attendait une nouvelle colère de Jehan de Péronne. Il apprit ainsi à mourir, à renaître et à remourir.

Auprès de Richart qui se débat dans sa forte fièvre et sera sans doute décédé demain, tout comme le Roi, Gile pense à son cousin Estienne, tué autrefois dans un paysage semblable à celui-ci : le désert moite, la mer mauvaise, le soleil brutal. Ils avaient d'abord passé neuf mois exquis à Chypre, de septembre 1248 à 1249. Chaque matin ils s'émerveillaient du paysage radieux et du climat épatant. Rien à voir avec l'automne, l'hiver ou même le printemps picards ! L'île appartenait aux Lusignan depuis une cinquantaine d'années. Elle était l'addition de deux douceurs : celle de l'outre-mer et celle de France. Gile et

Estienne se sentaient à la fois loin de chez eux et chez eux. Sur le port de Limassol où ils étaient restés avec le gros de l'armée – Louis IX prenant ses quartiers à Nicosie avec femme, prêtres et courtisans –, Gile et Estienne ne se lassaient pas de baguenauder, suivis de près par Renaud à qui la traversée de la Méditerranée n'avait pas ôté la peur de perdre ses maîtres. Gile avait parfois l'impression que Renaud, bien qu'il eût deux ans de moins qu'eux, était leur enfant, un enfant qu'ils auraient fait ensemble par une mystérieuse opération du Saint-Esprit. Quand ils allaient à cheval, Renaud les suivait à pied. Il restait debout à la porte des auberges où ils déjeunaient, perdu dans sa terreur de ne jamais revoir la Picardie. Il y avait aussi les chasses d'où Gile et Estienne rapportaient du gibier local que Renaud faisait cuire comme il pouvait. Les deux jeunes chevaliers s'en fichaient : ni l'un ni l'autre n'était gourmand. Enfin, quand ils baisaient des putains locales chez elles, l'écuyer les attendait à la porte de la chambre comme une épouse complaisante mais tout de même vexée.

En mai 49, une flotte de mille huit cents navires s'apprêtait à transporter trois mille chevaliers et dix fois plus d'hommes d'armes vers... on ne savait où ! Terre sainte ou ailleurs. Certains disaient l'Afrique, d'autres Constantinople. À son habitude, Louis IX gardait son plan pour lui. Peut-être aussi qu'il n'en avait pas. La mer ne semblait plus être la mer, mais une ville, tellement il y avait de gens dessus. On passait la journée sur le port à boire du vin avec des Francs de Syrie, des Anglais, des archers illyriens, des Italiens, des Templiers et des Hospitaliers. Les Hospitaliers étaient gentils, mais les Templiers étaient drôles et Gile a toujours préféré les gens drôles aux gens gentils, bien qu'il soit lui-même gentil. Ainsi prit-il ses premiers contacts avec l'Ordre. Le soir, on allait faire ses adieux aux putains qu'on retournerait baiser le lendemain, les vents ne s'étant toujours pas levés.

Louis n'a jamais eu de chance avec la mer. Bizarre qu'il n'ait pas péri dans un naufrage ! Le 30 mai, il annonça qu'on allait mettre le cap sur Alexandrie et l'armée embarqua. Il y eut une tempête. À chaque fois que le Roi montait sur un bateau, il y avait une tempête. Ses perpétuels gémissements en faveur du Christ devaient écœurer Poséidon, le plus soupe-au-lait des dieux grecs, surtout depuis que Zeus lui avait piqué sa place de *leader* sur l'Olympe. Il restait au Roi, en débarquant à Damiette, quelques centaines de chevaliers, les autres nefs ayant soit coulé, soit été dispersées par le vent. « Il avait dit Alexandrie », remarqua Estienne qui faisait partie, avec Gile, des rescapés. Comme Renaud à qui la traversée mouvementée avait beaucoup plu et qui arborait, sur sa figure chafouine de croquant, les belles couleurs du loisir, de l'insouciance et de la bonne santé. « Il dit n'importe quoi », fut la réponse de Gile. Il ajouta que le Roi venait de tomber à l'eau. Avec son épée. Il en conclut qu'il l'avait fait exprès. Effectivement.

Damiette se rendit sans combattre. Les Sarrasins disparurent comme une volée d'étourneaux. Le 6 juin, Louis entra pieds nus dans la ville. Du coup, chacun se sentit obligé de se déchausser. Renaud tenait à la main les brodequins de cuir de Gile et d'Estienne, ainsi que ses propres chausses. Cette entrée solennelle, quasi religieuse, n'empêcha pas la ville de devenir en quelques semaines un endroit aussi déréglé que Limassol. Les deux Picards reprirent leurs mauvaises habitudes chypriotes : tavernes et bordels. Estienne s'émerveillait que la Croisade ne consistât, depuis presque deux ans, qu'à boire et coucher avec des putes. Il demandait à Gile s'il pensait que c'était de cette façon qu'ils gagneraient leur place au Paradis, et son cousin répondait que le Paradis, c'était là. « Pas à Péronne ? » Gile ne répliquait pas. À Péronne il n'était qu'un parricide sous la pluie. Seul. Il faudrait qu'un jour il se fasse pardonner cette faute. En prêtant serment aux Templiers ?

Pourquoi ne filait-on pas sur Le Caire ainsi que le voulaient les barons les plus braves et les plus avisés ? Louis attendait. Son frère, tout comme aujourd'hui. Ce n'était pas le même frère, mais ce fut le même désastre. Le Roi trouvait par surcroît qu'il faisait trop chaud pour se battre. Il faisait aussi trop chaud pour ne pas se battre. Attendre, c'est ce que les idiots ont trouvé de mieux pour avoir l'air de réfléchir, mais les gens qui réfléchissent n'attendent pas. Le sultan Es-Salih-Eyoub mettait à profit l'inaction de Louis pour fortifier Mansourah et harceler les Croisés qui s'éloignaient du camp, ou encore multiplier des coups de main à l'intérieur du camp. Il donnait un besant d'or par tête de Chrétien tranchée. Ce calvaire dura jusqu'en novembre où l'armée se mit en route, Alphonse de Poitiers l'ayant enfin rejointe. On allait avec une lenteur exaspérante, sur ordre d'un Roi exaspérant. On remonta la rive droite du Nil, suivis par les bateaux. Des Sarrasins guettaient les traînards, les attardés, les égarés et les malades pour les décapiter et emporter leur tête sous le bras. Un besant d'or, c'est une grosse somme. Depuis quelques semaines, Estienne commençait à trouver l'aventure moins amusante et à penser qu'ils étaient vraiment, Gile et lui, en train de gagner leur place au Paradis.

Soixante jours furent nécessaires pour parcourir les vingt lieues qui séparent Damiette de la fourche formée par le Nil et le Behr-es-Séghir. Donc, un tiers de lieue par jour. Une vitesse de cent mètres à l'heure ! On était sans cesse retardé. Un jour on affrontait un commando sarrasin, on devait ensuite soigner les blessés et enterrer les morts. Il y avait aussi toutes ces cérémonies religieuses qui faisaient baisser la moyenne. On ne se déplaçait pas le dimanche, jour du Seigneur. Enfin, sur le lieu de la bataille, les Francs firent connaissance avec le feu grégeois. Gile eut le bras brûlé. Quand d'autres Croisés se jetaient à l'eau, il préféra se rouler dans le sable, ce qui épargna son précieux membre. Celui-ci allait le remercier, les années suivantes, en lui sauvant la vie à de nombreuses reprises. Grâce à un Bédouin félon et féru d'or (on lui donna cinquante besants, soit le prix de cinquante têtes chrétiennes), on découvrit un gué par lequel on franchit le canal. Les Templiers se trouvaient devant, comme à leur habitude. Être devant, servi le premier, mort avant les autres. Gile les considérait avec envie. Il s'occupa ensuite, à l'exemple de Robert d'Artois, de faire voler des têtes dans le camp des Sarrasins. Ceux-ci, débordés, s'enfuirent vers Mansourah. Artois partit à leur poursuite, contre l'ordre du Roi. Les Templiers le suivirent à contrecœur, ne voulant pas passer pour des lâches. Gile courut derrière eux, entraînant Estienne alors que son cousin était plutôt de l'avis de Louis : attendre. Toujours attendre ! Ils l'emmerdaient, ces deux-là. Dans la ville il comprit son erreur et regarda du côté de son cousin, mais celui-ci était déjà mort : il avait reçu sur la tête une grosse pierre lancée du toit d'une maison. Comment se battre contre les toits des maisons ? Ce n'est indiqué dans aucun manuel de chevalerie. Gile, déjà couvert de honte, ne chercha pas à se couvrir de gloire, mais à trouver une sortie dans ce labyrinthe hostile dont il ne voyait, sous sa visière, qu'une infime partie. Pour s'orienter, ce n'était pas pratique. Il ôta son heaume et le jeta. Il préférait combattre tête nue plutôt que mourir protégé. Il se demandait ce que les Sarrasins feraient du corps de son cousin. Sûr qu'ils ne l'enterreraient pas chrétiennement, ce qui suffisait au désespoir du jeune homme tout en s'ajoutant au chagrin qu'il éprouvait d'avoir été responsable de sa mort. Ce jour-là, dans son malheur, Gile eut de la chance : ce ne fut pas lui qui annonça au Roi la mort de Robert d'Artois et des Templiers ; un des rares autres rescapés de Mansourah s'en chargea. Les Sarrasins étaient entre-temps repassés à l'attaque. Le chevalier picard se battit avec rage. Renaud réussit, dans la pagaille, à lui passer un heaume pris à un mort, grâce à quoi Gile ne fut pas défiguré. Il voyait Louis coiffé de son casque doré, magnifique imprudence qui le désignait à l'ennemi. Six Mamelouks tentèrent de s'emparer du souverain : Louis les tua tous.

XXVI

Au moment de mourir, il pense aux gens qui sont morts avant lui et à ceux qui mourront après. Et à ceux en train de mourir, comme lui. Ça fait beaucoup de monde, et ça fait même tout le monde. La fosse est commune. Il ne sent plus ni ses jambes ni son anus : seule une violente douleur dans la poitrine lui indique qu'il se trouve encore sur Terre. Pour ce qui est du moral, tout va bien, car il a réalisé ces derniers jours son plus vieux rêve d'enfant : tuer des gens sans risquer d'aller en prison. Depuis le temps qu'il se demandait quel effet ça fait d'ôter une vie ; maintenant il sait : aucun. Si Ysabel et Bénodet ne s'étaient pas noyés à bord de *La Vaillante*, peut-être Richart se donnerait-il un peu plus de mal pour survivre, mais il n'a plus qu'un amour sur Terre, et celui-ci a disparu. Il voit la Pouliche dans ses rêves, ses délires. Elle lui offre son corps, sa bouche. Il cherche son propre sexe d'une main tremblante, en vain. Disparu ? Croyant qu'il a froid, Gile de Péronne remonte sa couverture. Il a froid, c'est vrai. L'avantage de la maladie : elle supprime la chaleur sous laquelle, pour l'heure, tout le monde suffoque. Un mort est froid. Par une température pareille, ça peut être considéré comme un privilège.

« Je dois te dire quelque chose. » C'est Gile de Péronne qui parle. Gile qui l'enterrera. Pas trop profond pour le cas où Richart se réveillerait après sa mort. Il n'a pas peur de mourir, il craint de se retrouver vivant dans un cercueil ; mais, en fait, réfléchit-il, on se retrouve tous vivants dans le cercueil de notre corps. Dommage qu'il ne puisse en parler avec Bénodet. Ce con qui ne savait pas nager. Ysabel avait pratiqué la natation, à Pontoise. L'avantage d'avoir une maison de campagne. Elle a essayé de sauver son mari, mais il l'a entraînée par le fond et ni l'un ni l'autre n'est reparu à la surface. L'orgueil des Perpin : être la première femme enceinte sauveteuse en mer. Résultat : trois morts, le bébé inclus. On ne m'appellera jamais Tonton, pense Richart. Il éclate de rire. D'un certain point de vue, tout, mais alors tout est drôle.

Gile, lugubre, se penche de nouveau vers Richart. L'ex-écolier demande si le Roi est mort. Le chevalier hoche la tête. Le Roi est mort et pas moi, pense Richart. Il n'y a donc pas de justice divine. « Il m'a laissé quelque chose ? » Blasphémer, c'est encore à sa portée, ça prouve peut-être qu'il vivra. « Son espérance », dit Gile. Richart aurait honte s'il n'avait trop de fièvre pour avoir honte. Le chevalier lui prend la main. C'est une courte main épaisse de paysan picard, alors que Richart a des mains de chevalier : longues, blanches, fines. Peut-être sera-t-il fait chevalier un jour. Par Gile ? « La femme que tu as aimée à Paris et dont tu m'as parlé si souvent, je sais qui c'est et où elle habite. – Qui est-ce et où habite-t-elle ? – C'est ma compagne, et elle habite chez ma sœur, en Picardie. »

Gile lui a-t-il fait cette confidence pour le tuer ou pour le sauver ? Dit-il la vérité ? Les chevaliers ne mentent pas, mais Gile est-il chevalier ? D'ailleurs si, les chevaliers mentent. Tout le temps. À leurs vassaux, à leurs enfants, à leurs paysans. Richart s'en retourne à sa fièvre comme si c'était sa seule issue. Il n'a plus de tête, rien qu'un mal de tête. Il a l'impression que la nuit a disparu : chaque fois qu'il rouvre les yeux, c'est le jour. Parfois Gile est assis à côté de lui. D'autres fois, Richart est seul. Il y a un moment où sa couche se met à bouger comme un cheval saisi d'épouvante. Il se redresse. L'odeur de ses excréments a fini par le rassurer. C'est tout ce qui lui reste de personnel. De vivant. Puisqu'il n'a plus ses esprits. Il se rendort. Et pendant ce temps son cœur bat fort, chevauché par la Pouliche. Richart entend le sang revenir dans ses veines, poussé par cette machine. Il se réveille. Ils sont en mer. Richart a guéri. Il comprend que la Croisade est terminée. Il aura quand même eu le temps de devenir un criminel.

Dès la mort du Roi, raconte Gile, les victoires contre les Infidèles se sont enchaînées. Un charme agissait contre Louis dès qu'il se trouvait sur un champ de bataille. Ou bien en mer. Les hommes du rang disaient simplement que ce bigot portait la poisse. Charles d'Anjou, débarqué de Sicile quelques heures après la mort de son frère, battit Yahya-Ibn-Salih, ouvrant la route de Tunis. Le sultan signa une paix avantageuse pour les Chrétiens. On se retirait vainqueurs de Tunisie, ce qui était la chose dont on avait besoin pour pouvoir rentrer en France. Philippe ne se voyait pas ramener à la basilique de Saint-Denis les restes de son père avec une armée défaite. Ç'aurait fait un échec de trop pour le début de son règne.

Le destin de cette Croisade, où il a perdu sa sœur et son meilleur ami, est indifférent à Richart. Avant, il se posait des questions sur Dieu ; maintenant, il en est sûr : il Le hait. Ça lui a pris quand il a vu le gros nez et les cheveux blonds d'Ysabel disparaître sous l'eau de la Méditerranée. Cette épaisse patte froide et salée lui enlevait les seuls êtres qu'il eût aimés sur Terre ; il allait la mordre, lui arracher ses ongles l'un après l'autre. Le combat entre Dieu et lui était engagé et il le gagnerait. C'était possible : quelqu'un avait-il jamais vraiment essayé ? Il fallait faire alliance avec le Diable et, pour ça, le trouver. Pas difficile : il dort en chacun de nous, il suffit de le réveiller. Richart avait senti, à Carthage, que le Malin guidait son bras. Les blessés qu'il achevait avec rage. Plus sauvage et cruel avec ceux qui imploraient sa pitié au nom de *son* Christ. « Ce n'est pas *mon* Christ ! » Alors qu'il lui arriva d'épargner un Musulman qui le regardait avec ironie ou méchanceté, car il reconnaissait là un de ses frères dans la malédiction de ne rien aimer. La fièvre est passée sur ces folies, emportées par des flots de merde, mais il en est resté quelque chose à Richart : un goût de sang et de mort. Comme une porte qui se serait à jamais fermée dans son esprit et surtout dans son cœur.

La Pouliche amante du chevalier de Péronne ! Gile lui raconta toute l'histoire, de Syrie jusqu'au village de Saint-Médard, sans oublier la rue Bordelles. Comment l'oublier ? L'ex-écolier, qui le redeviendra sans doute quand il aura regagné ses foyers en héros, écoute d'une oreille froide et même glacée à force d'être stupéfaite. Il demande à Gile s'il a encore des sentiments pour la Pouliche – il connaît enfin son vrai prénom : Édelinne, mais, pour lui, elle restera « la Pouliche », splendide putain de quatorze ans qui l'a fait merveilleusement jouir pendant tout l'été 69 – et le chevalier dit que oui, mais que ce n'est évidemment pas comme avant. « Comme avant quoi ? – Comme avant qu'elle ne tombe enceinte d'une centaine d'hommes. – La Pouliche enceinte ? – D'un de ses nombreux clients. Toi, peut-être. Du reste, à l'heure qu'il est, elle a déjà accouché. Garçon ou fille ? – On parie ? – Il est peut-être mort-né. – Ou elle, morte en couches. Gardons espoir ! » Ils rient. Ce doit être d'avoir parcouru des centaines de kilomètres derrière les os de Louis IX : ils ont fait leur l'humour macabre des fossoyeurs.

Le plus long enterrement de l'Histoire, dans les deux sens du terme « long ». Il dure plusieurs mois et le cortège funéraire s'étend à perte de vue. Tous les jours on rend les honneurs militaires à Louis et une nouvelle foule s'agenouille sur le passage de ses ossements. Richart est content, il voit l'Italie : Capoue, Rome, Florence, Bologne, Parme, Crémone, Milan. On franchit le Mont-Cenis sous la neige. Gile râle : son idée de départ était de retourner en Palestine. Il n'aime pas le froid. Même pour ça qu'il a quitté la Picardie. Dit-il. Mais Richart imagine qu'il y a une autre raison : on ne devient pas chevalier errant pour avoir plus chaud.

XXVII

Jérusalem sous la neige. Luc d'Avèze n'en croyait pas ses yeux : il avait eu si chaud, au mois de juillet, pendant la prise de la ville. Dont il évitait de se souvenir depuis qu'il habitait avec une de ses victimes. Le ventre d'Ysabel s'arrondissait. Luc demandait pardon à Dieu, tous les matins, dans l'église du Saint-Sépulcre. Il s'y rendait en voisin, avec gourmandise. Le nombre de gens qui, sur la Terre rectangulaire et plate, n'allaient pas prier chaque jour au Saint-Sépulcre ! Tout le monde – à part lui, Godefroi et quelques autres. Mais on ne voyait plus guère Bouillon devant le tombeau du Christ : il préparait le sien. L'Avoué était souffrant et priait dans son palais, la tour de David finalement récupérée de Raymond de Saint-Gilles. À la fin de ses prières, après avoir fait le signe de la croix, Luc d'Avèze n'oubliait pas de remercier Dieu. Aussi. Du bonheur fou qu'il avait reçu. Il était venu à Jérusalem pour mourir, considérant qu'il en avait l'âge, et c'était le contraire qui se produisait : il ressuscitait. De quoi le récompensait-on ? Il n'était pas fils de Dieu, mais d'André d'Avèze, noble auvergnat. Pendant la Croisade, il n'avait pas été plus brave, plus doux, plus pitoyable qu'un autre chevalier. Et la plupart de ceux-ci, pour prix de leur dévouement, n'avaient reçu qu'une mort atroce, loin de leur famille et de leurs amis.

Avèze s'attardait sur le parvis de l'église comme si ç'avait été n'importe quelle église. Il regarda le ciel d'un bleu profond. Il n'avait aucune nostalgie de son pays. Là-bas, sa femme était vieille, ses enfants étaient grands. Au fond de lui-même, quoique élevé entre champs et forêts, il préférait la ville à la campagne. Il adorait Jérusalem peut-être davantage encore depuis que la plupart des Croisés étaient rentrés en Europe. Se trouver au centre du monde connu avec une poignée de héros chrétiens et rejoindre chaque soir dans son lit une enfant douce et ronde de vos œuvres : c'était plus que tout ce qu'il avait jamais espéré comme félicité terrestre. Peut-être était-il récompensé pour ses prières ? Dieu aime bien qu'on Le prie, et nous aussi, puisqu'Il nous a faits à Son image.

Ce n'était pas une neige abondante, au contraire de celle d'Auvergne qui tombe pendant des semaines, ensevelissant tout sous elle : champs, chaumières, puits. Espérance. La neige palestinienne a un comportement moins prévisible. Elle arrive brusquement, parfois après quelques heures de grand soleil. Elle saupoudre la ville de taches blanches, puis s'éclipse comme un invité pressé d'aller à une autre fête. Pas toute la ville : les monuments importants, courus. C'est une neige élitiste. On ne tombe pas sur Jérusalem par hasard. Elle coiffe la tour de David et le Temple, mais ne se risque pas dans les ruelles entourant le marché couvert. Sur le mont des Oliviers qu'Avèze aimait contempler du haut de la porte de

Josêphat, elle formait un joli tapis pâle avec quelques trous d'herbe sacrée. Elle s'accumulait au fond de la vallée du Cédron. Ailleurs elle faisait l'enchantement des rares enfants chrétiens ; on ne trouvait plus d'enfants musulmans. Ils avaient quitté la ville ou bien avaient été tués avec leurs parents, l'été passé. Jérusalem était une ville sans enfants, cas unique en histoire comme en géographie.

La tâche d'Avèze consistait le plus souvent à sortir de la cité avec une vingtaine ou une trentaine de chevaliers armés jusqu'aux dents – leurs dents cachées par leur heaume –, et de faire des razzias chez les Arabes afin de les décourager assez pour qu'ils s'en allassent avec leurs familles et leurs animaux et qu'à leur place s'installât... qui ? On n'avait personne à mettre à la place des Arabes. Les volontaires manquaient. Les nefs pleines de colons francs ne se présentaient toujours pas devant le port de Jaffa. Ça désespérait Godefroi. Il disait que sans l'apport de populations chrétiennes, on ne tiendrait pas longtemps. Les soldats conquièrent un pays, disait-il, mais les paysans le gardent en faisant des enfants à leurs femmes et en cultivant avec elles une terre qui devient alors nourricière et donc intime, personnelle, nationale. Après les fiers-à-bras il faut des fiers-au-lit et à la charrue. L'amour comme unique économie durable, c'est déjà dans les Évangiles. Le seul résultat auquel on arrivait pour l'instant était de vider les campagnes de leurs habitants, ce qui, à terme, poserait un problème de ravitaillement à Jérusalem et aux autres villes de Palestine. Ysabel critiquait cette politique. Luc lui disait qu'en Europe les femmes n'avaient pas le droit de critiquer quoi que ce soit, surtout pas la politique des hommes. Mais la Pouliche lui lançait alors un tel regard qu'il piquait du nez dans son tranchoir sans demander son reste, sauf si c'était un reste de haricots. Ysabel expliquait que les Francs auraient dû s'entendre avec les populations arabes, leur faire une vie plus facile que celle qu'ils menaient avec les Seljoukides et les Fâtimides, leur offrir divers avantages fiscaux, et surtout leur laisser pratiquer leur religion, et même l'encourager. C'était, selon elle, le seul moyen d'assurer une implantation franque durable dans la région, car l'écart entre le nombre des Croisés et celui des Arabes était grand et ne cesserait d'augmenter, les premiers n'ayant pas de femmes pour leur faire des enfants. De plus, beaucoup d'entre eux étaient hommes d'Église. Les Francs, expliquait Avèze avec un sourire, feraient des enfants aux femmes du cru. Ysabel disait que quelques poulains et pouliches ne changeraient pas le cours de l'Histoire. C'était la première fois de sa vie que Luc parlait d'un sujet sérieux avec une femme et il en retirait une sensation bizarre : celle d'avoir trouvé dans la même personne une amoureuse et un ami, ce qui lui paraissait jusqu'ici inimaginable.

Les fêtes de Noël approchaient. La messe de minuit 99 en l'église du Saint-Sépulcre s'annonçait grandiose. Historique, comme aurait dit Ysabel. Malgré la situation instable du pays, il y aurait afflux de pèlerins. On avait aussi prévu quelque chose à Bethléem qui faisait partie des villes libérées par Godefroi. Ou occupées, selon le point de vue où on se plaçait.

Le 24, Luc se rendit seul à l'église du Saint-Sépulcre. Ne tenant pas à se montrer dans l'état où elle se trouvait (cinquième mois de grossesse) aux chevaliers francs amis de son amant, Ysabel alla de son côté à l'office de Sainte-Marie-la-Grande. Elle n'assista pas davantage au repas offert par Godefroi à la tour de David. Ça ne devait pas être bien copieux, le Brabançon ayant des goûts aussi sobres en nourriture qu'en vêtements. Quand Avèze, après avoir longé d'un côté l'église Saint-Jean-Baptiste, de l'autre le marché couvert, revint dans ce qu'il appelait désormais sa maison, bien que ce fût celle de ses prochains beaux-parents décédés, il se précipita sur le gibier à la menthe et au miel que lui avait préparé Ysabel avec amour pendant la journée. Le lendemain, une servante du nom de Fatima se présenta à leur porte : c'était le cadeau de Noël de Luc à sa concubine, future mère de son quatrième enfant. Ainsi elle se fatiguerait moins. Fatima, qui était à peine plus jeune qu'Ysabel, ne parlait que l'arabe. Du coup, Avèze commença à l'apprendre, ce qui lui serait utile par la suite dans ses relations avec les chefs de tribus locaux. Mais il voulait surtout comprendre ce que se disaient Ysabel et Fatima quand elles discutaient entre elles dans la cuisine. Toutes deux nées et élevées à Jérusalem, elles avaient beaucoup de choses à se raconter. Quand elles étaient ensemble, elles semblaient rajeunir, devenir des petites filles, ce qui du coup vieillissait le comte, l'installait dans un rôle de père qui le gênait un peu, d'autant plus qu'il allait l'être une nouvelle fois, papa.

[illegible]

à [illegible]

[illegible] n'ont jamais fait.

[illegible]

XXVIII

Ana, la fille d'Ysabel et de Luc d'Avèze, naquit à cent mètres du tombeau de Jésus. Avèze était confronté à deux successions : la sienne et celle de l'Avoué. Première fois qu'une grande joie voisinait dans sa vie avec un grand chagrin : la naissance de sa fille lui faisait autant plaisir que lui faisait de peine le décès de Godefroi.

Avèze n'assista guère à la grossesse de sa concubine : il était sur les routes, on devrait plutôt parler de chemins. Les Templiers n'avaient pas encore construit ce qu'ils appelèrent les « routes templières », première mouture de nos autoroutes. Tout ce que les Templiers ont inventé : le chèque, le virement, le coffre à deux clés (une pour le banquier, une pour le client). Cent soixante-dix ans plus tard, Gile de Péronne raconterait à Richart Perpin combien il détestait leur coutume du *baiser de paix*. Le baiser entre hommes, disait-il, est de Judas. Depuis les jardins de Gethsémani, les hommes ne devraient plus s'embrasser entre eux, sauf s'ils font l'amour ensemble tout de suite après, ce que le Christ et Judas n'ont jamais fait.

L'obsession de Godefroi : renforcer l'implantation

militaire franque en Palestine de façon à compenser la faiblesse numérique des Chrétiens. L'Avoué voulait prendre toutes les places fortes entourant Jérusalem et installer dans chacune d'elles une petite garnison qui contrôlerait ainsi un maximum de territoire. Il entendait également ouvrir aux Chrétiens une grande quantité de ports par où les renforts venus d'Europe pourraient débarquer. C'était au moment où il avait le plus peur de mourir qu'on demandait à Avèze de combattre le plus. Ce n'était pas la première fois qu'il remarquait dans sa vie la forte présence de l'Ironie, mais, loin de se mettre en colère contre elle – son père lui avait répété toute son enfance qu'il ne fallait jamais se mettre en colère, celle-ci étant un péché capital (au contraire de la haine : on pouvait haïr en toute tranquillité d'esprit), et surtout étant laide et vaine –, cette Ironie lui paraissait un sourire du Tout-Puissant, un plissement de Ses belles lèvres dominant toutes les guerres, toutes les amours. Il n'était pas besoin de croire en ce sourire : on le voyait jusque dans le drame. Il prouvait à lui seul l'existence de Dieu.

Avèze ne refusait pas le combat : il évitait juste de le provoquer. Toujours volontaire pour rester à l'arrière afin de garder un œil sur les chevaux et les provisions, se mettant volontiers à l'écart pour surveiller le travail des ingénieurs et des charpentiers, il laissait aux grands dadais provençaux, normands ou brabançons le plaisir d'une mort héroïque, et préférait sa deuxième vie de famille. Mais les fois où il fut obligé de se battre il le fit avec bravoure et tua son content d'Infidèles. Avec néanmoins une réticence secrète, presque coupable : il ne pouvait s'empêcher de voir en eux d'anciens, d'actuels ou de futurs pères de famille. Comme lui. Il fut blessé au bras et à la fesse. La guerre coupe. Pour la fesse il n'était pas en train de fuir, mais de ramasser son épée. De retour à Jérusalem, il dut subir néanmoins les blagues grasses des chevaliers, brodées à gros points sur le thème : la blessure à la fesse est la plus répandue chez les Auvergnats. Même Ysabel se moqua de lui : « Tu es sûr que tu n'as pas été mordu au derrière par une Sarrasine ? » Luc restait placide, considérant qu'il portait sa croix. Nous portons tous notre croix : autre preuve de l'existence de Dieu.

Le décès de Bouillon causa moins de bruit que sa succession. L'Avoué s'éteignit discrètement, comme une de ces bougies qu'il faisait allumer par dizaines dans l'église du Saint-Sépulcre. Il tomba malade en juin à Jaffa et mourut en juillet à Jérusalem, soit un an exactement après la prise de la ville. Ana d'Avèze avait alors deux mois. C'était un robuste bébé dont on ne savait encore si elle aurait le gros nez de sa mère ou le gros nez de son père. Les renforts vénitiens venaient d'arriver en Palestine et Luc espérait qu'il pourrait accorder plus de temps à sa fille qu'il n'en avait accordé à la mère quand elle était enceinte. Son grand souci était que l'enfant parvînt à survivre par une telle chaleur. L'été était aussi étouffant que l'année précédente, mais il n'y avait heureusement plus, dans l'air immobile et lourd, la même odeur de sang et de cadavres qu'en 99.

Le lendemain des obsèques de Godefroi, le comte, à son vif regret, se remit en route pour la guerre. Les Vénitiens voulaient Saint-Jean-d'Acre ; Tancrède et le patriarche Daimbert désiraient Caïffa. Les Chrétiens avaient toujours quelque chose en vue, alors que la seule chose qu'Avèze souhaitait désormais c'était rester chez lui avec sa concubine et sa fille. Ysabel lui conseilla de mettre les prochaines semaines à profit pour trouver un poste qui lui permettrait de demeurer à Jérusalem toute l'année. On lui confierait par exemple une porte à garder, où ils habiteraient. N'importe laquelle : Saint-Étienne, David, Mont-Sion, Joséphat. Saint-Étienne serait la mieux : elle donnait sur le nord, on aurait moins chaud en été comme en hiver. Une fois de plus Avèze regretta la mort de Godefroi : l'Avoué l'aurait pistonné. Il ne sentait pas trop Tancrède, cet agité, ni Daimbert, cet intrigant. En enfilant son haubert, il songea qu'il avait désormais des soucis de père de famille : bien se placer en société. Il sourit. Il fallait sourire, Dieu montrait l'exemple.

Devant Caïffa, les disputes entre Francs recommencèrent : apprenant que sur son lit de mort Godefroi de Bouillon avait promis la ville à Geldomar Carpenel, Tancrède refusa de combattre. Il fallait un port à la Galilée qu'il avait conquise au cours de ces derniers mois, et ce port ne pouvait être que Caïffa. Il ne le laisserait pas à un autre. Sans Tancrède, impossible de prendre Caïffa : principaux occupants de la ville, les juifs la défendaient à toute force, aidés par une flotte égyptienne. Avèze en avait marre de ces barons, de ces nababs. Ils étaient toujours à vouloir se tailler la part du lion dans la tunique du pauvre. Si c'était de cette façon qu'ils croyaient pouvoir rester en Terre sainte, ils se mettaient la lance dans l'œil à travers leur heaume. Daimbert sauva la situation en décrétant que Caïffa serait à qui se battrait le mieux pour l'avoir ; or Tancrède se battait mieux que personne : il prit la ville (20 août) et la garda. Avèze put retrouver ses foyers. Pendant ce temps, les Vénitiens échouaient devant Acre, ce qui fit bien rire les chevaliers francs sous leurs mines faussement désolées.

Avec Baudouin de Boulogne, l'Avouerie devint un Royaume, le frère de Godefroi prenant le nom de Baudouin Ier. Il était aussi grand que l'Avoué, mais moins pieux. Il avait un haut front plein de ruses, et de longs yeux noirs luisants de convoitise. C'était un homme à qui il fallait tout : pas seulement le Ciel, la Terre aussi. Les territoires. Il portait toujours un manteau, même en plein été. On avait l'impression qu'il n'avait jamais assez chaud, comme si un bloc de glace avait été installé dans son cœur à la naissance et n'arrivait pas à fondre. On disait naguère Godefroi capable de couper un cheval en deux d'un coup d'épée ; Baudouin, lui, était un cheval. Les Francs le regardaient avec crainte, les Arabes avec terreur. On a besoin des gens qui ne doutent de rien et en même temps on a peur d'eux, car un jour ils ne douteront plus de notre culpabilité. Avèze reculait le moment de faire à Baudouin sa demande de retraite anticipée. À force de vivre avec une demi-Arabe (Ysabel), une Arabe entière (Fatima), ainsi qu'une quarteronne d'Arabe (Ana), il se sentait devenir un peu arabe lui-même et commençait à voir les barons francs plus vraiment comme des frères, plutôt comme des confrères, donc de possibles ennemis mortels.

Il remonta souvent en selle pour aller batailler çà et là en Palestine. Ysabel et Fatima le saluaient sur le seuil de la maison. Fatima tenait Ana dans les bras. En un an Luc avait trouvé deux femmes et en avait fait une troisième. Elles vivaient de lui, par lui. Ça lui rappelait sa jeunesse en Auvergne, avec le soleil en plus. Au retour, Avèze retrouvait Ysabel, Ana et Fatima à la même place, dans la même position. Sans pleurer. Même le bébé ne faisait aucun bruit. Il pleurait souvent, mais pas dans ces deux moments-là. Ça paraissait bizarre à Avèze qu'on ne pleure ni à son départ ni à son retour. Des femmes franques, elles, auraient pleuré.

XXIX

Quand il pénétra Margaux, Gile de Péronne sut qu'elle était sa nièce. Lorsqu'elle l'embrassa sur la bouche, il pensa que c'était sa cousine. Quand elle éclata de rire au moment de jouir, il comprit que c'était sa sœur. S'étant endormie en une seconde dans ses bras comme une serve épuisée par une journée de travail à la ferme, il se dit qu'elle pouvait être les trois. La seule chose certaine, c'est qu'elle était de sa famille, et ils n'étaient plus si nombreux. Même son fils ne serait pas de lui.

Au dîner de la veille, c'était surtout à l'intention de Margaux qu'il avait fait, à la table de Guillaume de Péronne, le récit de ses exploits outre-mer. L'absence de trouvère, de jongleur et de montreur d'ours lui donnait le temps d'entrer dans les détails et de brosser des portraits. Il soigna celui de Louis IX. Et, bien sûr, développa autant qu'il put la mort d'Estienne, fils de son hôte, alors qu'elle avait été consommée en quelques secondes et qu'il n'y avait pas assisté. Il ne mentionna pas la pierre qui avait fracassé le crâne de son cousin dans un cul-de-sac de Mansourah. Ça lui paraissait trop peu épique, trop chichement héroïque. Tué par un caillou : une mort d'oiseau. Il inventa une douzaine de cavaliers sarrasins dont Estienne aurait occis la moitié avant de succomber aux traits tirés par un des survivants. Les Infidèles se servaient beaucoup des arcs, l'arme des lâches. Les lâches sont adroits : ça remplace le courage. « Sur Terre, mais pas au Ciel », dit Gile. Les hommes d'Église invités par Guillaume de Péronne hochèrent la tête, mais on voyait surtout leurs doigts couverts de graisse puisque, comme tout un chacun, ils mangeaient avec.

Au milieu de la table, dos au mur, Guillaume ne perdait pas un souffle du récit mensonger de Gile. Ses yeux étaient embués de larmes alors qu'il n'y avait rien dans ceux de sa jeune épouse qui avait l'air plus vieille que lui. Édelinne, qui connaissait la véritable histoire, ne s'intéressait guère à la fausse : elle se consacrait au festin. Pour elle il ne semblait plus y avoir au monde que son tranchoir. Gile ne se doutait pas qu'auprès de lui, elle avait surtout souffert de la faim. En bout de table, les jumeaux Gile et Béatriz regardaient leur oncle avec fascination. Il était l'incarnation de tous les récits et contes sur les Croisades qui avaient bercé leur enfance. Margaux, qui portait une jupe de laine rouge, brillait dans cette assemblée comme un rubis. Elle bougeait à peine, ne disait rien. Elle ne regardait personne, comme si elle voulait cacher ses yeux, craignant peut-être qu'ils n'incendiassent quelque chose. Gile avait l'impression de ne voir qu'elle, même quand il ne la voyait pas. Qu'elle ne se trouvait pas assise à la table, mais à l'intérieur de son esprit à lui. Pour faire qu'elle se levât un jour il lui faudrait s'arracher la tête !

Gile de Péronne avait débarqué à Saint-Jean-d'Acre le 13 mai 1250. « Le Roi fut acclamé par les habitants de la ville qui défilèrent en procession devant nos nefs. Le clergé, les chevaliers et les dames avaient bien meilleure mine que Louis. Et que nous tous. La vie en Palestine ne semblait pas être le cauchemar qu'on avait, à Paris, décrit au Roi pour qu'il s'y rendît avec son armée. De cette armée il ne restait plus grand-chose : quelques hommes blessés, épuisés, découragés. Nous commençâmes par prendre du repos... » Et du bon temps, ajouta Gile *in petto*. Il passa sous silence diverses aventures amoureuses qu'il eut alors avec des dames chrétiennes mariées. Un célibataire de 1250 avait le choix entre les femmes mariées et les prostituées : les hommes qui aimaient les complications prenaient les premières, les hommes qui aimaient leurs aises les secondes. Gile, comme le montre ce récit, était plutôt du genre à aimer les complications. Pendant qu'il baguenaudait d'un lit conjugal à l'autre, Renaud lui avait installé deux pièces dans une auberge du port. « Comment est Saint-Jean-d'Acre ? » demanda soudain Margaux. La question laissa Gile stupéfait. Margaux bougeait si peu qu'elle semblait endormie ou peut-être morte – et, si elle prenait tant de soin à dissimuler son regard, on pensait que c'était parce qu'elle avait fermé les yeux. « La ville a été prise en mai 1104 par Baudouin Ier et n'a pas été reprise depuis lors par les Infidèles, contrairement à Jérusalem. Les Chrétiens ont construit des remparts et des églises. De l'autre côté de la baie, au sud, se trouve Caïffa, enlevée aux Sarrasins peu après la mort de Godefroi de Bouillon, qu'on appelait aussi l'Avoué du Saint-Sépulcre, en août 1100. – On ne veut pas une leçon d'histoire, oncle Gile, mais votre sentiment ! » Marie cria : « Quelle insolente ! – Elle a de qui tenir », fit Guillaume. Justement, personne ne savait trop de qui Margaux tenait. Mais Gile avait pris sa remarque acide comme une seconde caresse après celle de sa question saugrenue, et il la répéta en lui-même comme on aime à se rappeler un baiser, une étreinte.

Gile avait été presque aussi heureux à Acre qu'à Limassol ou Damiette. Le presque venait de la mort d'Estienne. Il avait trouvé des camarades mais pas d'amis, et la solitude lui pesait. Les expéditions punitives de Louis IX dans les parages n'étaient pas assez nombreuses pour lui, il finit par penser qu'il serait mieux avec les Templiers. Entre la construction de nouvelles places fortes et commanderies, la protection des convois de pèlerins et les transports de fonds, ceux-ci ne restaient jamais sans rien faire. Mais Gile cacha à l'auditoire son adhésion à l'Ordre, ne voulant pas avoir ensuite à expliquer pourquoi il en avait été chassé. Il s'en tint aux paysages. C'était de quoi les Picards avaient le plus besoin : des paysages lointains et pleins de soleil.

« Tu sais, toi, la fille de qui je suis ? » lui demanda Margaux alors qu'ils reposaient nus l'un contre l'autre. Gile dit qu'elle n'était pas la sienne. « Tu n'as jamais couché avec ta sœur ? » Non. Elle avait couché avec son frère, elle ? « Gile ? Non. C'est drôle, il a le même prénom que toi. Il te ressemble, en plus ! Vous avez les mêmes yeux. » Elle s'étira dans le lit. Elle avait un corps magnifique, celui d'Édelinne en plus long. Et puis Édelinne n'était pas de sa famille. « Tu penses que je suis plutôt la fille de mon père ou celle de mon grand-père ? » Ou de ton grand-oncle, ajouta-t-il *in petto*. « Pourquoi ne serais-tu pas la fille de ton père ? – Ce n'est pas l'impression que j'ai. – Quelle impression as-tu ? – D'être venue d'ailleurs. – Peut-être es-tu la fille de quelqu'un que tu ne connais pas. – Et que toi, tu connais ? – Non. Quelqu'un que nous ne connaissons ni l'un ni l'autre. – Mais que connaît maman ? – Laquelle le connaissait, mais l'a peut-être oublié. » Elle soupira et se coucha de nouveau sur lui. Elle était si légère qu'il la sentait à peine. Elle était comme un drap de lin. Elle s'empala sur son sexe avec la vigueur de la jeune vierge qu'elle n'était plus depuis longtemps. Il faisait le tour de sa taille de guêpe avec ses mains de chevalier. Elle avait des épaules blanches et des seins menus. Il la caressait sans cesse sur tout le corps comme pour s'assurer de sa présence. Lui baisait les pieds, léchait ses fesses. Ça la chatouillait. Ça rappelait à Gile les premières fois qu'ils avaient fait l'amour, Édelinne et lui. Dans une auberge du port d'Acre. Il y avait un an et demi de ça, mais ça lui paraissait beaucoup plus reculé dans le temps, alors qu'il avait l'impression d'avoir quitté Péronne la veille, lui qui en était parti seize ans auparavant ! Qu'était ce Temps qui prenait à tout moment la longueur et l'épaisseur qu'il voulait sans tenir compte des dates ? Les Templiers effectuaient des recherches sur le Temps. Ces gens-là faisaient des recherches sur tout. Ça finirait par énerver l'Église. « C'est embêtant de ne pas savoir la fille de qui on est », dit Margaux après qu'ils se furent unis pour la seconde fois. Il dit que la seule chose dont les gens étaient sûrs, dans la vie, c'était d'être les enfants de leur mère. D'où l'importance des mères. Margaux se mit en position pour dormir. Il dit qu'elle ne devait pas dormir là. Elle demanda pourquoi. Oui, c'était bien la fille de sa mère. Il la houspilla un peu en la couvrant de baisers. Elle finit par déguerpir à contrecœur. Il se dit qu'après une nuit aussi belle, un homme devrait se tuer, mais c'est interdit de se tuer, même à un Templier chassé de son ordre.

XXX

Elle le regardait avec une curiosité passionnée : quelle image a un homme qui ne vous aime plus ? Avant qu'ils n'arrivent à Péronne il lui avait dit, au bord d'un étang picard, qu'il l'aimait encore, mais qu'il ne voulait plus la voir. C'était donc qu'il ne la supportait plus. Qu'y a-t-il de pire : un homme qui ne vous aime plus, ou un homme qui ne vous supporte plus ? Ou de mieux ? Elle se sentait délivrée de l'attachement que Gile avait eu pour elle. Il l'aurait ainsi libérée deux fois : une fois par son amour, une autre par son dégoût. Et puis, elle n'aurait jamais voulu faire partie de cette famille. L'oncle Guillaume était un gros cochon, elle préférait l'émir qui l'avait enlevée naguère à ses parents. Plus mince, doux comme une fille mais une fille avec un poignard entre les cuisses. Marie, la sœur de Gile, semblait vouloir battre le record des lèvres les plus pincées et du regard le plus venimeux. Les jumeaux étaient des jumeaux : vagues, incertains, impénétrables. Et il y avait cette Margaux. Des yeux aussi orange que les oranges de Jaffa ou de Ramla. Gile semblait fasciné par elle autant qu'Édelinne l'était elle-même. Un homme et une femme qui vivent ensemble finissent par avoir les mêmes goûts. S'il avait connu Richart, Gile l'aurait aimé aussi. Il s'était lancé dans le récit plus ou moins mensonger de ses exploits outre-mer. Édelinne plongea le nez dans le tranchoir posé devant elle sur la table à tréteaux. Elle aimait entendre Gile plaisanter, mais elle avait horreur de le voir mentir. En plus, il parlait à moitié en picard, elle ne comprenait qu'une phrase sur deux.

Au fil des jours, elle s'apercevait que ce qu'elle aimait chez Richart, c'était qu'il ne l'avait pas sauvée. Au contraire, il avait abusé d'elle. L'avait par moments brutalisée. Obligée à divers actes contre nature. Elle ne lui devait rien, c'était Richart qui lui devait quelque chose. Il avait une dette envers elle et elle avait une obsession : qu'il la remboursât. Elle jouissait du crédit qu'elle possédait chez l'écolier ; c'était comme une réserve de sucreries, et donc de bonheur. Un jour, dans six mois ou dix ans, elle se planterait devant Richart et l'accuserait. Elle inventerait que l'enfant est de lui. Si ç'avait été un fils, elle l'aurait appelé comme lui : Richart. Gile n'aurait rien dit. Il ne lui parlait plus. Le dégoût est muet.

On mangeait bien, chez Guillaume de Péronne. Et beaucoup. Édelinne sentait son ventre se réchauffer et, du coup, son bébé aussi. Les parents et voisins du comte, nobliaux moins riches que lui, lançaient au maître de maison diverses flatteries en forme de moqueries agréées d'un ronronnement humide par les ecclésiastiques, la bouche pleine de nourriture ou de doigts. Édelinne était assise à côté de Guillaume. Tenant d'une main une aile de pintade qu'il déchiquetait avec ce qui lui restait de dents (sept, elle avait compté), de l'autre main, il lui massait en même temps la cuisse. Elle ne s'écartait pas. Rue Bordelles, elle avait pris le pli de ne pas s'écarter des gens qui lui massaient la cuisse. Pris même l'habitude de s'en rapprocher. Cette caresse brutale, vulgaire, faite sous les yeux de l'épouse de Guillaume et sœur de Gile, la comtesse de Péronne, lui rappelait Paris, Bénodet et donc Richart. Tout lui rappelait Richart. Il y avait quand même de fortes chances pour qu'elle portât l'enfant de l'écolier, car celui-ci l'avait baisée tous les soirs pendant un mois, et souvent plusieurs fois par soir. Elle attendait sans doute un enfant de l'homme qu'elle aimait, et l'homme qu'elle n'aimait plus, lui non plus ne l'aimait plus. D'un certain point de vue, elle était la plus heureuse des femmes. De quel point de vue ? D'un point de vue *poétique*. Celui de Bénodet. Le jongleur lui manquait également, mais moins. Dans le souvenir, la conversation ne pèse pas aussi lourd que la fornication. Elle se demandait s'il ferait un enfant avec sa nouvelle femme, la blonde à gros nez qui lui avait sauvé la vie, place Maubert, en acceptant de l'épouser.

Guillaume se leva pour, dit-il, aller pisser. Des barons et des prêtres l'accompagnèrent. Les hommes aiment pisser à plusieurs, Édelinne n'avait jamais compris pourquoi. Marie de Péronne se pencha vers elle. La Palestinienne crut qu'elle allait lui demander des comptes, pour sa cuisse. Elle lui expliquerait qu'elle n'avait rien senti. C'était vrai. Mais Marie, dans un murmure amusé : « Parlez-moi de mon frère. » Édelinne ne trouva pas quoi dire. Pouvait-elle avouer à la sœur de Gile que son frère avait été son Dieu et ne l'était plus ? C'était comme si, tandis qu'elle le regardait, le visage et le corps du chevalier se décomposaient. Elle voyait un nez, une oreille, une épaule – mais n'arrivait pas à distinguer le rapport qu'il y avait entre eux. Ils n'étaient plus humains, pour elle. Ni Dieu ni homme, alors quoi ? Un mort. Un objet. Une pensée. Un sou-ve-nir.

Gile quitta la table, bientôt suivi de Margaux. Qu'avait-il dit à la jeune fille pour qu'elle le suivît si vite ? Peut-être rien. C'était sa méthode : le silence. Apprise chez les Templiers. Se taire sur tout, notamment sur d'où vient l'argent et sur où il va. Édelinne se vit non sans surprise se lever et s'entendit avec terreur dire à Marie qu'elle allait, elle aussi, pisser. Elle savait que c'était le meilleur moyen pour que l'autre ne la suivît pas. Les dames préfèrent pisser seules, au contraire des messieurs. Elle se faufila dans les couloirs du château à la suite de Gile et de Margaux. Ils montaient au sommet du donjon. Pourquoi ? Sans doute le chevalier voulait-il regarder la nuit, et c'est d'un donjon qu'on la voit le mieux, surtout si une jeune fille dont vous êtes amoureux se tient à côté de vous. Gile aimait à regarder la nuit. Partout où ils étaient allés, il avait passé beaucoup de temps à le faire. Il disait qu'il n'y avait pas une nuit, mais plusieurs. Aucune nuit n'était semblable à une autre. La nuit de l'assiégé était-elle la même que celle de l'assiégeant ? Celle de Bagdad et celle de Péronne étaient-elles deux nuits identiques ?

Pour monter l'escalier derrière Gile et Margaux, la Palestinienne enleva ses chaussures. C'étaient de fins souliers en daim achetés à Milan au début de l'année écoulée et qu'elle conservait comme des reliques, ne les portant que dans les grandes occasions, au demeurant fort rares. Par exemple : quand Gile et elle fêtaient, dans une auberge de la ville où ils venaient d'arriver, le coup qu'ils avaient réussi dans la ville qu'ils venaient de quitter. Édelinne parvint au sommet du donjon. Elle entendit Gile, sur le chemin de ronde, montrer l'orient à Margaux. Puis le chevalier expliqua à la jeune fille qu'Édelinne n'était pas sa femme, et qu'il n'était pas le père de l'enfant qu'elle attendait. Ce qu'il voulait, c'était la posséder, elle, Margaux. C'était une magnifique félonie au clair de lune, et la Palestinienne en savoura le goût comme si ç'avait été un de ces gâteaux trop sucrés qu'elle avait pris l'habitude de manger durant son enfance à Jérusalem. « Comment expliquerez-vous la chose à votre sœur ? » demanda la jeune fille avant que l'ex-Templier ne lui eût fermé la bouche d'un baiser si sonore qu'Édelinne se dit qu'il avait dû être entendu jusqu'au village et peut-être même au-delà, jusqu'à Amiens ! Ce dont elle était certaine, c'était que Dieu, qui entend tout, n'en avait pas perdu une miette. Gile allait en baver, outremer ! « Allons dans ma chambre », proposa le chevalier. Margaux ne demanda pas pour quoi faire. Elle savait pour quoi faire. Édelinne hésita entre regagner la salle à manger où il y avait encore beaucoup de choses qu'elle n'avait pas goûtées, et se glisser dans la chambre de Gile pour y trouver une cachette avant que le vieux Croisé et le tendron picard ne se missent au lit. Avant la rue Bordelles, elle n'avait jamais vu les ébats d'un couple, mais, dans la maison d'Agnès Pié-de-Fust, elle n'avait regardé que ça, avec le visage de Richart. Bénodet, elle ne l'avait, à sa souvenance, pas une fois dévisagé. Juste écouté sa voix. Sa jolie voix. Elle opta pour la seconde solution : les banquets ne semblaient pas rares, chez Guillaume de Péronne ; en revanche Édelinne ne pensait pas retrouver avant longtemps l'occasion de voir l'homme qu'elle avait aimé le plus au monde faire l'amour avec une jeune fille ravissante et peut-être même vierge, quoique la Palestinienne n'eût pas parié là-dessus une livre parisis.

XXXI

L'avantage que Louis IX soit mort, c'est qu'on va à moins de messes qu'à l'aller. Richart ne comprend pas cette passion qu'avait le défunt Roi pour la messe : chaque jour la même histoire racontée dans le même ordre, avec la même fin. On devrait changer des choses, de temps en temps. Par exemple, Judas ne dénonce pas Jésus au Sanhédrin : que se passe-t-il ? Ou il embrasse cet âne de Pierre, qui est du coup arrêté : que fait Jésus ? Ou encore la foule, sur la proposition du procurateur Ponce Pilate de sauver un condamné de la crucifixion, choisit Jésus. Qui redevient charpentier ? L'idée de Richart, c'est que le Christ croit jusqu'à la dernière minute que son Père va le tirer de là. Parce que ce n'est pas n'importe qui, tout de même, son Père ! Pour ça que le môme ne s'affole pas. Prend les Romains de haut, y compris Pilate. C'est quand il comprend qu'il est un instrument de son père – comme tous les enfants, comme Richart ! – qu'il s'affole et hurle : « Pourquoi m'as-Tu abandonné ? *Eli, Eli, lamasabactani.* – Parce que ça m'arrangeait », a répondu Dieu. Dans sa barbe, pour ça que personne ne L'a entendu. Sauf moi, pense Richart. Mille deux cent soixante-dix ans après. Parce que, depuis qu'il a passé un pacte avec le Diable, l'ex-écolier aujourd'hui Croisé entend tout et attend le moment où, complètement rétabli, il pourra tout faire. Le Bien comme le Mal. À sa guise. Car le Diable ne fait pas que le Mal, il s'ennuierait. Il fait beaucoup de Bien pour s'amuser et, soudain, flanque tout par terre, y compris lui-même, avec énormément de Mal. Pour s'amuser encore plus.

La foule de Paris les acclame, il n'y a pas de quoi. Jérusalem pour toujours perdue, après ce débarquement catastrophique à Tunis. Ils sont entrés dans la ville par la porte Saint-Jacques, en queue de cortège. Gile a jeté un coup d'œil sur Saint-Marcel dont le clocher brillait au loin vers l'est. « Où vas-tu loger ? » demande Richart avant de comprendre que sa question est non seulement superflue, mais grossière. Le pauvre chevalier picard lui a sauvé la vie à Carthage, Richart le logera donc rue du Quincampoist tout le temps que l'autre voudra. Jusqu'à sa mort, si ça chante à Gile de Péronne.

Depuis presque un an, Richart n'a pas revu Paris. Le ciel de Paris. Ce rond à peine bleu qui suit les pointillés de l'enceinte de Philippe Auguste. La ville bruisse du bas latin des clercs et des intellectuels. Tous ces couvents, ces églises : ça n'avait pas marqué Richart, avant de partir à la Croisade, que la ville était aussi religieuse. Gile et lui dépassent la taverne de la Mule, descendent la rue Saint-Jacques, arrivent à Saint-Séverin. Jamais Richart n'a été regardé comme le Saint qu'il est aujourd'hui pour le peuple de Paris, marchant derrière les ossements de Louis IX. À cause de ses cheveux blancs, sans doute les Parisiens le prennent-ils pour un vieux saint, un vieux saint au visage resté jeune par miracle. Alors que je suis un jeune salaud aux cheveux devenus blancs par miracle, se dit Richart avec ce ricanement intérieur qui désormais ne le quitte plus, quand il se parle à lui-même. Il pense beaucoup à Bénodet. Paris, pour Richart, c'est Bénodet. Le jongleur est la mollesse, le désordre, l'obscurité, la douceur, la complexité, le malheur et la gaieté de Paris. L'idée qu'il ne le retrouvera plus dans l'auberge du Boutonnier, rue du Feurre, ou sur le quai de la Bûcherie, l'accable. L'assombrit en outre la perspective de devoir annoncer à ses parents la mort d'Ysabel. Il se console en se disant qu'il saura enfin lequel de leurs deux enfants ils préféraient. À son avis, sa mère sera plus triste que son père, car celui-ci a conservé son héritier alors que celle-là a perdu une amie – une amie que, par surcroît, elle avait faite elle-même.

Notre-Dame leur offre sa blancheur à nulle autre église pareille. La femme la plus grande du monde au cœur de Paris : la première à avoir réussi à faire un enfant sans coucher avec son mari, ce qui est le rêve de beaucoup d'épouses, pense sataniquement Richart. À mesure que la liesse populaire grandit, l'humeur de l'écolier se fait plus sombre. Toujours cette impression qu'il a d'être sur un balancier : quand le monde monte, Richart baisse. Il n'y a qu'un pont, il est petit, on l'appelle le Petit-Pont. Le Petit-Pont de sa jeunesse. Il n'aurait pas dû revenir. Jamais. Trop de mélancolie. La mélancolie est moche. Ongles endeuillés de la mémoire. Sur le parvis de la cathédrale – marbre du Gâtinais : il tient le renseignement de Bénodet à qui Pierre de Montreuil l'avait appris –, dispersion. Première fois de sa vie que Richart arrive à cheval devant le Grand-Châtelet où il alla naguère, à pied, rendre visite à Bénodet emprisonné. Dans sa tenue de chevalier, Gile attire les regards, mais c'est Richart qui les retient, avec la lumineuse blancheur de ses cheveux sur le hâle dur de son visage. Les vendeurs ambulants leur offrent des pâtés, ils les refusent. Ont appris aux côtés de Saint Louis à mépriser la faim. Richart pense que Bénodet, s'il était vivant, se serait jeté sur les pâtés. Il aimait tellement ça. Marcher la bouche pleine, c'était son truc. Y compris vers la gloire ou la mort.

Les voici dans la rue du Quincampoist. Le jongleur apparaît. Richart pense alors qu'il s'est trompé, qu'il n'a pas guéri de la dysenterie ni n'est rentré en France, qu'il continue d'avoir la fièvre et de délirer dans le camp franc, devant Carthage. Machinalement, il regarde ses braies pour vérifier qu'elles ne sont pas marron. Non. L'a pris en même temps une terrible envie de chier. Il faut qu'il descende de cheval, même si l'animal n'est pas vrai. Il demande à Bénodet – ou à ce qui en tient lieu dans son esprit – ce qu'il fait là. L'autre ne répond pas, il l'embrasse en pleurant. Son haleine est réelle : ail et vin rouge. Les maisons de la rue du Quincampoist tournent : Richart va tomber et se chier dessus. « Tu es pâle », dit le jongleur. L'ex-écolier, bientôt *estudiant*, lui demande de l'aider. Le jongleur le soutient jusqu'à la porte. Il ne sent pas la sueur ; Richart en conclut qu'il habite rue du Quincampoist où Mme Perpin l'oblige à se laver. Sa mère est debout, presque échevelée, devant la maison. Il aurait plutôt parié pour son père. Elle est en larmes. Richart comprend que le jongleur a mis ses parents au courant de la mort d'Ysabel, et, du coup, se sent moins lourd, il n'a même plus envie d'aller sur le pot. Ce qu'il a le plus de mal à trouver, ce sont les mots, et son soulagement est immense de ne pas avoir à en chercher. Le jongleur, Richart en est enfin persuadé quand lui-même se serre de toutes ses forces contre le gros corps de sa mère, a donc bel et bien survécu au naufrage de *La Vaillante*. Pas en nageant, alors comment ? En marchant sur l'eau ? Et surtout, pourquoi Ysabel n'y a-t-elle pas survécu, elle ? C'était pourtant une bonne nageuse. « Je m'en suis tiré parce que je n'avais pas terminé *Saint-Sépulcre !* » dit Bénodet. Ne sachant pas nager, il a nagé quand même jusqu'à une autre nef qui a également coulé, alors il a encore nagé jusqu'à un bateau sicilien qui retournait chez lui, en Sicile, d'où le jongleur a regagné la France. « Comment va papa ? – Mal. Tu vas le voir, mais lui ne te verra pas : il a perdu la vue. » D'habitude, c'est outre-mer qu'on devient aveugle : dans le Marais, il n'y a pas assez de lumière pour se brûler les yeux. « C'est arrivé comment ? – Quand ton beau-frère lui a appris la mort d'Ysabel. Il s'est couché et, le lendemain, ne voyait plus rien. Il a dit que ça ne le dérangeait pas, qu'il attendrait ton retour pour t'embrasser une dernière fois et qu'après, il allait mourir. – Alors je ne monterai pas l'embrasser. Je ne veux pas tuer mon père. J'ai déjà tué trop de monde, là-bas. Mais c'était pour la bonne cause, comme aurait dit Bernard de Clairvaux. – Va vite voir ton père. Il t'attend. Il faut que tu le délivres. » Il y a une impatience bizarre dans les yeux de sa mère, comme si c'était surtout elle qui voulait être délivrée de son mari. D'ailleurs il faut qu'il lui présente Gile. Il regarde autour de lui : l'ancien Templier a disparu.

XXXII

Il ne pensait pas revoir son fils vivant et, en effet, ne le voit pas. Mais il l'entend. Et même, pour la première fois de sa vie, l'écoute. Sa voix n'a pas changé, mais sa peau, si. Il l'a senti quand ils se sont embrassés. Avant, elle était douce ; maintenant, elle est dure. S'il ne porte pas de barbe, explique Richart, c'est parce qu'elle serait comme ses cheveux. Nicholas lui demande comment sont ses cheveux. Richart dit : « Toujours aussi blancs. » Ajoute qu'à la Croisade ce n'est pas gênant, car beaucoup de chevaliers blanchissent pendant ou après les combats. Ou en cellule, quand les Infidèles les ont fait prisonniers.

Et Rosalinde qui pleure de joie. Elle oublie vite Ysabel. Nicholas croyait que sa fille ne comptait pas pour lui, en tout cas moins que son fils, mais, dès qu'il a appris sa disparition, le monde est devenu noir comme la mort. Un trou dans lequel il n'a pas encore retrouvé son enfant. Il la cherche pourtant jour et nuit. Surtout la nuit. La nuit, c'est le silence. Qui a une couleur claire. Perpin finira bien par retrouver Ysa. Aujourd'hui ou demain. Pour ça il faudra qu'il meure lui aussi. Avec sa joue rugueuse et ses lèvres sèches, son fils vient de lui donner le signal. La voie de l'Éternité est libre.

De ce soir d'automne où le monde a cessé d'être réel, il se souvient comme si c'était hier. Non : il a oublié hier où il ne s'est rien passé. Comme si c'était aujourd'hui où il se passe quelque chose. Le retour de l'enfant de salaud prodigue. Ils avaient fini de souper, Rosalinde et lui. Il écoutait les bruits de la rue. En automne, ils sont moins forts qu'en été, sauf quand il pleut, mais alors ce ne sont plus les bruits de la rue, c'est le bruit de la pluie. Du reste, ce soir-là, il ne pleuvait pas. On frappe à la porte. Nicholas pense tout de suite que sa fille est de retour. Comprenant que c'était folie, pour une femme enceinte, d'aller guerroyer outre-mer contre des sauvages, elle a laissé son frère et son mari s'embarquer à Aigues-Mortes et a repris la route de Paris. Il dégringole le petit escalier, la tête brûlante. Son cœur explose deux fois par seconde dans sa poitrine. Dieu lui rend sa petite fille, qui est aussi la Sienne : Il aura droit à une guirlande de messes à Saint-Leu-et-Saint-Gilles. Quand Perpin voit le jongleur, il se dit que celui-ci a accompagné Ysabel jusque chez eux, ne voulant pas la laisser partir, dans son état, seule sur la route. Il dévisage Bénodet, effrayant de maigreur et de saleté, mais ne trouve pas Ysabel près de lui. « Où est ta femme ? » Il tutoie cet écrivain par mépris. L'autre le regarde avec une frayeur adoucie par l'épuisement, et Nicholas comprend que le jongleur a tué sa fille. D'une manière ou d'une autre. Si elle n'avait pas épousé cet oiseau décharné de malheur, Ysabel serait encore aujourd'hui dans la maison de la rue du Quincampoist à jouer, à lire, à chanter, à aider sa mère. Bénodet n'est plus une personne, il est la mort de sa fille. Perpin est bien obligé de laisser la mort entrer chez lui. Après tout, il est de leur famille. Le jongleur explique : « Ysabel s'est noyée en essayant de me sauver. Je lui avais dit, à Aigues-Mortes, que je ne savais pas nager. – Comment t'en es-tu sorti ? – Une fois dans l'eau, j'ai su nager. C'est un miracle. – Ou une diablerie ! – Je ne m'aventurerai pas sur ce sujet, monsieur : j'ai déjà failli griller une fois en place publique pour blasphème. » Perpin repousse la porte et sent que ce n'est pas sur la rue qu'elle se referme mais sur lui.

Dans son chagrin, il n'a pas demandé des nouvelles de Richart. Ce que s'empresse de faire Rosalinde, devenue blafarde dans la pénombre de la maison. « Il est tombé à l'eau lui aussi, mais il a été secouru par la nef du Roi », dit Bénodet. L'épouse Perpin remercie le Ciel. Pas rancunière. Nicholas était-il le seul dans cette maison à aimer Ysabel ? Ce qui est sûr, c'est qu'elle était la seule à l'aimer. Le peu d'amour qu'on récolte. Peut-être s'y est-il mal pris. Pourquoi son fils ne l'aime-t-il pas ? Parce que Richart n'aime personne. Rosalinde ? L'a trop battue. Bénodet ? Son mépris. Si Ysabel était la seule à l'aimer, c'est parce qu'elle était la seule qu'il aimait. Il se retire dans sa chambre tandis que sa femme rouvre la cuisine et réveille les domestiques pour le jongleur. Qui dit d'une voix distraite n'avoir pas mangé depuis cinq jours. Ses jongleries et ses chansons, entre la Sicile et Paris, n'ont guère rencontré de succès. Il fera le récit de ses aventures à Rosalinde jusqu'à l'aube où Nicholas les trouvera encore en conversation devant les vestiges d'un dîner qu'on ne qualifiera pas de pantagruélique, Rabelais n'étant pas né.

Pourquoi ce matin est-il si sombre ? Au bureau on donne à lire à Nicholas des documents écrits trop petits. Il s'approche de la fenêtre, mais, avec ce ciel noir, la lumière du jour ne lui est d'aucun secours. Puis les visages de ses collaborateurs s'effacent. Il ne distingue plus ses pieds. Enfin l'obscurité s'installe et il comprend que sa vie est finie, car elle était liée à celle de sa fille. Un commis le ramène rue du Quincampoist. Les domestiques lui demandent ce qu'il a. Ils sentent que quelque chose cloche dans la maison : Rosalinde dort et il y a le jongleur Bénodet couché dans la chambre d'Ysabel. Nicholas leur dit de ne pas s'inquiéter, mais leur demande d'aller quérir un médecin et un prêtre. Il rectifie : pas de médecin, rien qu'un prêtre. Pour ce qu'il a, les médecins sont inutiles, car ils ne ressuscitent pas les mortes.

Les jours passent, on devrait dire les nuits. Le Naute règle ses affaires depuis chez lui. Il connaît si bien les bateaux et les hommes qu'il n'a plus besoin de les voir pour organiser les trajets des uns et les travaux des autres. Ce qui l'affaiblit, c'est l'envie de mourir. C'est presque du désir. Du désir pour une femme. La mort lui semble ronde et chaude, la vie maigre et froide. Il est sûr que la mort lui rendra et la vue et sa fille, ainsi pourra-t-il la voir.

Les nouvelles de la Croisade du Roi Louis ne sont pas bonnes. Les amis de Nicholas avaient raison. Les bourgeois ont toujours raison. Ils ont les pieds sur terre, contrairement aux nobles hystériques, aux prêtres déments, aux soldats bêtes et aux paysans tarés. Chaque jour, Rosalinde guette les crieurs dans leur rue ou devant le Grand-Châtelet. Elle croit encore ces perroquets. Ils ne crient que ce que le maître crieur leur demande de crier, et celui-ci prend ses ordres du palais. Rosalinde dit que Bénodet engraisse, devient rose et gras comme un moine marié en secret. Chaque soir, Nicholas l'entend qui fait un tour pour le plus grand amusement de Rosalinde. Ou bien il leur raconte une épopée, narre des fabliaux. Ce que l'épouse Perpin préfère ce sont les romans courtois. Le jongleur en connaît quelques-uns qu'il débite aimablement à la demande. Le soir, en se mettant au lit, Rosalinde dit que c'est bien d'avoir un poète à domicile, surtout quand un membre de la famille a perdu la vue. Ça fait de la distraction, dit-elle. Puis elle prend le sexe de Nicholas dans sa bouche et fait jouir son mari avec la langue. Elle dit que quand il a éjaculé, il ronfle moins, puis elle rigole, se tourne de son côté et s'endort. Ça l'amuse tant que ça, d'avoir un mari aveugle ? C'est vrai que maintenant, plus moyen de la battre. Sauf avec la complicité d'un tiers, et Nicholas ne se voit pas demander ça à Bénodet, c'est le cas de le dire.

Les pas de son fils résonnent dans l'obscurité. Richart est de retour, ça signifie que Nicholas peut partir. L'écolier dit que les chevaliers revenus aveugles d'outre-mer n'en continuent pas moins de vivre. Nicholas dit que ce n'est pas parce qu'il ne voit plus rien, mais parce qu'il ne voit plus sa fille qu'il veut mourir. Recouvrer la vue ne l'aidera pas à la revoir, c'est perdre la vie qui le lui permettra. Il ne sait pas quelle tête fait Richart, mais ce dernier ne dit plus rien. Nicholas entend sa femme frémir. D'impatience ? Il a l'impression qu'elle s'est habituée à l'idée de sa disparition. Parce qu'elle espère que Bénodet la consolera ? Il semble qu'il ait déjà commencé. Plusieurs jours déjà que leurs voix se croisent bizarrement au-dessus de son lit. Elles sont plus froides qu'avant, ça doit vouloir dire que leurs yeux sont plus chauds. Sa Rosalinde, faire cocu son mari au moment où il devient aveugle ? Elle si pieuse, qui hésita au moins plusieurs semaines, en 51, entre le couvent et Nicholas. Au-delà d'un certain âge, les femmes n'ont plus de morale, que des besoins. Les hommes, c'est le contraire : plus de besoins, que de la morale.

XXXIII

Ysabel se noya dans le fleuve Jourdain le 14 août 1101 sous les yeux de sa fille et de sa servante, lors d'une partie de campagne à laquelle ne participait pas Luc d'Avèze, parti sur ordre de Baudouin faire des contre-rezzous dans les environs de Jérusalem. Une patrouille de Templiers, à la tête de laquelle chevauchait un Auvergnat cousin du comte, ramena le corps de la jeune femme à Jérusalem tandis qu'Ana et Fatima avaient chacune été prises en croupe par un chevalier du Temple. Des années plus tard, quand ils seraient rentrés en Auvergne, Anne d'Avèze dirait à son père que cette journée, la pire de son existence, était son premier souvenir d'enfance, ce qui expliquait selon elle sa neurasthénie, son peu d'enthousiasme à vivre.

La mort d'Ysabel s'est déroulée parmi tant d'événements de toute première importance pour le Royaume de Jérusalem qu'elle a laissé, dans la mémoire du comte d'Avèze, une trace moins forte que ce que notre lecteur, connaissant la passion qui unissait ces deux êtres, pourrait croire. La plupart des hommes perdent leur épouse quand elle est jeune parce qu'elle décède lors du premier ou du second accouchement. Ysabel avait réussi à survivre à son bébé, mais le Jourdain ne la rata pas. Pourtant, c'était une bonne nageuse. Elle s'était beaucoup baignée, petite, dans le lac de Tibériade, et aussi dans le Jourdain, du reste fleuve sans danger car calme et peu profond. Il y avait pire en Auvergne : rien que l'Allier !

Luc d'Avèze fit dire en l'église du Saint-Sépulcre une messe pour le salut de l'âme de sa compagne. Baudouin de Boulogne s'y montra. Comme son frère Godefroi, il dominait l'assemblée d'une tête, mais c'était une tête brune au lieu d'une blonde. Il se préparait à conquérir Ramla après la prise d'Arsûf. Il n'était pas du genre à s'endormir sur ses lauriers. Déjà, pour récupérer sa couronne, l'an passé, il avait dû faire fuir l'armée damasquienne à la passe du Nahr-el-Keib. Ça l'avait tout de suite mis dans le bain palestinien et il n'avait désormais qu'une envie : en découdre avec les Infidèles avant qu'ils ne le décousent, lui.

Après la messe, Luc marcha dans Jérusalem. Les ruelles étaient désertes à cause de la chaleur qu'Avèze ne sentait pas. Il compta qu'il avait eu deux années et un mois de bonheur et en remercia le Ciel, ce qu'il avait déjà fait à l'église. Le sexe apporte le bonheur, mais la paternité donne du plaisir : c'est moins bien. Il s'agissait maintenant, pour le comte, d'élever Ana afin d'en faire une aristocrate franque ; il songeait même à changer son prénom en « Anne ». Elle épouserait un baron ou – qui sait ? – un Roi de Jérusalem. Ou bien il la ramènerait en Auvergne. Il expliquerait la situation à son épouse. Tous les chevaliers ont des bâtards, sauf les impuissants et les sodomites. Il donnerait Ana – Anne ! – en mariage à un noble du voisinage, et l'arbre généalogique des Avèze suivrait son cours chaotique.

L'avantage, avec le décès d'Ysabel, c'est qu'elle irait moins souvent au marché. Plus du tout, en fait. Il la revit, avec son petit panier, se diriger vers la mosquée d'Omar dont le dôme étincelait au soleil. Alors tout le chagrin qu'il avait retenu en lui déborda. Il s'assit sur le pas d'une porte pour pleurer. Il y resta une heure. À la fin, les habitants de la maison en sortirent et lui demandèrent ce qu'il avait. Ce n'était pas prudent, ajoutèrent-ils, de rester toute une heure au soleil. Ils étaient vieux, mais pas beaucoup plus que lui. Ils parlaient avec l'accent arménien. Ils devaient venir d'Édesse, comme Baudouin. L'avaient-ils fui ou rejoint ? Baudouin avait fait rester Avèze bien plus longtemps au soleil, sans lui demander une seule fois s'il avait chaud. Lui-même ne portait-il pas le manteau qui, été comme hiver, ne le quittait jamais ?

Avèze se leva et poursuivit sa promenade dans Jérusalem. Ça donne envie à Bénodet de se lever et de se promener dans Paris. Le jongleur n'aura donc pas vu le tombeau du Christ, mais Richart non plus. Ni personne de la dernière expédition catastrophique de Louis IX. Bénodet regarde Rosalinde endormie à côté de lui dans le lit naguère conjugal. Il se sera donc fait les deux femmes de la famille Perpin : la mère et la fille. Il préfère la mère. D'abord elle a son âge, c'est plus agréable. Avec une fille jeune, même par exemple Grassou, il y a toujours un saut dans le temps et le jongleur ne veut plus sauter. Il a envie de s'allonger. Sur Rosalinde il se couche, alors qu'il plongeait dans Ysabel. Et, sur la Palestinienne, s'écroulait. S'est écroulé : une fois. Il a avec la mère de Richart une relation chaude et horizontale, sans cette froideur de la jeunesse, toujours un peu debout. Les choses entre eux ont commencé en douceur du vivant de Nicholas Perpin. D'abord Bénodet a vu Rosalinde comme une mère et surtout, une belle-mère, puis il a réfléchi et s'est dit qu'Ysabel étant morte, Mme Perpin n'était plus sa belle-mère et que, par surcroît, elle n'était plus qu'à moitié mère, puisqu'elle avait perdu un enfant sur deux. Il n'y a pas de mot pour désigner une mère qui a perdu son enfant, alors qu'il y en a un pour une femme dont le mari est mort : veuve. C'est parce qu'un enfant a moins d'importance qu'un mari. On peut en refaire un. Une veuve a le droit de se remarier, mais est incapable de fabriquer son nouvel époux, ce que bon nombre d'entre elles regrettent. Elles le feraient à leur goût, ce qui éviterait les disputes, les déceptions, aussi fréquentes dans un second mariage que dans un premier.

Dès les premiers jours il l'avait accompagnée à la messe et au marché. Il n'avait rien d'autre à faire, n'osant pas, en présence de Nicholas Perpin, se remettre à *Saint-Sépulcre !* Puis, quand il fut évident que le Naute avait perdu la vue, Bénodet s'était senti d'autant plus à l'aise pour écrire que le bourgeois ne sortait plus de sa chambre. Le jongleur avait compris que Rosalinde aimait surtout qu'il lui parlât de son fils. Il lui en fit un portrait complet, façon de s'assurer le gîte et le couvert pour un bon moment. Depuis qu'il était rentré d'Italie, il n'avait pas remis les pieds rue du Mur, domicile lié dans son esprit à la mort de sa femme Geneviève et à la trahison de son fils Jude. Le seul bon souvenir qu'il gardait de ce misérable logis était l'après-midi d'amour qu'il y avait passé avec Grassou. Il ne se doutait pas encore que, grâce à ses récits épiques sur Richart, il profiterait bientôt aussi du corps de son hôtesse. Ça se passa un soir qu'il s'était attardé à raconter par le menu leur embarquement à Aigues-Mortes, au printemps dernier. Il avait insisté sur la grâce et la souplesse avec lesquelles le fils Perpin était monté à bord de *La Vaillante*. Rosalinde dit qu'elle avait oublié de demander à la servante de changer les draps de Bénodet et qu'elle allait le faire elle-même. Il dit que ça n'avait aucune importance, puis comprit que ça en avait une, mais pas celle qu'il croyait. Il suivit la matrone dans l'ancienne chambre d'Ysabel et glissa aussitôt dans le corps de Rosalinde comme on dérape sur un terrain verglacé. Se rattrapa à ses seins superbes. Ysabel avait les mêmes, c'était la seule chose qu'elle avait de bien, hors de son génie de la charité. Ils firent l'amour avant de changer les draps, ce qui, dit après coup Rosalinde en femme pratique, valait mieux que l'inverse.

Dans la cuisine, Bénodet retrouve Richart qui dîne d'un demi-poulet et d'un pot de vin avant de se rendre place de Grève, dans les bureaux de son père dont, après la mort de celui-ci, il a pris la succession. Le jongleur s'assoit en face de l'ancien écolier, aujourd'hui Naute. Il refuse d'un geste le poulet que le domestique veut lui servir, demande des fruits. « J'ai trop grossi », dit-il. Richart le regarde, sans expression. Bénodet lui demande s'il s'habitue à ses nouvelles fonctions. Richart répond que celles-ci sont moins fastidieuses que ne l'étaient les cours au collège des Bons-Enfants. Et puis quelle joie de ne pas devoir lire les mille dix-sept livres de Robert de Sorbon ! Il s'est aussi rendu compte, ajoute-t-il, que gagner de l'argent est plus amusant que d'en dépenser. Sans doute pour ça, conclut-il en se levant, que les riches deviennent avares et ne peuvent pas, après leur mort, accéder au Royaume des Cieux. Pense-t-il encore à la Pouliche ? demande le jongleur. Ricanement du jeune Naute : des putains, il en a désormais plein d'autres. Plein les ports ! Il épousera en automne la fille Ménard, aperçue au chapitre XIV en l'église Saint-Leu-et-Saint-Gilles. Sur ces bonnes paroles qui sont mauvaises, Richart sort. Bénodet se récite en guise de prière du matin la phrase de Bernard de Clairvaux, son auteur préféré avec Rutebeuf, et qu'il avait naguère fait découvrir à Richart : « Ceux-ci, dotés d'abondantes richesses, fiers de parents titrés, orgueilleux de l'excellence de leurs relations, ayant la science des lettres et du droit, sont pourtant lépreux par la variété de leurs crimes. »

XXXIV

C'était le moment des adieux. Qui revient si souvent dans la vie d'un chevalier. Il passe son temps à aller à Dieu. Et à en revenir, si Dieu le veut.

Dans la chambre d'Édelinne où il avait cru bon de se rendre en premier, par une sorte de tendre respect pour les aventures bizarres qu'ils avaient vécues ensemble depuis un an et demi, Gile fut accueilli par une phrase qui, curieusement, ne lui fit aucun mal : « Je t'ai vu, hier soir. » Il dit aussitôt : « Moi aussi, je t'ai vue. » Elle sourit. « Toi, tu m'as vue en train de dîner, mais moi, je t'ai vu en train de faire l'amour avec Margaux. – Et ça t'a plu ? – Beaucoup. C'était joli. Il y a quand même quelque chose qui me gêne : je n'ai pas tout compris chez les Péronne – rien de plus compliqué qu'une famille qui n'est pas la sienne – mais il me semble bien que Margaux est ta nièce. – Et peut-être même ma sœur. – Ta sœur ? – Parce que mon père couchait avec Marie, qui est la mère de Margaux. – Mais les dates... – Oh, tu sais, les dates. En Picardie, personne ne compte les jours. Il y en a trop. Remarque, ce n'est pas sûr non plus, que Marie était de mon père. Tu as vu ses yeux orange ? Papa n'avait pas des yeux comme ça. Il avait les yeux bleus. Comme moi. Et comme mon frère Évrard, qui est mort. À propos, je suis venu te faire mes adieux. On s'embrasse ? – Oui, bien sûr. » En touchant de ses lèvres la joue d'Édelinne, Gile pensa qu'il était content de partir à la Croisade du Roi Louis. Il laissait tous ses soucis derrière lui. Ça devait être le cas de bien des chevaliers dont beaucoup, comme Gile, avaient des familles à problèmes. À problèmes consanguins.

Ce baiser serait-il le dernier ? Les chevaliers et leurs derniers baisers. Ils allaient bien avec leurs adieux. Ceux qui promettaient de ne pas revenir de Terre sainte en revenaient, ceux qui promettaient d'en revenir ne revenaient pas. Les chevaliers n'étaient que des chevaliers : pros de la bagarre, pas de la prédiction. Ni de la réflexion. Dans la vie ils n'avaient jamais rien fait d'autre que taper et prier, ce n'est pas ça qui meuble l'esprit. « Tu penses rester à Péronne ? – Je ne sais pas, Gile. Quand mon enfant sera né, j'essaierai de retrouver son père. Ou de ne pas le retrouver. D'abord, il faudrait que je sache qui c'est. – Pour tout le monde, ici, ce sera moi. – Mais pour tout le monde ailleurs, ce sera qui ? – Personne. – Pour moi, ce sera Richart. – Tu n'as aucune preuve. – C'est pour ça que je n'irai pas le voir avec mon enfant sous le bras : il sait trop dans quelles conditions il fut conçu. » Mais Édelinne – dite aussi Grassou, la Pouliche, la Porrie, la Grive – expirerait quelques semaines plus tard en mettant au monde un bébé mort-né, ce qui arrivait alors à une femme sur deux, voire, dans les milieux défavorisés, à deux sur trois.

Gile se rendit ensuite dans l'appartement de sa sœur. Il ne reconnaissait plus Marie, et peut-être que Marie ne le reconnaissait pas non plus. On trouve que les gens ont vieilli, mais comment nous trouvent-ils, eux ? « Je compte sur toi pour t'occuper de ma femme et de mon enfant. Je ne pense pas que je rentrerai de Palestine. – Tu m'as déjà dit ça la dernière fois. – J'étais jeune. – Justement : ce sont les jeunes qui meurent aux Croisades, parce qu'ils se mettent en avant. Les vieux restent à l'arrière, c'est comme ça qu'on dure. – Es-tu heureuse ? – Oui : j'ai un mari et un château. Ils sont vieux tous les deux : alors ils dureront. » Ils s'embrassèrent eux aussi mais il y eut dans leur baiser une tendresse plus grande que celle qu'il y avait eu entre Édelinne et Gile. On peut cesser d'aimer sa sœur, on ne peut pas cesser d'être son frère.

Il n'y a pas eu d'adieu à Margaux : Gile ne la trouva ni dans le donjon, ni dans la cour, ni dans les dépendances. Elle était allée se promener dans la campagne picarde. Ça lui arrivait souvent, dit sa mère en souriant de ses yeux orange comme ceux de sa fille. Gile enfourcha son cheval. L'oncle Guillaume était le seul à pleurer.

Après son retour à Paris, un an plus tard, Gile n'aura même pas l'idée de revenir au château. Ayant faussé compagnie à Richart dans la rue du Quincampoist, il retournera en Palestine. Il s'embarquera à Marseille avec d'autres pèlerins. La Terre sainte était sa terre. Surtout son air, celui de Jérusalem.

Le siège d'Acre dure depuis le 5 avril 1291. Gile est maintenant un vieux chevalier. Depuis vingt ans il n'a pas pris de poids. Il en aurait plutôt perdu. Le Royaume de Jérusalem est réduit à Acre, Tyr, Sidon et Tortose. Ça fait longtemps que ce n'est plus un royaume et que Jérusalem n'en fait plus partie. Mais il y a cette même douceur de l'air que dans les années 40, la seule que Gile ait jamais reçue de la vie.

Une croisade populaire est arrivée d'Italie au début du printemps. Lâchés dans la nature, les pèlerins enragés se sont déchaînés contre les Musulmans de la région, donnant au sultan el-Achraf Khalil un prétexte pour mettre le siège devant Acre avec cent soixante mille fantassins et soixante mille cavaliers, à quoi les Chrétiens ne peuvent opposer que quatorze mille combattants à pied et huit cents chevaliers ou sergents à cheval. Le Temple et les Anglais ont tenté deux sorties au cours du mois d'avril, et les deux ont échoué. Gile n'y participa pas. Il n'est plus assez rapide à cheval et encore moins à pied. Ce moment dans la vie d'un guerrier où on ne peut plus se battre, seulement mourir. Gile se demande quelle tête aura son bourreau, lui, le bourreau de tant de têtes.

L'assaut final du sultan el-Achraf commence à l'aube du vendredi 18, par une grande batterie de cymbales. Les Mamelouks occupent la Tour maudite. Certains d'entre eux se dirigent vers la porte Saint-Antoine où ils affrontent les Templiers et les Hospitaliers. Il y a eu tant de querelles, au cours de toutes ces années, entre les deux ordres que beaucoup de chevaliers, malgré l'extrême péril où ils se trouvent, vivent ce moment comme une grâce. La porte Saint-Antoine est bientôt perdue et les combattants chrétiens se réfugient dans la maison-forteresse du Temple, tandis que les habitants d'Acre tentent d'embarquer pour Chypre sur des nefs vénitiennes. Gile regarde et les uns et les autres. Tous semblent l'avoir oublié. Il n'est qu'un vieil homme faisant des moulinets avec son épée. Il a envie de rire, mais se retient, car c'est un grand jour : celui de sa mort.

Pourquoi a-t-il, vingt ans plus tôt, tourné casaque devant cette réunion de ce qui restait de la famille

Perpin ? La peur de la reconnaissance d'autrui. On allait le gaver de regards tendres et de pâtés bourratifs. Il était d'accord pour faire le Bien, ne voyant pas quoi faire d'autre, sauf le Mal sous le coup de la colère, mais il refusait d'en supporter les conséquences, dont la moindre n'était pas de passer pour un type bien. Il n'est pas un type bien. Il est un salaud, comme tous les hommes, y compris les chevaliers. Surtout eux. Il les a vus à l'œuvre, en Terre sainte, notamment les Templiers. Pour un pèlerin protégé, combien de Bédouins égorgés ? Sans parler des filles arabes violées. Et les garçonnets ! Philippe IV, dit le Bel, a eu bien raison de faire rendre gorge à ces banquiers dévoyés, rois pervers de l'usure et de la coercition, champions de la taxe et de l'impôt. Internationale du commerce malhonnête et de l'argent sale sous couvert de charité chrétienne. La première explosion d'hypocrisie financière. Pas étonnant que, dans les siècles suivants, ils soient devenus les idoles de tant d'affairistes cultivés, d'historiens libéraux et de bonnes âmes médiatiques. À ceux qui la font la charité spectaculaire rapporte tellement plus qu'elle ne leur coûte, puisqu'elle ne leur coûte rien. C'est la raison pour laquelle Dieu la punit de mort violente.

Gile ne verrait plus Richart. Il l'avait assez vu. En plus, il détestait les malades. Ils puent comme des animaux et sont capricieux comme des enfants. Du fait qu'il n'aimait plus Édelinne depuis son dernier voyage à Péronne, il pensait qu'il n'en voulait pas à l'écolier de l'avoir baisée toutes les nuits pendant qu'elle était rue Bordelles, mais peut-être lui en gardait-il rétrospectivement quelque rancune, une rancune qui l'avait empêché de jouir avec Richart de son retour parmi les siens.

Roulent pour Gile les tambours de la mort. Il n'entend plus qu'eux. Ce sera une bousculade de plus. Un coup fort dans le dos, les couilles ou sur le nez, suivi d'une grande cuillerée de poussière en pleine bouche. Au contraire de celles de Paris, les rues d'Acre ne sont pas pavées. Les femmes chrétiennes courent vers les nefs, leurs enfants courent derrière elles. Il n'y aura pas assez de place sur les bateaux. Futures violées, futurs esclaves. Pourquoi était-on venu en Palestine, déjà ? Ah oui : délivrer le tombeau du Christ. L'autre s'en foutait pas mal : il n'était pas enterré dedans. Tous ces morts pour une boîte vide. Le Patriarche de Jérusalem – Nicolas de Hanapes – fait monter trop de monde sur son vaisseau : celui-ci coule et tout le monde se noie, y compris le Patriarche. Charité crétine. Les Mamelouks, entrés dans la ville, se déchaînent sur la population. Gile s'interpose. Il joue du mépris qu'il inspire aux Infidèles : tandis qu'ils toisent ce ridicule vieillard, il leur tranche la gorge. Suite de jolis cous. Bientôt le chevalier de Péronne, s'étonnant à chaque seconde qui passe de ne pas être encore tué, réussit à se réfugier avec les derniers combattants dans le couvent-forteresse des Templiers. Son vieil ordre dont tous ceux qui l'ont chassé en 1267 sont morts. Ou presque. Il en reconnaît certains, qui le reconnaissent aussi. Ce siège ultime va durer dix jours pendant lesquels tous ces pécheurs vont racheter leurs fautes terrestres avant que notre Père ne les ramène à Lui, où on est si bien.

DU MÊME AUTEUR

AUX ÉDITIONS FAYARD

Un état d'esprit

Didier dénonce

La Cause du people

Défiscalisées

Romans *
(Dara, La Paresseuse, La Statue du commandeur,
Julius et Isaac, Lui)

Romans **
(L'École des absents, La Maison du jeune homme seul,
Lettre à un ami perdu, Les Braban,
Accessible à une certaine mélancolie)

Saint-Sépulcre !

La Vie quotidienne de Patrick Besson sous le règne
de François Mitterand

Nostalgie de la princesse

AUX ÉDITIONS MILLE ET UNE NUITS

Le Sexe fiable

Solderie

Encore que

La Femme riche

Zodiaque amoureux

L'Orgie échevelée

Marilyn Monroe n'est pas morte

La Titanic

AUX ÉDITIONS GRASSET

La Science du baiser

Les Frères de la consolation

Le Deuxième Couteau

AUX ÉDITIONS CALMANN-LÉVY

Haldred

Vous n'auriez pas vu ma chaîne en or ?

AUX ÉDITIONS DU ROCHER

Je sais des histoires

Les Années Isabelle

Le Dîner de filles

Souvenir d'une galaxie dite nationale-bolchevique
suivi de Gauche, droite ?

Pas trop près de l'écran, (avec Eric Neuhoff)

Folks ou o'Kosmos

La Boum, (avec Danièle Thompson)

Vacances en Botnie

Et la nuit seule entendit leurs paroles

Ah ! Berlin

Les Voyageurs du Trocadéro

J'aggrave mon cas

AUX ÉDITIONS L'AGE D'HOMME

Sonnet pour Florence Rey et autres textes

Sniper allée

Belgrade 99, *suivi de*
Contre les Calomniateurs de la Serbie

AUX ÉDITIONS BARTILLAT

28, boulevard Aristide Briand

Tour Jade

AUX ÉDITIONS CAVANTINES

Ma rentrée littéraire

RÉALISATION : GRAPHIC HAINAUT À CONDÉ-SUR-L'ESCAUT
IMPRESSION : BRODARD ET TAUPIN À LA FLÈCHE
DÉPÔT LÉGAL : OCTOBRE 2006. N° 86244 (37449)
Imprimé en France

Les Grands Romans

P260. Le Guépard, *Giuseppe Tomasi di Lampedusa*
P1128. Les Adieux à la Reine, *Chantal Thomas*
P1334. L'Amandière, *Simonetta Agnello Hornby*
P1458. Sisyphe, roi de Corinthe, *François Rachline*
P1459. Le Voyage d'Anna, *Henri Gougaud*
P1460. Le Hussard, *Arturo Pérez-Reverte*
P1461. Les Amants de pierre, *Jane Urquhart*
P1462. Corcovado, *Jean-Paul Delfino*
P1500. La Tante marquise, *Simonetta Agnello Hornby*
P1501. Anita, *Alicia Dujovne Ortiz*

Collection Points

DERNIERS TITRES PARUS

P1222. Vieille Menteuse, *Anne Fine*
P1223. Danse, danse, danse, *Haruki Murakami*
P1224. Le Vagabond de Holmby Park, *Herbert Lieberman*
P1225. Des amis haut placés, *Donna Leon*
P1226. Tableaux d'une ex., *Jean-Luc Benoziglio*
P1227. La Compagnie, le grand roman de la CIA, *Robert Little*
P1228. Chair et Sang, *Jonathan Kellerman*
P1230. Darling Lilly, *Michael Connelly*
P1231. Les Tortues de Zanzibar, *Giles Foden*
P1232. Il a fait l'idiot à la chapelle !, *Daniel Auteuil*
P1233. Lewis & Alice, *Didier Decoin*
P1234. Dialogue avec mon jardinier, *Henri Cueco*
P1235. L'Émeute, *Shashi Tharoor*
P1236. Le Palais des Miroirs, *Amitav Ghosh*
P1237. La Mémoire du corps, *Shauna Singh Baldwin*
P1238. Middlesex, *Jeffrey Eugenides*
P1239. Je suis mort hier, *Alexandra Marinina*
P1240. Cendrillon, mon amour, *Lawrence Block*
P1241. L'Inconnue de Baltimore, *Laura Lippman*
P1242. Berlinale Blitz, *Stéphanie Benson*
P1243. Abattoir 5, *Kurt Vonnegut*
P1244. Catalogue des idées reçues sur la langue, *Marina Yaguello*
P1245. Tout se paye, *Georges P. Pelecanos*
P1246. Autoportrait à l'ouvre-boîte, *Philippe Ségur*
P1247. Tout s'avale, *Hubert Michel*
P1248. Quand on aime son bourreau, *Jim Lewis*
P1249. Tempête de glace, *Rick Moody*
P1250. Dernières Nouvelles du bourbier, *Alexandre Ikonnikov*
P1251. Le Rameau brisé, *Jonathan Kellerman*
P1252. Passage à l'ennemie, *Lydie Salvayre*
P1253. Une saison de machettes, *Jean Hatzfeld*
P1254. Le Goût de l'avenir, *Jean-Claude Guillebaud*
P1255. L'Étoile d'Alger, *Aziz Chouaki*
P1256. Cartel en tête, *John McLaren*
P1257. Sans penser à mal, *Barbara Seranella*
P1258. Tsili, *Aharon Appelfeld*
P1259. Le Temps des prodiges, *Aharon Appelfeld*
P1260. Ruines-de-Rome, *Pierre Sengès*
P1261. La Beauté des loutres, *Hubert Mingarelli*
P1262. La Fin de tout, *Jay McInerney*
P1263. Jeanne et les siens, *Michel Winock*

P1264. Les Chats mots, *Anny Duperey*
P1265. Quand j'avais cinq ans, je m'ai tué, *Howard Buten*
P1266. Vers l'âge d'homme, *J.M. Coetzee*
P1267. L'Invention de Paris, *Eric Hazan*
P1268. Chroniques de l'oiseau à ressort, *Haruki Murakami*
P1269. En crabe, *Günter Grass*
P1270. Mon père, ce harki, *Dalila Kerchouche*
P1271. Lumière morte, *Michael Connelly*
P1272. Détonations rapprochées, *C.J. Box*
P1273. Lorsque la nature parlait aux Égyptiens *Christiane Desroches Noblecourt*
P1274. Le Tribunal des Flagrants Délires 1 *Pierre Desproges*
P1275. Le Tribunal des Flagrants Délires 2 *Pierre Desproges*
P1276. Un amant naïf et sentimental, *John le Carré*
P1277. Fragiles, *Philippe Delerm et Martine Delerm*
P1278. La Chambre blanche, *Christine Jordis*
P1279. Adieu la vie, adieu l'amour, *Juan Marsé*
P1280. N'entre pas si vite dans cette nuit noire *António Lobo Antunes*
P1281. L'Évangile selon saint Loubard, *Guy Gilbert*
P1282. La femme qui attendait, *Andreï Makine*
P1283. Les Candidats, *Yun Sun Limet*
P1284. Petit Traité de désinvolture, *Denis Grozdanovitch*
P1285. Personne, *Linda Lê*
P1286. Sur la photo, *Marie-Hélène Lafon*
P1287. Le Mal du pays, *Patrick Roegiers*
P1288. Politique, *Adam Thirlwell*
P1289. Érec et Énide, *Manuel Vázquez Montalbán*
P1290. La Dormeuse de Naples, *Adrien Goetz*
P1291. Le croque-mort a la vie dure, *Tim Cockey*
P1292. Pretty Boy, *Lauren Henderson*
P1293. La Vie sexuelle en France, *Janine Mossuz-Lavau*
P1294. Souvenirs obscurs d'un Juif polonais né en France *Pierre Goldman*
P1295. Dans l'alcool, *Thierry Vimal*
P1296. Le Monument, *Claude Duneton*
P1297. Mon nerf, *Rachid Djaidani*
P1298. Plutôt mourir, *Marcello Fois*
P1299. Les pingouins n'ont jamais froid, *Andreï Kourkov*
P1300. La Mitrailleuse d'argile, *Viktor Pelevine*
P1301. Un été à Baden-Baden, *Leonid Tsypkin*
P1302. Hasard des maux, *Kate Jennings*
P1303. Le Temps des erreurs, *Mohammed Choukri*
P1304. Boumkœur, *Rachid Djaïdani*

P1305. Vodka-Cola, *Irina Denejkina*
P1306. La Lionne blanche, *Henning Mankell*
P1307. Le Styliste, *Alexandra Marinina*
P1308. Pas d'erreur sur la personne, *Ed Dee*
P1309. Le Casseur, *Walter Mosley*
P1310. Le Dernier Ami, *Tahar Ben Jelloun*
P1311. La Joie d'Aurélie, *Patrick Grainville*
P1312. L'Aîné des orphelins, *Tierno Monénembo*
P1313. Le Marteau pique-cœur, *Azouz Begag*
P1314. Les Âmes perdues, *Michael Collins*
P1315. Écrits fantômes, *David Mitchell*
P1316. Le Nageur, *Zsuzsa Bánk*
P1317. Quelqu'un avec qui courir, *David Grossman*
P1318. L'Attrapeur d'ombres, *Patrick Bard*
P1319. Venin, *Saneh Sangsuk*
P1320. Le Gone du Chaâba, *Azouz Begag*
P1321. Béni ou le paradis privé, *Azouz Begag*
P1322. Mésaventures du Paradis
Erik Orsenna et Bernard Matussière
P1323. L'Âme au poing, *Patrick Rotman*
P1324. Comedia Infantil, *Henning Mankell*
P1325. Niagara, *Jane Urquhart*
P1326. Une amitié absolue, *John le Carré*
P1327. Le Fils du vent, *Henning Mankell*
P1328. Le Témoin du mensonge, *Mylène Dressler*
P1329. Pelle le Conquérant 1, *Martin Andersen Nexø*
P1330. Pelle le Conquérant 2, *Martin Andersen Nexø*
P1331. Mortes-Eaux, *Donna Leon*
P1332. Déviances mortelles, *Chris Mooney*
P1333. Les Naufragés du Batavia, *Simon Leys*
P1334. L'Amandière, *Simonetta Agnello Hornby*
P1335. C'est en hiver que les jours rallongent, *Joseph Bialot*
P1336. Cours sur la rive sauvage, *Mohammed Dib*
P1337. Hommes sans mère, *Hubert Mingarelli*
P1338. Reproduction non autorisée, *Marc Vilrouge*
P1339. S. O. S., *Joseph Connolly*
P1340. Sous la peau, *Michel Faber*
P1341. Dorian, *Will Self*
P1342. Le Cadeau, *David Flusfeder*
P1343. Le Dernier Voyage d'Horatio II, *Eduardo Mendoza*
P1344. Mon vieux, *Thierry Jonquet*
P1345. Lendemains de terreur, *Lawrence Block*
P1346. Déni de justice, *Andrew Klavan*
P1347. Brûlé, *Leonard Chang*
P1348. Montesquieu, *Jean Lacouture*
P1349. Stendhal, *Jean Lacouture*

P1350. Le Collectionneur de collections, *Henri Cueco*
P1351. Camping, *Abdelkader Djemaï*
P1352. Janice Winter, *Rose-Marie Pagnard*
P1353. La Jalousie des fleurs, *Ysabelle Lacamp*
P1354. Ma vie, son œuvre, *Jacques-Pierre Amette*
P1355. Lila, Lila, *Martin Suter*
P1356. Un amour de jeunesse, *Ann Packer*
P1357. Mirages du Sud, *Nedim Gürsel*
P1358. Marguerite et les Enragés
Jean-Claude Lattès et Éric Deschodt
P1359. Los Angeles River, *Michael Connelly*
P1360. Refus de mémoire, *Sarah Paretsky*
P1361. Petite Musique de meurtre, *Laura Lippman*
P1362. Le Cœur sous le rouleau compresseur, *Howard Buten*
P1363. L'Anniversaire, *Mouloud Feraoun*
P1364. Passer l'hiver, *Olivier Adam*
P1365. L'Infamille, *Christophe Honoré*
P1366. La Douceur, *Christophe Honoré*
P1367. Des gens du monde, *Catherine Lépront*
P1368. Vent en rafales, *Taslima Nasreen*
P1369. Terres de crépuscule, *J. M. Coetzee*
P1370. Lizka et ses hommes, *Alexandre Ikonnikov*
P1371. Le Châle, *Cynthia Ozick*
P1372. L'Affaire du Dahlia noir, *Steve Hodel*
P1373. Premières Armes, *Faye Kellerman*
P1374. Onze Jours, *Donald Harstad*
P1375. Le croque-mort préfère la bière, *Tim Cockey*
P1376. Le Messie de Stockholm, *Cynthia Ozick*
P1377. Quand on refuse on dit non, *Ahmadou Kourouma*
P1378. Une vie française, *Jean-Paul Dubois*
P1379. Une année sous silence, *Jean-Paul Dubois*
P1380. La Dernière Leçon, *Noëlle Châtelet*
P1381. Folle, *Nelly Arcan*
P1382. La Hache et le Violon, *Alain Fleischer*
P1383. Vive la sociale !, *Gérard Mordillat*
P1384. Histoire d'une vie, *Aharon Appelfeld*
P1385. L'Immortel Bartfuss, *Aharon Appelfeld*
P1386. Beaux seins, belles fesses, *Mo Yan*
P1387. Séfarade, *Antonio Muñoz Molina*
P1388. Le Gentilhomme au pourpoint jaune
Arturo Pérez Reverte
P1389. Ponton à la dérive, *Daniel Katz*
P1390. La Fille du directeur de cirque, *Jostein Gaarder*
P1391. Pelle le Conquérant 3, *Martin Andersen Nexø*
P1392. Pelle le Conquérant 4, *Martin Andersen Nexø*
P1393. Soul Circus, *George P. Pelecanos*

P1394. La Mort au fond du canyon, *C. J. Box*
P1395. Recherchée, *Karin Alvtegen*
P1396. Disparitions à la chaîne, *Åke Smedberg*
P1397. Bardo or not bardo, *Antoine Volodine*
P1398. La Vingt-Septième Ville, *Jonathan Franzen*
P1399. Pluie, *Kirsty Gunn*
P1400. La Mort de Carlos Gardel, *António Lobo Antunes*
P1401. La Meilleure Façon de grandir, *Meir Shalev*
P1402. Les Plus Beaux Contes zen, *Henri Brunel*
P1403. Le Sang du monde, *Catherine Clément*
P1404. Poétique de l'égorgeur, *Philippe Ségur*
P1405 La Proie des âmes, *Matt Ruff*
P1406. La Vie invisible, *Juan Manuel de Prada*
P1407. Qu'elle repose en paix, *Jonathan Kellerman*
P1408. Le Croque-mort à tombeau ouvert, *Tim Cockey*
P1409. La Ferme des corps, *Bill Bass*
P1410. Le Passeport, *Azouz Begag*
P1411. La station Saint-Martin est fermée au public
Joseph Bialot
P1412. L'Intégration, *Azouz Begag*
P1413. La Géométrie des sentiments, *Patrick Roegiers*
P1414. L'Âme du chasseur, *Deon Meyer*
P1415. La Promenade des délices, *Mercedes Deambrosis*
P1416. Un après-midi avec Rock Hudson
Mercedes Deambrosis
P1417. Ne gênez pas le bourreau, *Alexandra Marinina*
P1418. Verre cassé, *Alain Mabanckou*
P1419. African Psycho, *Alain Mabanckou*
P1420. Le Nez sur la vitre, *Abdelkader Djemaï*
P1421. Gare du Nord, *Abdelkader Djemaï*
P1422. Le Chercheur d'Afriques, *Henri Lopes*
P1423. La Rumeur d'Aquitaine, *Jean Lacouture*
P1424. Une soirée, *Anny Duperey*
P1425. Un saut dans le vide, *Ed Dee*
P1426. En l'absence de Blanca, *Antonio Muñoz Molina*
P1427. La Plus Belle Histoire du bonheur, *collectif*
P1429. Comment c'était. Souvenirs sur Samuel Beckett
Anne Atik
P1430. Suite à l'hôtel Crystal, *Olivier Rolin*
P1431. Le Bon Serviteur, *Carmen Posadas*
P1432. Traité de savoir-vivre à l'usage des jeunes Russes
Gary Shteyngart
P1433. C'est égal, *Agota Kristof*
P1434. Le Nombril des femmes, *Dominique Quessada*
P1435. L'Enfant à la luge, *Chris Mooney*
P1436. Encres de Chine, *Qiu Xiaolong*

P1437. Enquête de mor(t)alité, *Gene Riehl*
P1438. Le Château du roi dragon, La Saga du roi dragon I
Stephen Lawhead
P1439. Les Armes des Garamont, La Malerune I
Pierre Grimbert
P1440. Le Prince déchu, Les Enfants de l'Atlantide I
Bernard Simonay
P1441. Le Voyage d'Hawkwood, Les Monarchies divines I
Paul Kearney
P1442. Un trône pour Hadon, Le Cycle d'Opar I
Philip-José Farmer
P1443. Fendragon, *Barbara Hambly*
P1444. Les Brigands de la forêt de Skule, *Kerstin Ekman*
P1445. L'Abîme, *John Crowley*
P1446. Œuvre poétique, *Léopold Sédar Senghor*
P1447. Cadastre, *suivi de* Moi, Laminaire…, *Aimé Césaire*
P1448. La Terre vaine et autres poèmes, *Thomas Stearns Eliot*
P1449. Le Reste du voyage et autres poèmes, *Bernard Noël*
P1450. Haïkus, *anthologie*
P1451. L'homme qui souriait, *Henning Mankell*
P1452. Une question d'honneur, *Donna Leon*
P1453. Little Scarlet, *Walter Mosley*
P1454. Elizabeth Costello, *J.M. Coetzee*
P1455. Le maître a de plus en plus d'humour, *Mo Yan*
P1456. La Femme sur la plage avec un chien, *William Boyd*
P1457. Accusé Chirac, levez-vous !, *Denis Jeambar*
P1458. Sisyphe, roi de Corinthe, *François Rachline*
P1459. Le Voyage d'Anna, *Henri Gougaud*
P1460. Le Hussard, *Arturo Pérez-Reverte*
P1461. Les Amants de pierre, *Jane Urquhart*
P1462. Corcovado, *Jean-Paul Delfino*
P1463. Hadon, le guerrier, Le Cycle d'Opar II
Philip José Farmer
P1464. Maîtresse du Chaos, La Saga de Raven I
Robert Holdstock et Angus Wells
P1465. La Sève et le Givre, *Léa Silhol*
P1466. Élégies de Duino *suivi de* Sonnets à Orphée
Rainer Maria Rilke
P1467. Rilke, *Philippe Jaccottet*
P1468. C'était mieux avant, *Howard Buten*
P1469. Portrait du Gulf Stream, *Érik Orsenna*
P1470. La Vie sauve, *Lydie Violet et Marie Desplechin*
P1471. Chicken Street, *Amanda Sthers*
P1472. Polococktail Party, *Dorota Maslowska*
P1473. Football factory, *John King*
P1474. Une petite ville en Allemagne, *John le Carré*

P1475. Le Miroir aux espions, *John le Carré*
P1476. Deuil interdit, *Michael Connelly*
P1477. Le Dernier Testament, *Philip Le Roy*
P1478. Justice imminente, *Jilliane Hoffman*
P1479. Ce cher Dexter, *Jeff Lindsay*
P1480. Le Corps noir, *Dominique Manotti*
P1481. Improbable, *Adam Fawer*
P1482. Les Rois hérétiques, Les Monarchies divines II *Paul Kearney*
P1483. L'Archipel du soleil, Les Enfants de l'Atlantide II *Bernard Simonay*
P1484. Code Da Vinci : l'enquête *Marie-France Etchegoin et Frédéric Lenoir*
P1485. L. A. Confidentiel : les secrets de Lance Armstrong *Pierre Ballester et David Walsh*
P1486. Maria est morte, *Jean-Paul Dubois*
P1487. Vous aurez de mes nouvelles, *Jean-Paul Dubois*
P1488. Un pas de plus, *Marie Desplechin*
P1489. D'excellente famille, *Laurence Deflassieux*
P1490. Une femme normale, *Émilie Frèche*
P1491. La Dernière Nuit, *Marie-Ange Guillaume*
P1492. Le Sommeil des poissons, *Véronique Ovaldé*
P1493. La Dernière Note, *Jonathan Kellerman*
P1494. La Cité des jarres, *Arnaldur Indridason*
P1495. Électre à La Havane, *Leonardo Padura*
P1496. Le croque-mort est bon vivant, *Tim Cockey*
P1497. Le Cambrioleur en maraude, *Lawrence Block*
P1498. L'Araignée d'émeraude, La Saga de Raven II *Robert Holdstock et Angus Wells*
P1499. Faucon de mai, *Gillian Bradshaw*
P1500. La Tante marquise, *Simonetta Agnello Hornby*
P1501. Anita, *Alicia Dujovne Ortiz*
P1502. Mexico City Blues, *Jack Kerouac*
P1503. Poésie verticale, *Roberto Juarroz*
P1506. Histoire de Rofo, Clown, *Howard Buten*
P1507. Manuel à l'usage des enfants qui ont des parents difficiles *Jeanne Van den Brouk*
P1508. La Jeune Fille au balcon, *Leïla Sebbar*
P1509. Zenzela, *Azouz Begag*
P1510. La Rébellion, *Joseph Roth*
P1511. Falaises, *Olivier Adam*
P1512. Webcam, *Adrien Goetz*
P1513. La Méthode Mila, *Lydie Salvayre*
P1514. Blonde abrasive, *Christophe Paviot*
P1515. Les Petits-Fils nègres de Vercingétorix, *Alain Mabanckou*
P1516. 107 ans, *Diastème*

P1517. La Vie magnétique, *Jean-Hubert Gailliot*
P1518. Solos d'amour, *John Updike*
P1519. Les Chutes, *Joyce Carol Oates*
P1520. Well, *Matthew McIntosh*
P1521. À la recherche du voile noir, *Rick Moody*
P1522. Train, *Pete Dexter*
P1523. Avidité, *Elfriede Jelinek*
P1524. Retour dans la neige, *Robert Walser*
P1525. La Faim de Hoffman, *Leon de Winter*
P1526. Marie-Antoinette : La Naissance d'une reine. Lettres choisies, *Evelyne Lever*
P1527. Les Petits Verlaine *suivi de* Samedi, dimanche et fêtes *Jean-Marc Roberts*
P1528. Les Seigneurs de guerre de Nin, La Saga du roi dragon II *Stephen Lawhead*
P1529. Le Dire des Sylfes, La Malerune II *Michel Robert et Pierre Grimbert*
P1530. Le Dieu de glace, La Saga de Raven III *Robert Holdstock et Angus Wells*
P1531. Un bon cru, *Peter Mayle*
P1532. Confessions d'un boulanger, *Peter Mayle et Gérard Auzet*
P1533. Un poisson hors de l'eau, *Bernard Comment*
P1534. Histoire de la grande maison, *Charif Majdalani*
P1535. La Partie belle *suivi de* La Comédie légère *Jean-Marc Roberts*
P1536. Le Bonheur obligatoire, *Norman Manea*
P1537. Les Larmes de ma mère, *Michel Layaz*
P1538. Tant qu'il y aura des élèves, *Hervé Hamon*
P1539. Avant le gel, *Henning Mankell*
P1540. Code 10, *Donald Harstad*
P1541. Les Nouvelles Enquêtes du Juge Ti, vol. 1 *Frédéric Lenormand*
P1542. Les Nouvelles Enquêtes du Juge Ti, vol. 2 *Frédéric Lenormand*
P1543. Que faire des crétins ? Les perles du Grand Larousse *Pierre Enckell et Pierre Larousse*
P1544. Motamorphoses. À chaque mot son histoire *Daniel Brandy*
P1545. L'habit ne fait pas le moine. Petite histoire des expressions *Gilles Henry*
P1546. Petit Fictionnaire illustré. Les mots qui manquent au dico. *Alain Finkielkraut*
P1547. Le Pluriel de bric-à-brac et autres difficultés de la langue française, *Irène Nouailhac*
P1548. Un bouquin n'est pas un livre. Les nuances des synonymes *Rémi Bertrand*